제3회

대한민국 소설독서대전 수상작품집

제3회

대한민국
소설독서대전 수상작품집

사단법인 한국소설가협회

독서는 친구를 사귀는 일과 같다

김호운(소설가·한국소설가협회 이사장)

(사)한국소설가협회가 주관하는 제3회 대한민국 소설독서대전 독후감 공모에 응모하여 입상하신 분들께 축하드립니다. 아울러 정성 들여 작품을 읽고 독후감을 준비하여 응모하신 모든 분께 고마움을 전합니다. 대한민국 소설독서대전은 다른 공모 행사와 달리 입상하면 입상하는 대로 기쁘고, 비록 입상하지 못했더라도 이런 기회에 훌륭한 작품을 읽고 독후감을 직접 써 본 체험은 두고두고 삶의 에너지로 활용될 것입니다. (사)한국소설가협회는 해마다 문화체육관광부와 (사)한국문학예술저작권협회의 후원으로 우리 소설문학의 발전과 건전한 독서환경을 조성하기 위하여 큰 행사를 치르고 있습니다. 매년 응모하는 분들의 숫자가 늘어나고 있습니다. 이는 소설문학의 역할과 기능에 깊은 관심을 가지는 독자들이 늘어나고 있다는 걸 보여주는 것으로 매우 기쁜 일입니다.

독서인구가 줄어들면서 우리 사회가 삭막해져 간다는 우려의 목소리도 있으나 해마다 대한민국 소설독서대전을 치르면서 느끼는 점은 그렇게 걱정할 일은 아니라는 것입니다. 독서환경이 조성되고 책을 가까이하는 기회가 주어진다면 독자들이 많이 늘어날 것입니다.

모든 일은 첫 단추를 잘 끼워야 합니다. 우리는 어릴 때부터 독서를 공부 또는 교양을 높이는 행위로 강요받으면서 '책'과 친해지는 기회를 얻지 못했습니다. 물론 독서를 통해 교양을 높이고 지식을 습득하기도 합니다만, 훌륭한 사람이 되려면 꼭 독서를 해야 한다는 부담을 지나치게 받아 오히려 책으로부터 멀어지는 요인이 되었습니다. 독서는 공부가 아니라 생활 속에서 즐기는 일 가운데 하나입니다. 우리가 여행을 가거나 영화를 보거나 음악을 즐겨 들으면서 공부라고 여기지 않듯이 문학작품을 읽는 일 역시 그렇게 즐기는 생활문화입니다.

우리가 세상을 살아가는 데 필요한 중요한 요소 가운데 하나가 '관계關係'입니다. 세상에 태어난 것도 부모님의 인연에 따른 관계였습니다. 자라면서 친구를 사귀고 학교에 다니고 직장에서 일하며 만나는 수많은 관계가 우리의 삶을 웅숭깊게 만듭니다. 이 관계가 깊고 넓을수록 우리 삶은 깊이를 더합니다. 그러나 우리는 시간과 공간의 제약을 받기 때문에 이 관계의 확장에 제약을 받습니다. 이 부족한 관계는 독서를 통해 간접 체험하면서 얻습니다. 소설 작품 한 편 속에는 새로운 세상이 있고, 새로운 사건이 있고, 새로운 인물들이 있습니다. 독서를 통해 작가가 창작한 이 낯선 세상을 여행하면서 우리는 사람과 사람 또는 사람과 사물과의 관계를 간접 체험합니다. 우리가 독서를 해야 하는 이유가 여기에 있습니다.

다시 한번 제3회 대한민국 소설독서대전 독후감 공모에 입상하신 분들께 축하드리며 응모하신 모든 분께도 깊은 감사 말씀 전합니다. 세계 속에 한국 소설문학이 더욱 빛날 때까지, 국민 모두 우리 문학을 사랑할 때까지 (사)한국소설가협회는 부단히 노력할 것입니다. 감사합니다.

차례

너와의 모든 순간이 평평하기를 | 오송림

－박상영 『1차원이 되고 싶어』를 읽고

막 스무 살이 됐을 무렵, 진정한 어른 됨을 꿈꾸던 나에게 스스로 쥐여준 과제는 '1인분의 몫을 충분히 해내는 것'이었다. 이는 곧 1인분의 부피감을 지녀야 한다는 뜻이기도 했는데, 단순히 육체가 차지하는 물리적 공간을 의미하는 바는 아니었다. 개념으로 머리를, 관념으로 가슴을 채워 한 존재로서의 충분한 부피감을 갖는 것. 구태여 누군가 불어주기를 기다리지 않아도 스스로 팽팽하게 살찐 풍선이 되는 것. 그래, 나는 3차원이 되어야겠다. 코와 입이, 손가락과 이마가 만든 당연한 육체의 굴곡에 안주할 게 아니라 그 존재마저 입체적일 수 있도록 해야겠다. 그렇게 가능하다면 미지의 4차원, 또 5차원으로까지 나아가보자. 어른이 되어 보자.

영화를 공부하면서 이 욕구는 내 작품 속 인물들에게까지 투영되기 시작했다. 평평하고 납작한 캐릭터란 항시 비판의 대상이었다. 모든 행동이 쉽사리 예측되는, 뻔 하디 뻔한 서사의 끈을 의욕 없이 쥐고 게으르게 달리는 인물들. 시나리오 작법을 공부하는 것은 그들을 살찌우고 채워 충분한 과즙을 지닌 오렌지 한 알로 만드는 과정 같았다. 그렇게 나는 물론이요 내 손을 타고 탄생한 인물들도 모두 3차원이 되기를 오래 소망해왔다. 둥글디 둥근 지구처럼, 그 속에서 3차원이 되지 못한다면 존재의 가치가 없다고. 그런 나에게 박상영 작가의 소설 「1차원이 되고 싶어」는 그 제목부터가 의아할 수밖에 없었던 것이다.

「1차원이 되고 싶어」는 심리상담사인 '나'에게 도착한 스산한 메시지로부터 시작한다. '1004'라는 사용자는 수성못에서 시체가 발견되었다는 소식을 전하고, 주인공이 이 심상치 않은 사건과 이떻게 연관된 건지에 대한 의문으로 서사적 긴장감이 이어진다. 이에 따라 그 과거가 천천히 밝혀지는데, 자연히 '나'의 기억은 모든 것이 이상하리만치 습기에 젖어 있었던 2000년대 초반으로 거슬러 올라간다. 그때 학창시절을 지낸 경험이 없는 나이지만 무엇보다 작가가 그려내는 그 시절의 분위기에 매료됐다. 당시 10대들이 향유하던 책, 음악, 노래, 만화 등은 퍽 낯설었으나 잘 알지도 못하는 누군가의 추억이 그리워질 정도였다.

교육 열기가 대단했던 D시에서의 어지러운 10대 풍경과 심리상담사로 주가를 올리고 있는 30대 중반 '나'의 이야기가 교차되는 것이 작품의 주된 구성이다. 과거 '나'의 서사는 많은 이들의 10대가 그러했듯 복잡다난하고 때로는 처절하기까지 하나 동시에 속절없이 사랑스럽다. 무난한 모범생으로 스스로를 꾸며간 '나'와 '나'가 사랑해 마지않는 '윤도', '나'와 은밀한 비밀을 공유하던 '무늬', '나'를 짝사랑하던 '태리'를 비롯한 인물들은 사실 누구하나 평평한 이 없다. 모두 3차원이다. 그러나 함께일 때만큼은 '1차원이 되고 싶은', 자신의 부피감이 슬픈 3차원들일 뿐이다. 이들의 3차원적 모순은 '평범한 존재로 여겨져야 한다는 강박과 나만의 고유한 취향을 가지고 싶다는 상반된 욕망이 내 안에서 끊임없이 부딪혔다.(p.49)'라는 구절로 설명된다.

새천년의 시작과 함께 모든 것이 들끓던, 그중에서도 유난히 미온했던 '나'는 '윤도'로 인해 비로소 그 분위기에 조금은 젖어 들어간다. 윤도와 취향을 공유하고 둘만의 추억을 쌓아나갈수록 '나'는 그를 좋아할 수밖에 없는 상황으로 밀려난다. 그러나 '나'는 모서리 없는 모범생 이미지를 두르는 것에 익숙하고 또 능숙한 인물이었다. 불안정한 가정환경과 가난, 드러낼 수 없는 은밀한 취향, 꽤 오래전부터 인지하고 있던 남자로서 남자를 좋아한다는 성지향성 등은 모두 철저히 감춰야 할 것들이었다. 이런 설정은 「1차원이 되고 싶어」가 지닌 구원 서사로서의 가능성을 확신하게 한다. 울퉁불퉁한 3차원의 10대 주인공, 그가 사랑해 마지않는 인물, 조력자, 그를 저지하는 장력 모두가 너무도 흥미롭게 배치되어 있다. 그러나 인물들은 서로에 의해 구원받는 듯싶다가도 그에 대한 믿음 때문에 서로를 할퀸다. 사랑으로, 우정으로, 성취로 구원받고 구원하겠다는 의지는 어리고 무지한 그들에게 있어 무력하기만 하다. 그러나 작가는 10대의 무력함이 곧 '무(無)'가 아니며 악이 아니라고 인물들을 어루만지는 듯하다. 낭만 없는 세상에서 끝까지 낭만을 발화하는 작가는 언제나 필요하기 마련이다. 이 책이 누구에게나 시의적절한 작품일 것이란 확신은 그로부터 기인한다.

　나에게 「1차원이 되고 싶어」를 읽는 과정은 버리기에 급급했던 과거의 기억을 하나씩 주워 담는 일과 같았다. 10대를 떠나온 지 오래되지 않아서 그런지, 아직 시간이 약이 될 만큼 충분히 달여지지 못한 것 같다. 그때의 결핍이 여전히 나를 괴롭힐 때가 있는 걸 보면 말이다. 나는 주인공처럼 그저 탈선이 두려워 충실히 공부했고, 자주 실패했으며 가끔의 성취를 위로 삼아 버텨왔다. 또 돌이켜보면 '윤도'와 같은 짝사랑 상대 하나 없는, 오히려 누군가를 좋아하는 감정을 냉소한 채로 건조한 10대를 보냈지만 나 역시 주인공처럼 감추고 싶은 것들은 한가득이었다. 진정한 3차원으로 부풀어가지 못할 거라면 되려 1차원으로 납작해지고 싶었던, 치기어리지만 소중한 욕구들을 왜 누르고 감춰만 왔었는지.

돌이켜보면 주인공처럼 누군가에게 무조건적인 사랑을 쏟아보진 못했지만, '무늬'나 '희영'과 같은 친구들은 항상 도처에 있었다. 그들은 나와 세상을 단단히 이어주는 존재들이었고, 내가 감히 사랑을 논해본다면 가장 먼저 떠오르는 얼굴들이기도 하다. 「1차원이 되고 싶어」를 읽으며, 특히 천장이 내려앉는 기분이 든다면 스스로를 점으로 축소시켜보라는 '윤도'의 말을 시나치며 나는 내 10대를 이룬 친구들에 대해 생각했다. 그리고 나와 친구들로 대변되는 점들을 하나씩 이어본다. 점은 선이, 면이, 그리고 공간이 되어 간다.

책을 통해 과거를 줍다 보니 놀라운 일이 벌어졌다. 내 삶 모퉁이마다 수많은 이어짐이 존재했다는 당연한 사실도, 지금의 나는 수많은 타인의 삶으로부터 빚을 지고 있다는 사실도 새삼 깨닫는다. 나를 돌아보니 주변이 보이고, 주변이 보이니 다시 1차원도 채 제대로 되지 못하고 언제나 3차원만을 갈구하던 어린 나를 타박하기보다는 그저 껴안고 싶어진다. 이 얼마나 놀라운 소설인지.

「1차원이 되고 싶어」의 서사를 한 마디로 일축하자면, 10대는 엉망진창인 채로 완벽하다는 것이다. 사랑으로 용서하고 용서받으며, 세상의 조각들을 흡수해가며 3차원으로 향하고 있지만 이들에게 1차원이어도 좋다고 흔쾌히 말해주는 어른은 단 한 명도 없다. 소설 속에 등장하는 건 아무 답도 들려주지 않는 신을 부르짖거나, 사랑을 빌미로 타자를 소유하려 들거나, 노력 없이 얻은 나이를 무기로 사용하는 어른들뿐이다. 그래서 이들은 서로를 아주 서툴게 위로하고 껴안을 수밖에 없다. 그 과정에서 10대로서 그저 완벽해진다.

소설은 철저히 '나'의 시점으로 전개되어 '윤도'의 의중을 파악하기 어렵지만, '윤도' 역시 주인공을 소중히 하고 있음을 보여주는 장면들이 곳곳에 배치되어 있다. '그럴 땐 너 스스로를 점이라고 생각해보는 건 어떨까?'라는 제안 역시 그중 하나이다. 그의 말처럼 삶을 둘러싼 모든 것이 괴로워질 때를 위해 우리는 평평해지는 법을 배워야 할지도 모르겠다. 그리고 사랑은 어쩌면 철저히 납작해지는 과정일 지도 모른다. 10대의 사랑은 그것을 깨닫게 하는 것만으로도, 아니, 사랑이 사랑이었음을 감각하게 하는 것만으로도 충분할지 모른다.

박상영 작가는 어느날 혜성처럼 날아와 한국 퀴어 문학의 지평을 연 작가처럼 느껴졌다. 이 소설에서도 퀴어의 소수자성이 적극적으로 발화되고 있지만, 더 이상 박상영 작가의 작품을 퀴어 담론만으로 설명할 수는 없다고 느꼈다. 「1차원이 되고 싶어」는 아이들을 옥죄는 대입 경쟁 시스템, 학교폭력을 비롯한 청소년 범죄, 학군과 관련된 주택 문제 등을 인물들의 삶에 고스란히 녹여내 기이하고 수상했던 2000년대 초반 사회를 비판한다. 이런 외적 환경 역시 10대들의 고통과 상흔을 넓혀간 주범임을 명시하는 것이다. 잘못은 아이들이 아닌 사회와 시스템에 있을지 모른다는 가정 역시 놓치지 않았다는 점에서 어쩌면 세태 소설로서의 면모도 갖추고 있다고 느꼈다.

「1차원이 되고 싶어」를 통해 박상영 작가는 다시 한번 내 '최애' 작가 리스트에 이름을 공고히 했다. 특히 결말을 결말답게 만들어내는 작가라는 점에서 그러하다. 이 작품에서도 주인공이 더 이상 과거를 외면하지 않는 방식으로 윤도가 아닌 태리를 만나며 이야기가 끝이 나는 것에 함의가 있다고 생각한다. 나 역시 내가 지나온 과거에서 소외되고 외면받아온 누군가에게, 가끔은 함께 부둥켜안은 채 한없이 납작해질 수 있는 사람이 되어주고 싶다. 이러한 다짐을 깊이 품을 수 있어서, 「1차원이 되고 싶어」에 잠겨 있는 내내 수없이 행복했다.

일반부

수상작

고뇌하는 올빼미 -춤추는 영혼 | 권광숙

－ 공애린 『가면올빼미』를 읽고

『가면올빼미』라는 제목에서 가면을 쓴 올빼미라고 이해하였습니다. 그래서 인간의 이중성, 또는 모순을 그린 작품인가? 라는 생각에 이 책을 선택했습니다. 인간의 정체성에 대한 것은 많은 사람들이 고민하는 문제이기 때문에 작가는 이 문제를 어떻게 풀었을지 궁금했습니다.

소설의 구조는 주인공을 중심으로 가족이라는 작은 원이 있고, 그리고 주인공과의 사회적 관계라는 큰 원이 있습니다. 먼저 주인공이 가족과의 관계를 보면 '뇌세포가 점점 파괴되어 바보가' 되어가는 치매에 걸린 어머니, 아버지는 의문의 교통사고를 당했지만, 가해자는 중앙선을 침범한 것도 모자라 뺑소니를 쳤습니다. 더구나 그 차가 대포차량이라 범인을 잡는 것이 불가능한 미궁의 사건 속에서 아버지는 중환자실에 누워 의식도 없이 '주렁주렁 매달린 기계장치를 통해 돈을 물처럼 삼키고' 계십니다. 더구나 옆집으로 데려온 여자에게 내연녀라는 작위를 수여해 준 아버지. 어머니에게 이러한 상황은 너무나 충격적이었습니다. 어머니는 이러한 상황을 부정하고 싶어 합니다. 제정신으로 현실을 보는 것이 힘들었던 거죠. 그것이 타조의 피난 방법일지라도 치매라는 길을 택한 건지 택함을 받았는지 모르지만, 그녀는 치매라는 가면 뒤로 숨어버렸습니다. 또한, 불장난으로 '화마가 할퀸 흉측한 얼굴'을 한 형은 27세가 되던 해 자신의 생일에 집을 나가버립니다. 그도 자신의 현 상황을 받아들이기 힘들어서 또 다른 피난처를 찾아 나선 것입니다. 가장 마음이 통했던 형마저도 사라지고 모든 짐을 혼자 져야 하는 주인공은 자신도 끈기 없는 나약한 존재라고 말합니다. 악마가 수시로 찾아와 자신을 괴롭힌다고 말합니다. 형이 보내주는 '구정'이라는 약에만 의존하는 주인공 지혁은 의욕을 상실하고, 절망과 원망과 한탄의 터널 속에서 우울증이라는 가면을 가집니다. 그리고 자신이 좋아하는 것, 향을 맡고, 현아를 사랑하고, 음악을 좋아하는 일에만 매달립니다. 자신이 좋아하는 것, 이것만이 숨을 쉬게 하는 희망이었습니다.

이러한 지혁의 가정환경에 관한 서술 부분을 읽으면서 처음부터 나는 숨이 막혔습니다. 우리 사회가 가진 많은 사회적인 문제를 한 가정이라는 테두리에 가두어 제시하는 것인가? 라는 생각을 했습니다. 또한, 자본주의의 탐욕에 물든 인간들, 요창이나 성현, 그리고 아미화장품이나 광고 속의 현아를 보면서 어쩔 수 없는 인간의 욕망, 우리 내면에 숨어있는 우리의 욕망을 봅니다. 그러나 작가가 그러한 숨 막히는 구조 속에 냄새라는 미학을 불어 넣어주어서 답답함 속에 숨구멍을 만들어주는 것 같았습니다. 『붉은 무공훈장』에서 작가 스티븐 크레인이 전쟁이라는 무채색에 유채색의 표현을 덧붙인 것과 같은 효과를 준다고 생각했습니다.

사회적 관계의 한 가지에는 계속적으로 방화를 하는 요창이 있습니다. 요창은 방화라는 덫을 놓고 지혁이 한 짓이라고 우기고 있습니다. 그것은 돈을 요구하기 위함입니다. 그의 사기 행각을 보이스 피싱과 오버랩해서 보여주고 있습니다.

자신의 연인을 빼앗아간 머스크 향의 상현도 지혁처럼 아버지에게 반항하는 존재입니다. 아이는 부모를 보고 배운다고, 그는 아버지를 미워하고 증오하면서 아버지같이 하는 것을 복수라고 생각합니다. 그리고 해적 갈매기인 '라브 갈매기 향'을 풍기는, 포악함을 즐기는 스킨헤드. 최고의 향수 '장미가시 위에 걸린 사막의 풀빛 종'을 만들고 싶어 하는 조향스쿨의 원장 또한 지혁을 이용하려 합니다. 인생은 선택의 과정이라고 샤르트르는 말했습니다. 이들 각각은 자신의 이익을 위한 선택을 합니다. 지혁은 자신의 선택보다는 이들의 선택에 의해 코너로 몰리는 상황에 처합니다.

자신에게 우주의 원동력이자 삶의 목적이 되어주는 현아마저 상현의 품으로 가버립니다. 현아는 환상의 화면 속에서 장미 꽃송이처럼 웃고 있습니다. 세상의 여자들에게 말하죠. "가장 행복한 여자가 되세요." 자신이 가지지 못한 행복, 자신이 꿈꾸는 행복을 노래하지만, 자신이 불행의 늪에 빠져 있다는 것을 자각한 현아는 그 늪을 빠져나오려 몸부림치면서 자해를 합니다.

지혁은 그녀에게서 상실과 배신을 느낍니다. 그러면서도 그녀를 향한 사랑은 그녀의 가면을 벗겨버리기를 꿈꿉니다. 지혁은 자신의 우울증을 검은 악마라고 표현합니다. 그것은 그의 또 다른 자아입니다. 내가 가면을 쓴 건지, 다른 자아가 나라는 가면을 쓴 건지 우리는 알 수 없습니다. 즉, 장자의 말처럼 나비가 된 것이 나인지, 내가 나비인지, 경계가 모호해지는 것이 아닐까 싶습니다.

지혁은 정체성의 혼란에서 오는 두려움이 증오가 되고, 내면에 싸인 증오는 의식불명의 아버지에게 악담을 퍼부을 때 폭발합니다. 까라마조프의 형제들이 아버지를 증오하듯 지혁은 아버지를 증오합니다. 지혁은 자신의 아버지를 아들을 죽이고 싶어 하는 아버지에 비유하며 오해합니다. 그래서 아버지의 죽음에는 울지 않으면서 고양이 연탄의 죽음에는 눈물을 흘리는, 괴물 같은 인간이 되어갑니다.

그에게 하나의 재능이 있다면 누구보다도 냄새를 잘 맡을 수 있는 능력입니다. 조향사를 꿈꾸는 주인공을 보면, 파트리크 쥐스킨트의 『향수』를 생각하게 됩니다. 그러나 그는 향수의 그르누이와는 다르게 극단적으로 염세적이거나 그로테스크하지 않고, 또한 그르누이처럼 최고의 향수를 위해 끔찍한 범죄를 행하려 하지도 않습니다. 그는 오로지 '구징'이라는 형이 보내주는 약에만 의존하는 나약한 존재입니다. 다만 현아를 위해, 현아가 행복해지는 향수를 만들기만을 꿈꿉니다. 만약 현아라는 존재가 없었다면 그가 말하는 '끈기'의 부족 때문에 향수에 대한 꿈조차도 없었을지 모릅니다. 대학도 중간에 포기하고, 아버지의 회사를 일으키려는 강단도 없는 그는 회사도 타인에게 맡기고 오로지 '구징'이라는 약에만 집착합니다. 약이 떨어지자 약을 구하기 위해 형을 찾아 나섭니다.

손지혁을 중심으로 한 우주가 이렇게 모순투성이라면 현아 역시도 자신 때문에 불구가 된 오빠로 인해 평생을 죄의식으로 살아야 하는 심리적 죄인입니다. 샤를레르가 그의 시 여행에서 '어디를 가나 운명의 사다리에는 죄악들이 위에서부터 아래까지 주렁주렁 달려있다'고 말한 것처럼, 우리는 모두 죄를 짊어진 죄인입니다. 그래서 지혁도 우리도 외칩니다. 커트 코베인의 노래 가사처럼 "내가 싫다, 죽고 싶다"고. 그래서 나약한 존재는 가상공간으로 피신합니다.

둘은 사막으로 떠납니다. 물이 없는 사막은 죽음의 땅입니다. 지혁의 형은 사막을 찾아 떠났습니다. 지혁과 현아도 형을 찾아 사막으로 떠났습니다. 지혁은 조향스쿨을 사이프러스 향이 나는 지하묘소 같다고 했습니다. 그리고 인간은 카를로스 슈바베의 작품이 말하듯 하루하루 자신의 묘를 파는 존재라고 말합니다. 『신곡』에서 단테는 어두운 숲속에서 갈 길을 잃었습니다. 그를 안내한 선지자 비길리우스를 따라 지옥에 들어가듯 지혁도 죽음의 땅, 사막으로 갑니다. 그곳에서 길을 잃은 지혁은 가면올빼미의 도움으로 형과 선지자를 만납니다.

나는 인생을 고통의 선상이라고 생각했습니다. 우리는 고통 속에서 좌절할 때마다 자신을 싫어하고 죽음을 생각합니다. 그래서 신은 그런 극단을 피하기 위해 행복이라는 착각을 고통 사이에 잠깐씩 준다고 생각했습니다. 그래서 나는 샤르트르가 말한 인생이 선택의 선상이라는 말을 부정했습니다. 나는 행복을 위한 선택을 했지만, 그곳에는 행복이 없었습니다. 우리는 이상적 자아가 없이 현실적 자아만으로 살 수가 없기 때문에 이상적 자아를 가져야 합니다. 그러나 선지자는 이상적 자아에만 빠지면 안 된다고 말합니다. 그것이 곧 고통이고, 지옥이라고 말합니다. 현대인들이 갈망하는 완벽은 세상에 존재하지 않는 것이라고 합니다. 아무리 모래를 주먹으로 움켜쥐려 해도 그것은 소용없는 것입니다. 그래서 우리는 사막을 잊으면 안 되나 봅니다.

이 책을 읽으면서 인생이 고통의 선상이 되는 이유를 생각해 봅니다. 잘못된 선택에 집착하는 것은 내가 만든 고통이지만, 또한, 선택은 나만 하는 것이 아닙니다. 타자의 선택이 나와 부딪칠 때, 그 선택은 나의 의지와는 상관없이 나에게 고통을 안겨준다고도 생각되었습니다. 우리는 사회적 동물입니다. 그래서 타자와 부딪히며 살아야 하는 것은 당연한 문제라고 봅니다. 그러므로 고통에 분노하기보다는, 고통을 보듬어 안고, 고통을 이기기 위한 여유와 노력이 필요하다고 생각됩니다. 또한, 이상적 자아를 위해서는 노력이 필요한 것입니다. 그것이 실현되지 않는다고 분노하기보다는 그 실현을 위해 삼촌이 지혁에게 말한 것처럼 "지독한 고통과 인내로, 그 관문을 통과해야만 진정으로 빛나는 선물"이 된다는 것을 다시 깨닫게 됩니다. 단테가 연옥을 빠져나오듯이, 선지자를 만난 후 동굴을 나서는 지혁은 한 단계 성장 된 모습을 보여줍니다. 그래서 나는 이 소설을 지혁의 성장소설로 읽었습니다.

나도 아버지에게 갔었다 | 오현숙

- 신경숙 『아버지에게 갔었어』를 읽고

지난밤에 졸려서 다 읽지 못한 책을 눈 뜬 아침 커피 한잔 내려두고 읽어 내려갔다. 300페이지를 넘기고서도 나는 울지 않았는데 400페이지를 넘기고서 아버지의 유언을 읽는 부분에서 나는 울고 있었다.

바다를 보며 섬에서 자라난 나는 육류보다는 해산물을 훨씬 좋아한다. 어린 시절 먹었던 흔치 않은 해산물들의 판매 글이 올라오면 꼭 주문해서 먹곤 한다.

봄이면 갯가재 판매 글이 올라오는데 이번에도 얼른 구입해서 삶았는데 큰오빠에게서 전화가 왔다. 알배기가 별로 없다고 하자, 원래 알배기는 가을에 많단다. 그러면서 아버지가 많이 잡아 와서 먹었다고도. 나는 아버지를 얼마만큼 알고 있는 걸까.

이십 년도 더 지났다. 늦게 달려간 고향집의 아버지는 마지막까지 따뜻한 온기를 지닌 채 막내딸을 기다리셨다. 집으로 가는 동안 울지 않았던 나는 아버지에게 남아있던 온기에 서럽게 울었다. 나를 기다리셨던 걸까. '아버지' 하고 부르면 금방이라도 실눈을 뜨실 것처럼 따뜻한 온기였다.

만장을 휘날리며 아버지의 꽃상여는 육십 년이 채 되지 않은 고달픈 아버지의 생을 메고 떠나갔다. '아버지가 가시는 날은 겨울날이었어도 무척이나 따뜻했다' 아버지를 떠나보내던 날을 생각하면 맨 먼저 떠오르는 문장이다. 죄인이라 3일 내내 아무것도 먹지 못하고 짚신을 신고 막대기를 짚으며 마을을 돌아 나가던 길에서 그 겨울에 나는 나비를 보았다. 아버지를 묻고 온 지 얼마 지나지 않아 눈이 내려서 아직 떼가 올라오지도 못한 무덤이 걱정되어 엄마와 나는 눈길을 헤치고 아버지에게 갔었다. 빗자루로 눈을 쓸어내고 무덤을 천막으로 덮어두고 바람에 날리지 않도록 돌로 꽁꽁 눌러두었다. 눈이 그치자 다시 또 천막을 걷으러 갔었던 그 길.

눈이 오는 날이면 학교 가기 전 큰길 앞에 세우시고, 집 옆 앵두꽃이 활짝 핀 봄날에는 학교 다녀온 나를 앵두꽃 앞에 나를 세우시고는 사진을 찍어주시던 아버지. 진달래꽃 핀 봄날, 중학생인 나를 데리고 낚시를 갔었다. 미끼도 끼우지 못하고 잡힌 생선도 빼내지 못하는 어린 내가 귀찮을 법도 한데, 아버지와 같이 간 낚시는 어쩌면 막내딸과 함께한 봄날의 데이트였을까.

그 시절 아버지들이 모두 그러셨듯이 나의 아버지도 무척이나 힘든 삶을 사셨다. 아버지에게 '아버지의 존재'는 부재였기에 어린 동생들을 줄줄이 책임져야 했던 겨우 열 한두 살의 아버지는 삶이란 게 얼마나 버거우셨을까. 아버지는 우리 4남매에게도 아버지였지만 자신의 5남매 동생들에게도 아버지였다. 아버지의 꽃상여를 매달려 우시던 막내 작은아버지의 슬픔은 '아버지'를 잃은 아들처럼 아프고 아팠었다. '큰 형'의 부재가 아닌 '아버지의 부재'

게다가 아버지는 할아버지의 한량한 삶 때문에 형제 둘을 더 동생으로 품어야만 했었다. 아버지는 작은할머니에 대해서도 도리를 다하셨다. 다른 분들에게 '저는 복이 많아서 어머니가 두 분이십니다' 하시는 아버지의 말씀을 우연히 듣고는 고등학생이었던 어린 나에게도 아버지는 참 남다르게 느껴졌고 아버지가 대단한 분이라는 생각이 들었었다.

하고 싶었던 것도 많았을 테고 궁금한 것도 많았을 텐데 어린 나이에 가장의 삶을 살아야만 했던 아버지. 욕망이란 걸 가져보지 못한 채 생활인의 삶을 살아야만 했던 아버지. 어린 아버지에게 삶이란 얼마나 가혹한 형벌이었을까. 나는 감히 상상할 수 없는 무게이다.

'아버지에게 갔었어'는 잊고 있었던 수많은 나의 아버지의 모습들을 여과 없이 문득 문득 떠오르게 한 소설이었다. '엄마를 부탁해'란 소설로 많은 이들을 울리던 작가는 이번에는 아버지다.

호탕하고 손재주도 좋고 얼리어답터였던 아버지, 그렇지만 힘든 삶은 소설속의 아버지가 겪은 일 때문에 잠을 잘 수 없는 것처럼 나의 아버지도 힘든 삶을 알코올의 힘을 빌려 평소의 아버지가 아닌 모습으로 폭발하시기도 했다. 그게 참 싫었다고 언니 오빠들은 말했지만 나는 많은 기억들이 어쩐지 좋은 쪽으로만 남아있다.

기억이라는 걸 내가 왜곡시킨 것일까. 태어나 얼마 지나지 않아 불의의 사고로 약간의 장애를 가진 내가 안쓰러워서 그러셨던 걸까 항상 아버지는 과하지 않게 나를 응원해 주셨다. 말썽부리는 일도 없고 곧잘 공부도 잘하던 나를 자랑스러워하셨는지 어땠는지는 모른다. 시험 기간이면 밤늦게 공부하겠다고 안자고 있을 때면 내일 아침 학교 늦는다고 내 방에 와서 불을 끄고는 주무셨다. 공부 열심히 하라고 채근하시는 일이 없으셨기에 알아서 공부를 할 수밖에 없지 않았을까 싶기도 하다. 늦잠을 자는 겨울방학이면 눈이 온다고 거짓말을 태연히 하시면서 아침밥 먹고 자라고도 하셨다. 다정함은 행동으로 그렇게 느껴졌었다.

아버지를 이토록 많이 떠올린 적이 있었을까. 아버지를 보내고 난 후 얼마 지나지 않은 어느 해 버스 안에서 누군가 '아버지'하는 말만 들어도 눈물이 났던 적도 있었다. 그런데 이십여 년이 지난 지금 한동안 잊고 있었던 아버지의 기억이 봇물처럼 쏟아지고 있다.

나의 아버지를 기억하게 한 봄날의 책읽기 감사하다.

공사판에서 세상을 보다 | 이덕래

− 이혁진 『관리자들』을 읽고

속칭 공사판이 소설의 무대라니. 드라마도 못살고 우중충한 사람들이 나오면 시청률이 떨어진다. 화려한 볼거리도 없고 광고 협찬받을 일도 줄어들기 때문이 아닐까. 하물며 젊은이가 어려운 주머니 사정 때문에 공사판을 잠시 거쳐 가는 사랑 얘기도 아니다. 작가도 이런 걸 모를 리 없다. 게다가 '관리자들'이라니. 제목은 얼마나 뻣뻣한가? 그래서 선뜻 내키지는 않았으나, 책장을 펼치자 금세 이야기 속으로 빠져들었다. 오히려 특이한 소재여서 기억에 오래 남을 것 같다. 큰물에서 큰 주제를 뽑아내지 않고, 개미 같은 보잘것없고 작은 소재에서 세상을 관통하는 중요한 주제를 뽑아냈다. 작가는 하고 싶은 얘기가 분명했다.

무엇보다, 맨 첫 장에서 강력한 스포를 한다. 결말을 먼저 반 페이지로 알려주고 시작하는 대범함이란! 선길이 죽고 현경이 굴착기를 몰고 함바 식당에 쳐들어가는 게 첫 페이지의 내용이다. 저자는 내가 좋아하고 존경하는 소설가 커트 보니것의 팬일지도 모른다. 그는 '단편소설 쓰기 8가지 법칙'에서 결말과 가장 가까운 곳에서 시작하고, 독자에게 가능한 많은 정보를 가능한 한 빨리 제공하라고 했다. 이 소설이 딱 그랬다. 반전이 가장 중요한 소설 쓰기의 법칙인 듯 대두된 요즘 시대에 이런 대담한 전개 방식을 선보인 걸 보면, 저자는 뱃심이 두둑하다. 그는 자기 이야기에 자신감이 있는 것이다. 하려는 얘기가 명확하고.

대학생 때 문학동아리에서 시를 쓰면서 '공사판 김 씨'라는 표현을 쓴 적이 있다. 그때 시평을 하던 선배에게 호되게 까였다. 뭐라고 썼는지 잘 기억은 안 난다. 그는 내 시가 공사판에 대한 편견에 빠져 있다고 했다. "공사판에서 일은 해봤니?"라고도 물었던 것 같다. 공사판 하면 떠오르는 거친 이미지가 고스란히 반영되어 있었다. 아마도 당시의 나는 몸으로 하루하루 벌어 사는 가난한 사람의 순박함에 관해 쓰고 싶었던 것 같다. 이 소설을 읽으며 공사판에 대한 나의 편견이 여전하다는 것을 뼈저리게 느꼈다. 주인공은 굴착기 기사인데 이름이 현경이다. 나는 소설 후반부에 가서야 이 주인공이 여자라는 걸 알고 충격에 빠졌다. 현경이라는 이름이니 당연히 여자라고 짐작했어야 하는데, 공사판이 가진 이미지 때문에 이 사람은 여성적인 이름을 가진 남자라고 믿어 의심치 않았다. 역시 사람은 자기가 믿고 싶은 대로 믿는구나, 나 자신이 편견 덩어리라는 걸 다시 깨닫고 반성했다.

이 소설에는 압도적인 카리스마를 뿜어내는 소장이 등장한다. 소장은 소설 속 세계의 보이지 않는 손이자 절대적 지배자다. 돈줄을 쥐고 있으므로 모든 인물뿐만 아니라 그들 가족의 생계를 틀어쥔 강력한 존재다. 과연 이 가증스럽고 독보적인 악인은 어떤 운명을 맞을까? 이 사람의 대사와 속마음은 읽는 이를 송곳처럼 쑤신다. 소장의 비열함과 무자비함은 이야기를 시종일관 팽팽하게 만든다. 소장은 이 세상의 관리자가 어떤 마음으로 세상을 보는지 낱낱이 까발리는데, 수하인 한 대리에게 하는 아래와 같은 언사는 소름이 끼친다.

"인마, 해 줄 거 다 해 주고 챙겨 줄 거 다 챙겨 주는 게, 그게 관리야? 그게 시중드는 거지, 관리야? 해 줄 거 다 해 주고 챙겨 줄 거 다 챙겨 줘야 일 하겠다는 놈은 아무 일도 안 하겠다는 놈이야. 관리는 그런 놈들부터 제일 먼저 솎아내는 게 관리고. 걔네들은 관리가 안 되니까!" (45쪽)

그는 부식비를 빼돌려 착복하고 반장들끼리 경쟁을 부추기고 공기를 맞추려고 노동자들의 휴일을 지키지 않는다. 그러면서 구제역으로 죽은 돼지를 헐값에 받아와 노동자들의 회식에서 통 크게 선심 쓰는 척한다. 그러면서도 욕을 전혀 먹지 않는다. 그가 악인인 것은 독자와 몇몇 소설 속 인물만 안다. 그는 전반적으로 인자한 소장으로 군림한다. 그는 관리란 분열을 조장해서 단결력을 없애고 서로 미워하게 만드는 것으로 생각한다. 그래야 자기 말을 잘 듣고 고분고분하게 시킨 일에 집중한다는 것이다. 아래 인용문을 보면, 그가 생각하는 관리가 어떤 것인지 알 수 있다.

어쩌면 저렇게들 뻔하고 뭘 모를까. 역시나 관리자에게 필요한 것은 갈라 세우고 갈라 세우고 오로지 어떻게든 갈라 세우는 일이었다. 줄을 세우고 편을 갈라서 저희끼리 알아서 치고받도록. 그러느라 뭐가 중요하고 누가 이득을 보는지 생각도 못 하도록. 인간이란 고작 그런 것이다. 서로 믿지 못하고 지기 싫어한다. 그 속성마저 남들만 그렇고 자기는 아니라고 생각한다. 인간이란 그래서 싸우고, 그렇게 싸우기 때문에 싸울수록 더 편향되고 나약해질 수밖에 없다. (94쪽)

현경은 자기 할 일만 하는 사람이다. 선길이 어떤 푸대접을 받든 남 일이라고 여긴다. '가장 피곤한 건 일은 못 하는데 착한 사람'이라고 여긴다. 냉정하게 멀리할 수도 없지만, 같이 일하기 싫은 사람이라서 어정쩡한 관계를 유지한다. 이 말에 동감했다. 직원 중에 그런 친구가 있었다. 그의 이름은 찰스였다(우리 회사는 직원 간 수평 관계를 지향하며 서로 별칭을 불렀다). 옆 팀 팀원이었는데, 팀장이 대놓고 언성을 높여 나무라는 걸 여러 차례 들었다. 팀장은 그런 식으로 수모를 주면 알아서 그만두겠지 하는 마음이었을 것이다. 언젠가 회의에서 그 팀장은 찰스를 자르자고 제안했고, 평소 그가 안쓰러웠던 나는 찰스를 우리 팀으로 데려왔다. 이후 나는 그 팀장이 느꼈던 것을 몸소 체험했다. 주어진 업무를 일정에 맞추지 못했다.

그렇다고 찰스가 일을 열심히 하지 않는 것은 아니었다. 착해 빠져서 매일 야근하는데, 업무 진도를 보면 아침과 별다를 게 없었다. 나는 더러 예전 그의 팀장처럼 목소리도 높였던 것 같다. 현경이 말한 '일 못하고 착한 애'가 딱 그 친구였다. 그의 업무를 봐주면서 그의 예전 팀장과 같은 결론에 다다랐다. '이 친구는 이 회사와 맞지 않는다.' 나는 그에게 말했다. "다른 회사를 알아보는 것도 방법이야." 이런 말을 하는 게 쉽지는 않았지만, 솔직하기로 했다. 그게 그를 위하는 일이라 여겼다. 적성에 맞지 않는 일을 하며 매일 고통 받을 이유가 없다. 그는 곧 이직했다. 다행히 그는 나를 좋은 사람이라고 여겼던 것 같다. 이후에도 찰스는 종종 안부 전화를 했다. 그가 새 직장에 잘 적응했고 결혼했고 어디에 살고 애를 낳았고……. 잘살고 있다는 얘기였다. 그의 전화번호가 뜰 때마다 내심 기분이 좋았다.

그러나 소설 속 선길은 운명은 찰스와 달랐다. 그는 공사판에서 사고로 죽음을 맞았다. 그는 찰스처럼 젊지 않았다. 40대 중반이기도 했고, 아픈 아이의 아버지여서 돈이 꼭 필요했다. 그는 공사판에서 어떤 수모를 겪든 무조건 버텨야 했다. 반장이든 동료든 누가 어떤 일을 시켜도 해내야 했다. 선길의 죽음으로 현경은 충격을 받고 불의를 참지 않기로 한다. 선길의 죽음에 대한 책임은 안전 관리를 소홀히 한 소장이 져야 했지만, 소장은 모든 걸

선길의 잘못으로 포장했다(죽은 자는 말이 없으므로). 이런 불의를 본 현경은 각성한다. 개인의 안위에만 관심이 있던 현경은 관리자의 위선에 분노한다.

"책임은 지는 게 아니야. 지우는 거지. 세상에 책임질 수 있는 일은 없거든. 어디에서 무슨 일이 벌어질지 모르니까. 멍청한 것들이나 어설프게 책임을 지네 마네, 그런 소릴 하는 거야. 그러면 너나 할 것 없이 다들 자기 짐까지 떠넘기고 책임지라고 대가리부터 치켜들기나 하거든. 텔레비전에서 정치인들이 하는 게 다 그거야. 책임을 지는 게 아니라 지우는 거. 자기 책임이라는 걸 아예 안 만드는 거. 걔들도 관리자거든. 뭘 좀 아는." (46쪽)

위 인용문은 시사하는 바가 크다. 착한 사람들은 '책임진다'는 말에 쉽게 휘둘린다. 그들은 양심적이기 때문이다. 그러나 세상의 못된 관리자들은 처음부터 책임질 생각이 없다. 책임은 그들이 다른 사람을 겁박할 때 쓰는 말이지, 자신이 혹시라도 지게 될 어떤 것이 아니다. 정말 책임질 생각이 있는 관리자는 훌륭한 사람이다. 사회에서 존경받는 큰 어른이다. 그런 사람들이 없지는 않지만, 별로 없다.

이 소설은 이런 걸 명확히 보여준다. 덕분에 나는 그런 부분을 명확히 이해했다고 느꼈다. 이혁진 작가는 공사판이라는 작은 세계에서 소장이라는 인물을 통해 악덕 관리인의 뇌 구조를 까발린다. 정치, 국가, 국제사회와 같은 큰 세상에서 그들을 판별하는 방법을 알려준다. 불의를 못 본 체하면 조장하는 것이다. 눈을 질끈 감으면 세상은 바뀌지 않고 나빠지기만 한다는 것을, 작은 세상인 공사판을 통해 보여준다. 저자가 소설에서 보여준 공사판은 그 작은 세계에 국한되지 않는다. 저자는 세상의 보편적 진리를 공사판을 통해 명확히 보여준 셈이다.

어둔 밤을 지나 밝은 밤으로 향하다!
여성 연대의 놀라운 위력 | 장소형

– 최은영 『밝은 밤』을 읽고

1. 지연의 시선으로부터

남편의 외도로 이혼을 한 후, 회령으로 내려온 지연의 마음을 헤아려본
다. 별을 연구하는 직업을 가진 그녀에게 시작된 어두운 밤은 어떤 질감일
까. 다소 거칠까, 감각조차 느낄 수 없는 매끈한 화면일까? 그 질감은 과거
그녀의 기억과도 맞닿아있다. 우연히 회령에서 어린 시절, 잠깐의 시간을
보낸 할머니를 만나게 된다. 이후 지연에겐 16부작 TV미니시리즈 드라마보
다 드라마틱한 외할머니의 이야기에 매료된다. 이야기는 눈물과 감동, 서글
픔과 아픔, 고통 등 인생의 모든 희로애락이 응축된 한 편의 소설 같다. 지
연에게 이은 존재의 시원을 찾아가는 것과 같았다.

그곳에서 엄마와 할머니, 증조할머니의 생을 마주하면서 지연은 서서히
밝은 밤을 꿈꾸게 되지 않았을까? 지연은 물리적인 별의 현상을 연구하다
결국별이 된 자신의 윗세대의 삶을 헤아릴 수 있는 마음을 갖게 된 것이리
라. 자신의 존재를 증명해주는 인물들에게 몰입하는 순간, 결국 자신의 내

면을 들춰보는 계기가 되었다. 그렇게 별을 헤아리던 그녀는 자신의 별자리를 찾아가고 있었다. 지연의 생은 이제 헤매는 별이 아닌, 정주하듯 이름이 붙여진 별자리를 만들어가고 있는 것이다.

2. 개인사가 곧 시대사로 연결되는 그 지점에 서서

밝은 밤은 어느 시점으로 읽어 내려가도 수긍이 가는 이야기이다. 각 시대별로 여성들의 삶과 생은 한 시대를 규정하는 보편적인 역사의 기록이기도 하기 때문이다. 일제 강점기, 원폭, 한국전쟁 등 개인과 시대와의 연결고리는 단단하고 견고했다. 지금보다 훨씬 시대의 우여곡절에 자신의 인생을 내맡길 수밖에 없었던 사람들은 묵묵히 견디고, 버텼다. 그 시절을 관통해 온 존재들이라면, 응당 생존본능의 놀라운 활동력을 내재하고 있었던 게 아닐까. 특히 새비, 삼천이, 영옥이, 미선이, 희자와 명숙할머니까지. 우정, 그 이상의 연대감이 그들의 삶 속에서 고스란히 전해진다. 무릇 존재란 위기의 순간, 서로에게 곁을 내어주고, 최소한일지라도 서로의 생존에 도움을 주는 것이 인지상정일지도 모른다.

특히 세비와 삼천이 이야기에 홀리듯 읽어 내려갔다. 그 시절의 여성들이 어떻게 살아갔는지 짐작하기도 힘들지만, 나의 외할머니를 떠올린다. 지금 나의 외할머니는 100세를 바라보시는 노인이시다. 코로나도 이겨낸 노인에게 먼 옛날, 원자폭탄이 터지던 그 옛날의 일제 강점기 시대와 한국 전쟁, 이후 좌우이념 대립과 독재시대를 거쳐 온 삶은 어떻게 기억되고 있을까. 할머니의 삶은 곧 시대와 결부되었고, 그 시대를 묵묵히 주어진 상황에 맞춰 살아내셨다. 개인사 이면에 걸쳐진 시대사에 그 누구도 자유로울 수 없을 것이다. 세비댁, 삼천댁처럼 할머니는 덕구댁이었다. 살던 지역의 지명이 이름이 되어버린 그 시절 여인들을 떠올려본다.

하지만 나는 할머니가 어떤 삶을 살아왔는지 구체적으로는 잘 모른다. 그런 면에서 지연은 운이 좋은 편이다. 증조할머니와 할머니, 그리고 엄마의 꼬리에 꼬리를 무는 역사들을 관통하면서 자신의 뿌리에 대한 근원적인 궁금증이 해소됐을 터이니 말이다.

3. 영원한 건 없지만, 영원히 기억하고 싶은 순간은 있다

명숙 할머니란 존재는 꽤나 흥미로웠다. 감정을 드러내는 방법에 대해 잘 알지 못하는 사람들이 있다. 감정을 드러내는 것이 오히려 손해를 입을 수도 있다는 생각에서일까? 대개 그들은 따뜻한 마음을 내재하고 있지만, 잘 보여주지 않는다. 명숙 할머니처럼. 하지만 대구 생활에서 명숙 할머니의 존재가 주는 위력은 절반 이상 차지한다. 삶의 공간을 마련해주고, 경제적으로 도움이 되는 존재 그리고 영옥에게 바느질을 가르쳐주면서 여성으로서의 생존법을 알려주게 된다.

영옥에게 마음을 표현하지 않았지만, 그들이 결과적으로 이별하는 장면에서 나는 가장 많은 눈물을 흘렸다. 어린 시절, 영원할 것만 같은 공간과 사람들에게 기대어 살다가 예기치 못한 상황으로 헤어져야할 때, 그 영원이라는 믿음을 끊어버릴 때, 탯줄이 끊기듯 새로운 생의 소용돌이 속으로 들어가는 순간의 고통 같았다. 영원한 건 없지만, 영원히 기억하고 싶은 순간은 있다. 그 안에선 마음은 아프지만 평온할 수 있으니까.

밝은 밤에 여성들은 과거를 기억하되 공공연한 비밀처럼 발설을 금하는 삶을 살았던 게 아닐까. 특히 남아있는 영옥과 미선에겐 둘 간의 과거는 내뱉는 순간, 판도라의 상자처럼 고통과 슬픔이란 단어들이 소용돌이처럼 빠져나와 뼛속까지 흔들어대는 아픔의 절정이 된다. 미선과 지연도 언니의 존재에 대해 말을 아낀다. 아니 언니라는 존재를 지워버린다. 결국 만나는 순간, 평온해지려고 노력하고, 서로를 건드리지 않으며, 되도록 말을 아낀다. 모녀 관계는 참으로 이해하기 어려운 측면이 있다. 서로가 서로를 가장 잘 이해하는 듯 하다가 도통 이해불가인 존재가 된다.

사실 관계에서 우리가 바라는 건 별게 아니다. 서로의 마음을 이해해주고, 묵묵히 공감해주는 것. 존재는 각자 처한 상황을 스스로 딛고 일어서한다. 다만, 옆에서 작은 위로 한 마디로 묵묵히 지지해주는 가족이 있다면, 수면 위로 올라오는데 좀 더 수월할 것이다. 그것이 바로 가족이란 존재의 놀라운 위력이니까.

4. 여성 연대의 위력과 여성이란 존재의 생

사실 가족이란 피를 나눈 형태로만 존재하지 않는다. 가족은 나아가 공동체로 이어진다. 소설 속 인물들이 따로 또 같이 살다가 대구에서 모여 살았던 그 시절은 완벽한 여성들의 연대가 만들어낸 힘이다. 남자가 출연하지 않는 여성 영화를 보듯 나는 여성들 간의 연대가 얼마나 놀라운 힘을 발휘하는지 깨달았다. 서로가 서로에 대해 끈끈한 정을 쌓을 수 있고, 그 안에 어떤 계산도 포함되지 않으며, 단지 서로에게 도움을 주려는 존재들이 모인

공간. 노동을 통해 먹고 사는 일상 속에서 연대가 있었고, 서로를 지지해주었기 삶을 지속시킬 수 있었다.

때론 가족이란 존재가 굴레가 되기도 한다. 그래서 무겁다. 적당한 무게감을 가진 공동체였으면 좋겠다는 생각도 했다. 내가 밟고 지지하는 이 땅에 무게감을 덜어주는, 그런 존재들의 조합. 나는 이곳에 나온 여성 인물들이 한 자리에 모이는, 대구라는 공간에서 꿈의 현실을 발견했다. 아 그렇구나, 삶이란 다양한 방식으로, 다양한 관계들과 연결된 고리를 어떻게 푸느냐가 관건이 아닐까라는 생각을 해본다.

5. 밝은 밤은 어디에 있을까.

우리가 지향하는 환한 미래는 어떻게 하면 만날 수 있을까. 나는 소설을 읽는 내내 지연이 되어 각 세대를 살아온 할머니들을 만났다. 할머니들의 내밀한 이야기는 실제처럼 살아 움직였고, 나의 마음을 흔들리게 했다. 울컥할 정도로 억울한 상황도 있었고, 이해가 불가한 그 시절의 금기들에 분노했으며, 적당한 거리감을 유지하기 위해 노력하는 모녀간의 관계도 이해해보려고 노력했다. 소설 속 여러 관계들이 얽히고 얽힌 과거는 단순한 과거가 아니다. 살아온 삶의 증거가 될 것이다. 이런 흔적들이 연결되어 하나의 연대기가 되고 가족사가 되고, 시대의 스토리를 만들어가는 것. 그래서 밝은 밤은 보편적인 우리네 소서사의 흐름을 응축해놓은 놀라운 서사이다. 많은 독자들이 이 소설에 빠질 수밖에 없는 이유이기도 하다. 나도 그렇다. 나의 소서사가 과거와 연결지어있다는 놀라운 발견을 할 때마다 아마도 밝은 밤의 지연을 떠올릴 것이다.

그래서 나는 아직 회령을 떠나지 못하고 있다. 대전으로 향하는 지연에게 그 어떤 말이라도 건네고 싶지만, 잘 가라는 말 말고는 더 보탤 그 어떤 언어도 찾지 못하고 있다. 덤덤하게 손녀에게 부담주지 않고 보내는 영온 할머니의 마음을 헤아려본다. 할머니는 밝은 밤을 비춰주는 등대처럼 묵묵히 손녀의 삶은 응원해줄 것이다. 우리의 밤은 낮보다 아름답다고 말이다.

후각을 자극하는 향기 | 조혜진

– 정한아 『술과 바닐라』를 읽고

술과 바닐라를 읽는 내내 다양한 향기를 맡은 기분이었다. 진한 섬유유연제 냄새가 나기도 했고, 비가 내린 숲속에서 나는 풀잎 냄새가 나기도 했다. 처음엔 낯설던 냄새가 코에 적응되듯이 이 소설도 나에게 점점 적응되기 시작했다.

첫 번째 작품인 '잉글리시 하운드 독'에서는 남의 집에 갔을 때 맡는 낯선 집 냄새가 났다. 뭔가 이질적이고 묘하게 생경한 냄새. 미연과 민욱, 연주와 성재는 친구인 것처럼 보였지만 사실 서로를 정말 이해한 적은 없었다. 남의 집에 들어갔을 때 느껴지는 불편한 공기가 코를 맴돌았다. 연주는 미연과 호텔 여행 후 이런 얘기를 했다.

"우린 처음부터 달랐어. 그걸 몰랐단 말이야?"

어쩌면 우리는 본능적으로 느낄지도 모른다. 저 사람과 나는 다르다고, 친구가 될 수 없다는 것을 말이다. 과연 미연에게 연주는 어떤 존재였을까 궁금해진다. 그리고 나도 그렇게 생각하는 친구 아닌 친구가 있지 않은지도 생각해보게 되었다. 나의 열등감과 질투심 그 무엇을 자극하는 친구. 그 친구와는 과연 내가 같은 것을 느끼고 웃을 수 있을까?

'술과 바닐라'에서는 짙은 섬유유연제 냄새가 났다. 이모님에게서 나는 그 냄새였다. 뿐만 아니라 이모님에게는 익숙하지 않은 엄마의 냄새도 섞여 있었다. 바로 그 점이 처음에 율이 엄마로 하여금 이모님을 의지하게 했고 나중엔 떠나게 만든 게 아닐까 싶다. 나를 좋아하는 사람에게 느껴지는 꺼림칙함이란 양심에 걸리면서도 기분을 나쁘게 만든다. 이모님은 남이지만 율이를 친정 엄마처럼 돌봐주었고 결국 그 점이 나중엔 그 사람을 외면하게 만들었다. 과연 사람과 사람 사이의 적정 거리는 무엇일까? 그 관계가 어떻든 나의 영역을 침범하지 않으면서 둘의 사이가 오래 가기는 정말 어려운 것이라는 생각을 해보았다. 그리고 나에게 정말 필요했던 것이라도 나중에는 그 가치가 바래기도 한다. 그리고 그때가 되면 참을 수 없이 그 존재가 싫어진다. 하지만 이 책에서의 화자도 역시 나중엔 후회를 한다. 우리는 어느 한 감정에 꽂히면 다른 생각을 하지 못한다. 오로지 지금 이 부정적인 감정의 원인을 없애야겠다는 생각뿐이다. 하지만 섣불리 눈앞의 감정만을 바로잡다가는 소중한 것을 놓칠 뿐이라는 것을 다시금 깨닫게 된다.

'참새 잡기'에는 쓸쓸한 약국 냄새가 났다. 사람이 오랫동안 오지 않아서 휑하니 약만 늘어져 있는 약국의 냄새. 그 약국에는 지친 여자가 서 있다. 그 여자의 아버지는 그녀의 약사 자격증을 이용하여 사업을 할 생각에만 빠져 있다. 그리고 그 할머니는 아버지만을 뒷바라지하는 헌신적인 어머니이다. 그런 절대적인 관계, 나는 사실 이해가 가기도 했다. 나에겐 나의 할머니가 그랬다. 할머니는 친손주인 나만을 예뻐했고 외손주는 외손주라며 선을 그었다. 그래서인지 나는 찔렸다. 나도 조건 없는 사랑과 혜택을 아무 노력 없이 얻은 적이 있기 때문이다. 그 반대되는 입장에 대해서는 그저 눈 감고 모른 척을 했다. 한 번은 막내 고모가 소리를 지른 적이 있었다. 외손녀라고 지금 차별하느냐고. 할머니는 내가 언제 그랬냐면서 언성을 높였지만 그 말이 틀렸다는 것은 어린 나도 알고 있었다. 그래서 더 이 소설에는 나를 씁쓸하게 만드는 향기가 났다. 결국 할머니와 아버지는 그들만의 세계에서 머물러 있을 것이다. 다른 형제들과는 등을 돌린 채로. 그 씁쓸한 냄새가 글을 읽는 내내 배어 있었다.

'바다와 캥거루와 낙원의 밤'에는 암 환자의 죽음을 앞둔 냄새가 났다. 어쩔 수 없이 눈앞으로 다가온 죽음이 느껴지는, 그런 냄새였다. 노파가 죽어 집값이 떨어질 것을 염려하는 '나'에게 노파는 말했다.

"여기서 죽지 않을게요. 그러면 되잖아요."

이 말이 나에게 비수처럼 와서 꽂혔다. 죽음에도 타인의 허락이 필요한 것이었다. 그건 생명의 존엄성과는 관계가 없었으며 오로지 금전적인 이유 때문이었다. 자신의 목숨을 담보로 건 노파는 그 집에 대신 쫓겨난 아이들을 남겼다. 그리고 이후 그 노파의 행방은 책에서는 찾아볼 수 없었다. 나는 궁금했다. 그 노파는 대체 어디로 간 걸까. 자신의 죽음을 허락해줄 수 있는 장소를 과연 찾았을까. 나는 내가 나중에 죽을 때 나의 죽음을 허락해 줄 장소를 찾을 수 있을까.

'고양이 자세를 해 주세요'에서는 청량하고 고요한 향기가 났다. 요가원에서 맡을 수 있는 그런 경건한 냄새. 나도 요가를 꽤나 오래 해서 책 속의 주인공이 요가로 심신의 안정을 찾는 것이 이해가 되었다. 처음에는 힘들고 괴로운 자세지만 시간이 지나고 적응을 하면 내 몸을 편안하게 해 주는 자세들이 있다. 그리고 그 자세들은 나를 다른 세상으로 이끌어 준다. 그리고 내가 몰랐던 나의 능력을 깨닫게 해주고 한계를 이겨낼 수 있게 해 준다. 이 소설에서 벌어지는 정우와 나의 로맨스도 아슬아슬하면서 관능적인 향이 나지만, 이 로맨스가 더 돋보이는 이유는 바로 화자가 요가를 통해 감정을 깨달아가고 갈무리하기 때문이다. 그리고 그 향기는 너무나 상쾌하면서도 고즈넉해서 마치 새벽녘에 부는 바람 같은 느낌을 주었다.

'기진의 마음'에서는 이슬에 촉촉하게 젖은 풀잎 향기가 났다. 천문대로 올라가는 산책로에서 길을 잃은 그녀가 생각하는 마음에서 공감되는 구절이 있다.

'짙어져가는 어둠과 적막 속에 홀로 있게 되자, 그녀는 비로소 알 것 같았다. 자신이 종일 혼자되기만을 원했다는 것을. 비단 강의 가족뿐 아니라 남편과 아이들까지도 견딜 수 없었다는 것을.'

기진은 암으로부터 살아남았지만 예전과 같은 일상으로 돌아갈 수 없었다. 그녀를 둘러싼 그 모든 것이 그녀를 힘들게 했다. 그래서 그녀는 더욱 혼자가 되고 싶었는지도 모른다. 자신 말고는 아무도 그녀를 이해해줄 수 없었으니까. 그래서 더 기진의 외롭고 처절한 마음이 와 닿았다. 유성우가 보이지 않았지만 그녀는 소원을 빌었다. 진짜 중요한 건 눈에 보이는 무언가가 아니었을지 모른다. 기진이 빌었던 그 소원은 밖으로 표출되지 않았을 뿐 늘 기진의 마음속에 있었다. 사람은 항상 마음속에 간절한 소원을 지니고 있다. 입 밖으로 나오지 않지만 내가 항상 염원하고 있던 무언가를. 기진은 그걸 비로소 혼자 있을 때 깨달은 것이 아닌가 하는 생각이 든다. 그리고 나도 혼자가 되어 골똘히 고뇌에 잠겨보고 싶다. 내 안의 소리를 들으며 내가 진정으로 원하는 게 뭔지 알아보고 싶다.

마지막으로 '할로윈'에서는 시장에서 나는 정겹고 아련한 냄새가 났다. 고소한 전 냄새와 옷가게에 쌓인 옷가지에서 나는 섬유 냄새가 섞인 시장의 냄새. 소박하지만 구경할 곳 많은 시장 한가운데서의 낯익은 냄새가 내 코를 찌르는 듯 했다. 그리고 그 안에는 세희가 있었다. 유부남을 만나 도망쳤던 세희는 할머니가 돌아가신 뒤 돌아온다. 그리고 할머니의 사생아인 대니

얼을 만나게 된다. 세희가 과연 상상이나 할 수 있었을까? 그 올곧던 할머니가 부정을 저질러 사생아를 입양시켰다는 사실을 말이다. 놀랍게도 대니얼은 할머니의 유산으로 아무것도 바라지 않았다. 그저 자신의 친어머니와 담담하게 이별을 했을 뿐이다. 세희는 그것을 보고 자신도 현실을 마주보아야 한다고 생각하지 않았을까. 그리고 비로소 자신의 속마음과 마주하고 문과의 이별을 받아들인다.

이후 세희가 할머니의 옷가게를 이어가기로 결심했다는 사실만으로 나는 세희가 한 걸음 더 나아갔다는 인상을 받을 수 있었다. 대니얼과 세희, 할머니는 셋 다 닮은 점이 있다. 자신의 일에 열정적이고 앞으로 나아가고자 하는 사람들이라는 것이다. 혈연관계로 이루어진 이 셋에게서 어쩐지 모를 동질감이 들어 가슴이 아련했다.

'술과 바닐라'를 읽으면서 다양한 향기를 맡아 머리가 어질하기도 하고 가끔 기분이 오락가락 하기도 했다. 내 기억 속에 저장된 어떤 냄새들이 나를 맴도는 느낌이었다. 분명한 것은 이 책은 후각을 자극하고 있었다. 그 향기로 인해 나는 취하기도 하고 향수에 젖기도 했다. 그리고 나는 세상에서 가장 그리운 어떤 냄새를 다시 맡고 싶어졌다. 그 냄새를 맡기 위해 눈을 감고, 숨을 깊이 들이쉰 뒤 참아본다.

아이들의 생태감수성으로 극복하는 기후위기 | 한서우

– 김기창 『기후변화 시대의 사랑』을 읽고

"우리는 기후 변화의 고통을 처음 느끼는 세대이자,
무언가를 할 수 있는 마지막 세대이다."
–워싱턴 주지사 제이 인 슬리

전복이 주 생산품인 읍면 단위 학교에서 아이들과 함께하면서, 기후변화
란 나와는 상관없는 일이라 여겼다. 신록이 푸른 청정지역에서 건강하게 지
내는데 기후변화가 체감될 일이 없었던 것이다. 그러나, 어느 순간 요즘 날
씨가 좀 이상하다고 느꼈다. 에어컨을 조금 더 일찍, 조금 더 오래 틀었다.
그리고 얼마 전, 이상기후로 인한 폭우로 우리 지역의 전복 약 2,300만마리
가 한 번에 폐사했다. 총 400억 원으로 추산되는 손실에 지역사회는 충격에
빠졌다. 뭉근하게 달아오르는 냄비 속 개구리가, 임계점에 맞닥뜨린 기분이
었다. 우물쭈물하는 동안 기후위기는 이미 우리 앞에 와 있었다.

이런 변화를 반영해, 기후위기에 적극적으로 행동하는 생태시민성을 함
양하는 교육에 대한 관심이 급부상하고 있다. 최근 생애주기별 기후변화교
육 프로그램 매뉴얼, 그린 스마트 미래학교, 관련 교육프로그램 개발 및 운

영이 떠오르는 것은 그것의 일환이다. 『기후변화 시대의 사랑』의 저자는 "캠페인이 일상의 등을 떠밀 때" 망설이는 사람들을 바라보며 "어떻게 하면 문제의식을 넘어 문제를 풀 수 있을까?"를 고민한다.

이미 우리에겐 시간이 없다. 지구종말시계는 자정까지 100초 전을 가리키고 있다. '등을 떠미는' 캠페인으론 부족하다. 기후위기를 방치한 세계 정상들, 어른들에게 "How dare you!(어떻게 감히!)"를 외쳤던 그레타 툰베리처럼 직접 나서 문제를 푸는 생태시민 지도자를 양성하는 교육이 필요하다. 그 단초가 『기후변화 시대의 사랑』에 있다고 느꼈다. 저자의 말처럼, "우리에겐 예상과 예감을 현실과 실제로 느낄 생생함이 필요"하다.

그리고 한 발 나아가, 누가 시켜서가 아니라, 나 스스로, 우리 마을을 지키기 위해 행동을 주도해야한다. 이 작품으로 "실제로 행동이 멈추고 새로운 행위를 만들어내는 진짜 앎"을 추구하는 고민을 담았다.

■ 아이들이 직접 고르는 생태시민교육의 글감

왜 『기후변화 시대의 사랑』이 생태시민교육의 글감으로 적합한가? 중심 소재는 기후위기이지만, 그것을 다루는 방식, 세부 소재, 주인공은 너무나도 다채롭기 때문이다. 아이들의 표현을 빌리면, 그야말로 "네가 뭘 좋아하는지 몰라서 일단 다 준비해봤어"라 할 법하다. 소설을 활용한 교육에서 가장 어려운 지점은 적당한 텍스트를 고르는 일이다.

교육에서 활용할 텍스트는 이런 조건을 갖춰야한다. 취향과 관심이 제각각인 아이들이 자신이 마음에 드는 텍스트를 고를 수 있어야한다. 공통 텍스트를 선정할 수도 있지만, 아이들이 스스로 고를 때 작품에 대한 관심도가 더 높다. 그렇기에 주인공의 유형과 장르의 선택지는 다채로울수록 좋다. 그럼에도 가급적 학급 전체가 통일된 주제를 가질 수 있으면 좋다. 그럴 경우 특정 주제에 대한 다양한 시각, 깊이있는 사고를 함양할 수 있기 때문이다. 분량 차원에서, 코로나 세대의 학생들은 문해력이 매우 결핍된 상태이므로, 중단편이 적합할 수 있다.

이 까다로운 조건을, 『기후변화 시대의 사랑』은 모두 갖추었다. '돔시티 3부작'이라고 통칭되는 「하이 피버 프로젝트」, 「갈매기 그리고 유령과 함께한 하루」, 「개와 고양이에 관한 진실」은 전통적인 포스트 아포칼립스 SF에 부합한다. 멸망 이후 소수의 사람들만 거주할 수 있는 공간을 대상으로 벌어지는 사건을 다뤄, SF를 좋아하는 아이들이 선호할 만하다. 「굴과 탑」, 「접는 나날」은 마술적 리얼리즘, 혹은 우화, 혹은 아이들이 느끼기에 '뭔가 독특한 이야기'라 할법한 환상적인 소재가 가미되어 있어 최근 유행인 환상적인 동화류의 소설이 취향인 아이들에게 권할 만하다.

「지구에 커튼을 쳐 줄게」는 동사무소에서 벌어지는 사건을, 「소년만 알고있다」는 발리에서 일어나는 연쇄살인사건을, 「약속의 땅」은 비인간존재의 시점에서 일어나는 북극의 위기상황을 다뤄 공직이나 복지를 진로로 삼고 있는 아이들, 미스테리 소설을 좋아하는 아이들, 비인간존재의 동물권에 관심있는 아이들이 좋아할 것 같다. 「천국의 초저녁」은 일견 사랑스럽게 느껴지는, 티격태격하는 부부의 일상을 담아, 연애소설을 좋아하는 아이들이 좋아할 것이다.

책의 공통 주제는 기후위기이므로, 아이들이 기후시민 소양을 깊게 함양하기 적합하다. 같은 책 안의 다른 단편들이므로, 다른 아이들의 발표에도 충분한 흥미가 유발될 수 있다. 분량은 단편이기 때문에, 아이들이 문해력의 수준에 따라 개별화된 독서지도를 할 수 있다. 긴 글을 읽기 어려워한다면, 단편 하나만을 읽어도 된다. 보통 수준의 문해력을 지녔다면, 연작의 성격을 지닌 단편을 읽으면 된다. 보다 높은 수준의 문해력을 지녔다면, 여러 편의 단편을 읽고 하나의 주제에서 통합해보는 상호텍스트 독서를 지도할 수 있다고 느꼈다.

■ 생태감수성으로 실천하는 기후시민을 꿈꾸며

무엇보다, 소설은 소설적 재미가 있어야한다. 교조적으로 독자에게 훈계하는 소설은 그다지 효과적이지 않다. 실제로 사람의 마음을 움직이는 것은 흥미로운 이야기 안에서, 살아 숨쉬는 매력적인 인물들이 겪는 풍부한 감정들이다. 이 작품은 흥미롭고, 마음을 움직이고, 울림을 낳기에 합당하다.

돔시티 3연작은 소수만 거주할 수 있는 안전지대인 돔시티에서 물러난 사람들을 다룬다. 밖에서, 사람들의 어리석음에 "정말 멍청해. 이렇게 될 줄 정말 몰랐다고? 정말?"이라고 분통를 터뜨리는 소피는 매력적이고 주체적인 여성 주인공이다. 인류의 유일한 생존수단인 태양광 패널을 폭파시키는 것이 소피의 계획인데, 상식적이고 정치적인 존재인 피버는 "다음"을 이야기하며 설득하려하지만 실패한다. "사람들을 솎아내면서 이미 내전은 시작"되었으며, "그들이 우리를 밖으로 내   았듯, 저들을 밖으로 불러낼"거라는 것이다.

결국 소피와 함께 "다리가 불편하고, 한쪽 눈이 멀고, 말문이 닫혀버린" 소수자들은 계획을 실행에 옮긴다. 이런 결론에 이르기까지 소피가 겪었던 사랑과 상실, "일시적인 고통조차도 감수하려 들지 않"는 안쪽 사람에 대한 분노, 거기서 드러나는 바깥쪽 사람들과 약자에 대한 애정은 읽는 이의 마음을 뒤흔든다.

소피가 진정으로 바라는 것은 **공동의 위기를 위해 기꺼이 일시적 고통을**

감수하는 공동체, 약자를 솎아내지 않고 함께 살아가는 사회였다. 소피는 사랑하는 이를 잃었고, 진정 원하는 것을 얻지 못한 채 이야기는 비극으로 끝나버린다. 여기서 독자는 마음의 울림을 겪고 자신의 삶에 접목시킬 수 있어야한다. 가령 주인공에게 편지쓰기 활동, 우리 마을에 적용하여 소설의 뒷 이야기나 앞 이야기 써보기 활동은 아이들의 감수성을 함양하기에 적합할 것이다.

그리고 자신의 삶에 접목시켜 작게는 개인적인 에너지 보호에서 실천을 시작할 수 있다. 일회용품 사용 줄이기에서부터 탄소포인트제 가입, 제로웨이스트 활동 참여까지. 책의 서문에서 밝히듯 "한 번의 행위는 아무것도" 아니지만 "그것이 삶의 양식이 되고 습관이 되면" 불가능하다고 믿었던 일도 해낼 수 있다.

나아가, 미래사회를 살아갈 생태시민으로서 실제 사회의 변화를 이끌 수도 있다. 예전에, 광어를 양식하는 가정의 아이가 생사료대신 배합사료를 사용하는 정책을 조사해 이야기한 적 있다. 그 아이는 해양환경에 대한 감수성을 이미 지닌 아이였는데, 미래 광어를 양식할 수산 CEO의 입장에서 발표했다. 어린 고기 남획과 해양 환경 보호를 위해 실시되는 정책의 적합성을 근거로 설득력 있게 이야기를 전개했는데, 그 발표를 들으며, 이런 학생들이 몇 명만 더 있다면, 그리고 성장해 각 영역에서 우리 사회를 이끈다면 우리의 미래는 밝다고 느꼈다.

이처럼 앎이 먼저가 아니다. 저자가 말했듯, 우리는 이미 "볼 만큼 봤고 들을 만큼 들었다. 지식의 앎이 아니라 감각의 앎", 그리고 감수성이 필요하다. 먼저 감수성이 갖춰져야만, 사랑할 수 있어야만, 우리는 행동으로 나아간다. 그리고 행동만이 우리를 구원할 것이다. 그렇기에 생태감수성, 즉 사랑을 함양하는 교육이 기후위기를 극복할 수 있다고 믿는다.

우리는 무언가를 할 수 있는 마지막 세대라는 걸 명심해야 한다. 정조 때 문장가 유한준의 말을 빌어 이 글을 마친다.

"사랑하면 알게 되고, 알면 보이나니, 그때 보이는 것은 전과 같지 않으리라."

달까지 가자, 우리 모두의 이야기 | 김지호

－장류진 『달까지 가자』를 읽고

장류진의 데뷔작이자 단편집(『일의 기쁨과 슬픔』)에서 그녀가 선보인 세계에 한번 흠뻑 빠졌었던 나는 작가가 첫 장편소설을 냈다는 소식을 듣고는 그길로 책방으로 향했다. 그녀의 장편소설 역시 나를 흡입력 있는 세계로 데려가리라 기대하면서 『달까지 가자』의 첫 장을 펼쳤고, 장류진은 이번에도 나를 자신만의 세계로 이끌 수 있다는 사실을 증명했다.

『달까지 가자』의 등장인물 정다해와 강은상, 정지송은 같은 회사의 동료이자 회사에서 '비공채 출신 3인'으로 불리는 사람들이다. 주인공 다해는 회사의 큰언니 은상의 제안으로 가상화폐 투자를 시작하고, 이후 지송까지 합류하여 그들은 전 재산을 가상화폐에 붓는 위험한 도전을 이어간다. 이 소설에서 흥미로운 점은 그들이 투자한 가상화폐 '이더리움'의 가격이 소설의 배경이 되는 2017년 당시 실제 이더리움의 가격과 일치한다는 점이다.

2017년…. 그 해는 내가 가상화폐에 투자한 해이기도 하다. 나 역시 『달까지 가자』의 인물들처럼 우연한 기회로 가상화폐를 접하고 가상화폐의 가능성에 매료되었다. 나는 아르바이트를 해서 번 돈으로 며칠에 걸쳐서 이더리움 150만 원어치를 매수했다. 개인적으로 목표한 매수액 150만 원을 달성한 다음날, 나의 150만 원어치 이더리움은 270만 원이 되어 있었다. 당시 그래프를 보는 내 마음은 심장이 두근거렸다는 표현으로는 부족했다. 아르바이트로 한 달에 80만 원을 받던 시절, 아르바이트비 한 달 하고도 2주일 치의 돈이 하룻밤 사이에 불어나 있었다. 어느새 나는 소설 속 인물들처럼 외치고 있었다.

"J커브 가즈아! 그래, 달까지 가보자."

물론 그때 이더리움을 팔지는 않았다. 가파른 상승세에 힘입어 다음날이면 이더리움의 가격이 더 오를 것 같았기 때문이다. 다음날이 되자 270만 원이었던 이더리움은 180만 원으로 내려와 있었다. 사람은 기회비용이라는 개념을 정말 자기 멋대로 사용한다. 애초에 150만 원을 넣은 게 180만 원이 되었으니 30만 원 벌었다고 생각하면 되는데, 최고점인 270만 원에서 180만 원으로 내려왔으니 90만 원을 잃었다고 생각했다. 그런 기이한 투자자의 마음으로 6개월 동안 가상화폐 거래를 이어갔다. 2018년을 앞두고 나는 약간의 수익을 끝으로 가상화폐 거래를 그만두었다. 그동안 가상화폐 때문에 마음 졸인 것에 비하면 보잘것없는 수익이었다.

이러한 경험이 있기에 나는 책을 읽으면서 주인공 다해와 그녀의 동료들이 흔히 말하는 '나락'을 경험하지는 않을까 조마조마했다. 그러나 결말은 다행히도 해피엔딩이었다. 다해와 은상, 지송 모두 억 단위의 수익을 얻고 가상화폐 시장의 짜릿한 승자가 되었다. 소설에서 해피엔딩은 양날의 검이다. 마냥 꽃밭인 해피엔딩은 작품이 자칫 식상해 보일 수 있다는 리스크가 있기 때문이다. 그런 우려가 무색하게도 장류진은 자신만의 신선한 맛으로 해피엔딩을 선보이는 데 성공했다.

소설가 정이현은 언젠가 장류진의 소설에 대해 이렇게 말했다.

"장류진의 소설은 정확한 시간에 여기 도착했다. …오늘의 한국 사회를 설명해 줄 타임캡슐을 만든다면 넣지 않을 수 없는 책이다."

정이현의 말처럼, 『달까지 가자』는 오늘날 한국의 사회상을 여지없이 보여준다는 점에서 대부분의 국내 문학과는 다른 독보적인 스타일을 가지고 있다. 오늘날 쓰여야만 발현될 수 있는 그 느낌이 장류진에게는 있다. 글을 쓰는 사람으로서 훔치고 싶은 매력이다.

장류진이 『달까지 가자』로 그린 세계를 한마디로 표현하자면 '계산적'이다. 『달까지 가자』 속 인물들은 현대인의 습성에 맞게 언제든 이것저것 따지고 계산하지만 당연하게도 그들의 계산은 언제나 맞아떨어지지는 않는다. 그들은 인간관계에 실패하고, 예상치 못한 기쁨을 맞기도 하고, 커다란 꿈을 포기하고 소박한 행복을 찾기도 한다. 그들의 이야기를 따라가면서, 소설에서까지 계산적인 인간들을 봐야 하나 싶었던 불편함은 이내 그들에 대한 동질감으로 바뀌었다. 장류진이 소설로 빚은 인간들은 계산적이면서 또한 인간적이다. 장류진의 글을 읽으며 차츰 내 마음에는 '나 또한 그랬으리라' 하는 공감이 피어났다.

현대사회 특유의 무심함이 깃든 장류진의 소설을 읽고 있으니 어딘가 따뜻한 분위기 또한 느껴졌다. 이러한 공감각은 어느 부분에서 오는 걸까 생각해봤는데, 『달까지 가자』 속 인물들에게 일상적인 느낌이 느껴져서 그런 게 아닐까 싶다. 대부분의 소설 속 주인공들은 독자의 흥미를 이끌기 위해 죽음까지도 각오해야 하는 극적인 상황에 처해진다. 반면 장류진의 소설 속 인물들은 결코 '극적'으로 절망하지 않는다. 소설은 일종의 '극劇'이기 때문에 장류진 소설의 이러한 성격은 흥미롭다. 장류진이 창조한 인물들은 소설이라는 세계에서 그저 '생활'하고 있을 뿐이다. 소설 속에서 그들이 겪는 크고 작은 사건들은 수많은 일상 중 어쩌다 만나는 돌부리 같은 거라고 장류진이 독자들에게 말을 건네는 듯하다. 이러한 일상적인 분위기 때문에, 장류진의 소설을 읽고 있자면 누군가의 일기장을 훔쳐보는 기분이 들기도 한다.

『달까지 가자』의 주인공 다해는 가상화폐로 얻은 수익 전부를 월세방에서 전셋집으로 이사를 가는 데 쓴다. 인생역전을 할 만한 돈도 아니었으니 회사는 얄짤없이 계속 다녀야 한다. 소설 치고는 주인공의 결말이 꽤 현실적이다. 어떤 원대한 꿈을 가진 캐릭터는 여기에 없다. 은송, 지상 모두 그저 먹고살기 위해 분투할 뿐이다. 그런 점에서 『달까지 가자』는 단순히 월급으로 먹고 사는 직장인들만의 이야기가 아닌 '우리 모두의 이야기'이다. 장류진의 이야기가 가진 힘이 여기에 있다. 장류진의 이야기는 픽션이면서도 현실에 단단히 뿌리내려있다. 『달까지 가자』는 가상화폐 투자에 가장 성공적인 케이스라 할 수 있는 주인공들의 모습을 보여주는 동시에, 그럼에도 그 성공이 인생을 바꿀 정도로 대단치 않다는 점을 보여준다. 이를 통해 『달까지 가자』는 누군가의 삶이 하나의 이야기로는 끝나지 않는다는 것을 보여준다. 소설의 막이 내리고 다해와 은상, 지송은 분명 이전과는 다른 삶을 살아갈 테지만, 또한 이전과는 다르지 않은 삶을 살아갈 것이다.

　빠르고 무심하게 돌아가는 현대사회 속에서 사람들은 끊임없이 무언가를 계산하려 하고, 그럴수록 역설적이게도 인간의 계산은 무색해진다. 계산이 무색해지면서 사람들은 길을 잃고 점점 차가워진다. 장류진은 현대인이라면 누구나 가지고 있는 차가운 면을 이 작품에 다채로운 색으로 녹여냈다. 현대사회의 차가운 빛은 장류진이라는 프리즘을 만나 무지갯빛으로 빛난다. 『달까지 가자』의 마지막 장을 넘긴 후 다해와 은상, 지송 모두 언젠가 직접 마주한 사람들처럼 내 마음에서 일렁였다. 빠르고 무심한 현대사회를 다른 사람들과 마찬가지로 천방지축 살아가고 있던 나에게 작가가 소설의 끝에서 말을 건네는 듯하다.

　"차가운 세계에 필요한 건 오직 뜨거운 마음이에요."

타인의 집에는 | 김창희

－손원평 『타인의 집』을 읽고

불행에는 저마다 사연이 있다. 정답이 없는 현실 속에 공감할 수 있는 이
야기가 존재한다. 『타인의 집』에 등장하는 인물들의 이야기가 그러하다.
각각의 사연은 개별적인 이야기로 날카로운 개성을 드러내지만, 동시에 이
들이 겪는 걱정과 불안, 고통은 낯설지 않다. 현실에 존재할 법한 인물들의
드라마, 허구의 이야기가 전해주는 생생한 현실감을 통해 우리의 이웃을,
또는 나의 현실을 되돌아보는 계기를 마련한다.

『타인의 집』에 8편의 단편은 주변에 존재하지만 완벽한 거리를 지닌 타
인들의 이야기다. 잘 알지 못하고 제대로 들여다보지 않았던 주변의 이야
기. 나와 관계가 없기에 멀게만 느껴졌던 사람들. 그러나 번번이, 또는 스치
듯이 지나치는 평범한 이웃들의 이야기다. 낯설고 먼 타인들은 자신들의 이
야기를 통해 무척이나 가까운 지인처럼, 친구처럼 다가온다. 그리고 그와
같은 친밀함은 그들이 처한 현실을 외면하기 어렵게 만든다.

현 세태를 반영한 단편 「타인의 집」을 보면 불안정한 주거 상황에 고통
받는 청년 '나'가 등장한다. 나는 셰어하우스 형태로 아파트 방 한 칸을 얻

어 살게 되지만 과거 열악했던 주거 현실을 비교하며 소소한 만족감을 느낀다. 20년이나 된 낡은 아파트지만 서울 시내에 위치하고, 방 한 칸일지언정 개인 화장실을 가질 수 있는 공간. 청년 나에게 지금의 방은 전의 숙소들과 다른 엄연한 집이다. 고시텔의 숨 막히는 좁은 공간과 고립감에서 벗어나 눈부신 채광이 드는 아파트 방 한 칸은 주인공 나에게 삶의 질을 상승시키는, 개인의 존엄을 유지하는 공간으로 기능한다. 그러나 셰어하우스라는 형태의 공동생활은 나에게 피할 수 없는 불편함과 인내를 시험한다. 동거인 희진이 화장실에서 손을 씻을 때 내는 트림 소리, 쿵쾅거리는 발소리 등 문틈을 비집고 들어오는 소음에 속수무책일 수밖에 없다. 게다가 또 다른 동거인 재화는 내가 지불한 개인 화장실의 권리를 자신과 나누라고 요구한다. 나만의 영역이 침범당하는 것을 막기 위해 껄끄러운 노력을 해야만 하는 현재다. 책상, 미니책장 등, 무엇보다 내가 가장 애정하는 '내돈내산'의 미니 냉장고를 둘 수 있는 나의 공간. 그것이 주는 의미에 행복을 느끼는 나는 그럭저럭 만족하는 이 상태를 유지하고 싶다.

셰어하우스는 아파트 전세를 사는 쾌조가 동거인들에게 세를 주는 형태로 운영되고 있다. 어느 날, 집주인이 집을 방문하면서 나와 동거인 모두의 주거가 위태로운 상황에 놓이게 된다. 세입자의 세입자인 나의 처지가 적나라하게 드러난다. 집주인은 예고도 없이 사람들을 데려와 이 집을 내놓기로 했다며 통보한다. 동거인들은 집주인의 방문을 앞두고 집주인의 눈을 속이는 연극을 계획했다. 동거인 모두가 쾌조의 아는 지인으로 집을 잠시 방문했다는 설정. 방을 바꾸고, 물건을 옮기며 자신들의 흔적을 지우던 모두의 노력이 집주인과 함께 집을 보러온 사람들 앞에서 한순간에 무색해진다. 나는 '내돈내산'으로 아끼는 미니 냉장고까지 밖에 옮겨놓은 상태였다. 하루만 버티면 될 거라 생각하며 경비 아저씨에게 신신당부했다. 박카스까지 바치며 제발 수거 스티커를 붙이지 마시라 사정해놓았다. 그러나 소란한 즉흥극의 끝에 처량함만 남았다. 블랙코미디 같은 현실 앞에 눈물겨운 모든 노력이 덧없이 날아가고 말았다. 허탈하게 현 상황을 지켜볼 수밖에 없는 무력한 자신. 거기에 밖에 내놓은 미니 냉장고마저 누군가 가져가 버리고 황망함에 기진맥진한 상태로 집으로 돌아온다. 동거인들은 각자 방문을 꼭 닫은 채 자취를 감춘다. 고요한 거실엔 쾌조만이 묵묵히 자리를 지키고 있다. 산더미만 한 귤껍질을 옆에 둔 채로.

> "더럽게 맛없어요. 근데 귤 상태가 애매해서 썩기 전에 먹으려고요. 두면 썩지만 배에 들어가면 영양분이 되니, 비축되는 것도 나쁘지 않죠. 미래를 위해서."

미련하고 고집스런 쾌조를 보고 나는 그의 행위를 어리석다고 봐야 할지, 배를 곯는 내일이 온다면 그를 현명했다, 생각하게 될지 그저 혼란스럽다. 이제 나의 운명은 세입자였던 쾌조의 손에서 다른 집주인에게로 옮겨갔다. 자신의 의지와는 상관없이 정해진 운명. 새로운 주인은 과연 누가 될 것인가, 막막하기만 한 미래가 눈앞에 펼쳐진다.

〈타인의 집〉의 '나'를 보며 이것이 나의 이야기라고 말하는 이들이 적지 않으리라 짐작해본다. 주인공 '나'는 너무나 보편적이고 평범한 청춘의 모습을 하고 있음으로. 연인과 헤어지고, 회사에서 잘리고, 월세 인상을 감당하지 못해 쫓겨나는 생활이 어찌 낯설기만 할까. 집값 폭등으로 청년뿐 아니라 보통의 가정이 겪는 뜻하지 않은 고난은 누구도 예상치 못한 불행이었을 것이다. 하루아침에 거리로 내몰리는 상황, 눈 앞이 캄캄해지는 순간을 경험한 이들이 느끼는 두려움과 비참함은 분명 타인의 문제만이 아닐지 모른다. 내가 또는 내 주변 누군가가 겪을 수 있는, 아니 겪고 있는 문제일 수 있다. 이렇듯 〈타인의 집〉에 '나'가 주거 문제로 불행을 경험하고 있다면 〈상자 속의 남자〉의 주인공 '나'는 도덕적인 딜레마에 빠져 있다. 택배기사로 일하고 있는 '나'에게는 동경하는 멋진 친형이 있다. 형은 비탈길에 주차해놓은 트럭이 속도를 높이며 미끄러져 가는 것을 우연히 목격한다. 트럭이 미끄러지는 길에 어린아이가 걸어가고, 아이의 부모는 서로 다투느라 그 모습을 미처 보지 못한다. 형은 돌진하는 트럭 앞의 아이를 밀어내고 자신이 대신 사고를 당한다. 아이는 팔에 상처를 입지만 형은 두 번 다시 일어서지 못한 채 병원에 누워있는 신세가 된다. 선의의 행동은 모든 이의 귀감이 되고, 화려하게 매스컴을 타지만 형이 처한 현실은 그저 처참하고 불행할 뿐이다. 아이의 부모가 표현한 감사는 예의를 차린 수준으로, 나중에는 적반하장으로 나오는 아이 부모를 보며 나는 인간에 대한 환멸을 느낀다. 이후나는 형의 일을 계기로 누군가를 돕는데 극도로 조심하는 냉소주의자로 변모한다. 철저한 관찰자의 삶. 그는 꽉 닫힌 상자 속에서 안전함을 느낀다. 밖에 시선을 두지만 불편하면 눈을 질끈 감아버리는 형태로. 그리고 그 결과 묻지마 살인 현장의 목격자가 된 나는 무력하게 그 순간을 지켜보고 만다. 순식간에 일어난 일이었지만 가해자의 이상을 감지했지만, 아무것도 할 수 없었다. 사건이 일어난 바로 그 순간, 그리고 이어진 정신없는 순간들에 나는 형의 손길을 느낀다. 자신의 등을 떠미는 형의 손길을.

희생자의 부고 소식이 전해지고, 나는 장례식장을 찾아간다. 죄책감이 한없이 나를 조여왔기 때문에. 그곳에서 할머니와 엄마를 동시에 잃은 아이를 만난다. 아이는 묻는다.

'그 날로 돌아간다면 무언가 달라졌을까요'

나는 아이에게도 나 자신에게도 할 말을 찾지 못한다. 그렇게 지울 수 없는 죄책감에 시달리며 더 깊이 상자 안으로 들어간다. 남은 것은 허탈함과 무탈하게 이어지는 일상이 주는 안도감이다. 그러던 중 나에게 또 한 번의 기회가, 아니 시험대가 준비된다. 산책로에 쓰러져 의식을 잃어가는 여자. 짧은 순간 여러 생각이 스치며 나는 혼란에 휩싸인다. 일하며 들었던 수많은 폭언과 귀찮은 일에 휩싸여 선의가 변질되는 과정을 겪게 되리라는 두려움에 망설이던 그때, 나를 밀치고 여자 앞에 무릎 꿇는 소녀. 주저 없이 곧장 심폐소생술을 실행하는 당찬 아이는 나에게 소리친다. 119에 전화를, 우편함의 제세동기를 찾아올 것을! 소녀의 당찬 요구에 나는 정신이 번쩍 든다. 소녀와 함께 무사히 여자를 구해내고, 소녀는 홀연히 모습을 감춘다. 나는 아이의 뒤를 쫓아 아이를 붙잡는다. 소녀는 자신이 한 일을 비밀로 해달라며 부탁한다. 지금 자신은 여기에 있으면 안 되는 시간이라고, 학원을 빠진 걸 들키면 안 된다고 애원하는 소녀의 소매 끝에서 낯익은 상처를 발견한다. 누군가 살아남은 흔적, 형이 구한 생명의 흔적과 마주한다.

누군가는 〈타인의 집〉보다 〈상자 속의 남자〉 '나'의 이야기를 더 극적으로, 그리고 더 강한 불행으로 여길 것이다. 그러나 나머지 단편 속의 불행을 살펴본다면, 책을 읽은 누군가의 선택은 분명 달라질지 모른다.

〈4월의 눈〉에서 아기를 잃은 부부의 불행이, 〈괴물들〉에선 남편을 죽인 것으로 의심되는 쌍둥이 자식을 바라보는 어머니의 불행이, 〈집 Zip〉에선 삐걱거리는 결혼생활과 남편의 자살이라는 불행이, 〈아리아드네의 정원〉에서는 죽음을 바라는 초라한 노년의 불행이 줄지어 있기에, 어떤 불행이 더 거대하고, 깊은 상흔을 남겼는지 저마다 다 다를 것이다. 어떤 불행이

내게 더 큰 공감을 주는지는 내가 처한 상황과 현실이 반영되는 것이기 때문이다.

나는 〈타인의 집〉과 〈상자 속의 남자〉의 불행이 인상 깊었다. 무엇보다 불행 앞에 한 개인 겪는 고뇌는 타인의 것만이 아니었다. 글을 읽는 내 내 '이야기의 주인공이 나였다면'이란 생각을 떨칠 수 없었다. 분명 〈타인의 집〉이었지만 〈나의 집〉처럼 느껴졌던 단편들이었다.

잠들기 전 나는 매일 기도한다. 나의 하루가 무탈하기를, 내가 사랑하는 사람들 모두가 오늘도 무탈하기를. 그럼에도 불구하고 피할 수 없는 불행을 맞는다면 〈상자 속의 남자〉 '나'처럼, 무참한 불행 속에서도 작은 희망과 용기를 얻을 수 있는 불행이기를, 삶을 지속할 힘을 얻을 수 있는 불행이기를 바라본다.

우주의 먼지가 아닌 별이 되고 싶다면 | 이소이(이명선)

– 최은영 『밝은 밤』을 읽고

　『밝은 밤』은 공감을 불러일으키는 서사, 서정적이고 사려 깊은 문장과 문제의식으로 등단 이후 많은 사랑을 받은 젊은 작가 최은영의 첫 장편소설이다. 2020년 봄부터 꼬박 일 년 동안 〈문학 동네〉에 연재한 4대 여성 가족사를 서술해 낸 작품은, 툭 치면 쏟아져 내릴 우리 안의 물주머니를 살짝 건드려 준다. 그 작은 터치로 우리에게 다시 살아갈 희망을 건넨다.

　남편의 배신으로 이혼을 겪은 지연은, 항상 '나는 친정이 없어.' 말하던 엄마처럼 엄마에게선 그 어떤 위안도 받지 못했다. 할머니와 13살까지의 추억이 남아 있는 '희령' 할머니 댁에 간 첫 날, 그녀와 꼭 닮은 증조할머니 이야기를 듣게 됐다. 남편조차 그녀의 고통에 관심 없을 때, 자신의 은인인 새비아저씨 내외가 개성에서 자리 잡는 것을 도우며 삶의 의욕을 다졌던 삼천아주머니. 빚을 갚기 위해 일본으로 떠난 새비아저씨 대신 새비 모녀를 도왔던 증조할머니는, 새비아주머니가 살아가야 할 이유를 편지에 써내려가며 자신 또한 용기를 냈다. 그러나 새비아저씨가 원폭증을 얻어 고향으로 향하고, 그들은 눈물의 이별을 했다.

새비아저씨는 고향에서 죽음을 맞이하고 6.25가 일어났다. 오빠가 사상범으로 몰려 시댁에서 쫓겨난 새비아주머니와 증조모는 개성에서 해후했다. 그러나 새비네는 삼천네에게 피해를 줄까봐 서둘러 대구로 떠났다. 피난길에 올랐던 증조모는 새비네 고모할머니인 명숙 할머니 댁에서 신세지게 되었다. 두 가족이 다시 만난 것도 잠시, 휴전 후 아버지는 시댁 식구가 정착했다는 '희령'으로 가자 말했다. 자신을 귀하게 여길 사람이 아님을 알면서도 아버지 기대를 채우기 위해 작은 부스러기라도 붙잡고 싶었던 할머니는, 아버지가 추천한 길남선과 결혼하고 엄마를 낳았다.

명숙 고모님은 할머니에게 『로빈슨 크루소』와 유서를 남기며 세상을 떠났다. 잠시간의 친정을 경험한 새비아주머니마저 세상을 떠나자, 희자 할머니는 약혼도 파기한 채 홀연 독일 유학을 떠났다. 다큐멘터리에서 희자 할머니를 발견한 지연이가 할머니와 희자 할머니의 만남을 주선하는 장면으로 소설은 끝났다.

"내 살아 있을 때 너를 다시 볼 수 있을까?"(『밝은 밤』, 최은영, p 223)

세상엔 이해할 수 없는 수많은 이별이 존재한다. 사랑하는 가족과의 이별이나, 살면서 처음으로 사귄 친구와의 이별. 헤어질 때 얼마나 고통스러울지, 사랑하는 사람에게 상처를 줄 수 있음을 미루어 짐작하며 이별의 슬픔에 주목해 만남조차 부정한다면, 나란 존재를 귀애하고 사랑해주는 단 하나의 소중한 인연을 놓치게 될지 모른다. 새비아저씨가 힘들게 천주를 원망하며 떠난 3년의 기억들도 새비아주머니와 희자에게는 소중한 사랑의 추억일 것이다. '차라리 만나지 않았던 편이 나았을까요?'(『밝은 밤』, 최은영, p 115)라고 감히 말할 수 있겠는가? 우리는 어쩌면 매일 반복되는 무미건조한 시간이 아닌, 찰나의 소중한 추억으로 이 세상을 살아가는 게 아닐까?

'엄마의 눈에는 나의 고통이 보이지 않는 것 같았다.'(『밝은 밤』, 최은영,

p 18) 나와 가장 가까운 존재이자 나를 가장 잘 이해해 줄 것 같은 일촌 관계인 모녀지간은, '정말 끝이 날까 봐 끝까지 싸울 수 없는 사이'(『밝은 밤』, 최은영, p 137)이기도 하다. 지연은 엄마와의 관계를 수용하기 위해 증조할머니와 할머니의 이야기 속으로 거슬러 올라 엄마와 나의 이야기로 되돌아온다. "하지만 이야기가 이어지다 보면 언젠가는 할머니의 삶에 대해서도 들을 수 있을지 모른다는 생각을 했다."(『밝은 밤』, 최은영, p 77) 어쩌면 지연은 그녀들의 삶을 이해함으로써 자신 또한 이해받고 싶었던 것은 아닐까?

지연의 이야기에 쉽게 귀 기울일 수 있었던 이유는, 그녀의 서사 속 '모녀 관계'의 원망과 애증에 있었다. 작년, 코로나로 요양병원에서 오랜 투병을 해 오시던 노모와 작별을 했다. 가난한 집 늦둥이었던 나는, '결핍'을 많이 느끼며 자라왔다. 남편을 여의고, 홀로 딸들과 살아가기 위해 가장의 역할을 짊어져야했던 가난한 노모의 거친 숨소리를 어린 나는 이해 할 수 없었다. 엄마에게 따뜻함과 지지를 기대할 수 없었고 되레 고난의 독화살을 쏘아대며 삶의 화풀이를 해왔던 노모를 어린 딸은 이해할 수가 없었다. '엄마도 죽으면 어쩌지?' 걱정하던 어린 딸은, 사춘기가 되면서 기대를 버린 채 홀로 걷는 여자로 성장했었다. 그로인해 모녀 사이 깊어진 크레바스 위는 의무와 도리, 애증과 집착, 원망과 사랑이란 눈으로 톡톡히 뒤덮여 갔다. 언제나 보이지 않는 크레바스가 우리 사이에 있었다. 성인이 되어 결혼을 하고 자녀가 생기자, '나는 엄마처럼 살지 말아야지.' 하는 마음이 지배적이었고, 나에겐 의지하지 말고 사는 법을 가르쳤던 노모가 점점 더 자녀에게 집착하고 의지하자, 남모를 불편함이 내 안에서 치밀어 올랐다. 언제 밟을지 몰라 위태위태한 크레바스 위를 뒤 덮은 눈. 그것은 나의 의무요, 오만이요, 도리였었다.

나는 상처가 자라면서 깊어진 마음의 골짜기를 하얀 눈으로 덮으며 괜찮다 말했다. 그저 표면적으로 엄마를 이해하며 화해한 척 애쓰며 살았다. 이제와 엄마를 허무하게 보내고 보니, 우리 사이에 애써 하얗게 내린 그 눈을 살짝 걷어내고 깊어진 크레바스를 대면하는 시간이 필요했었다. 그 틈을 서로 메우는 시간을 보냈더라면, 이렇게 안타까운 마음이 크지 않았을 거란 생각이 들었다. 나는 그녀를 오롯이 이해할 시간이 필요했었다. 지연처럼 엄마와의 관계를 위해 돌고 돌아 제자리로 향하더라도 관계를 이해하기 위한 시간이 필요했었다. 그랬더라면 어린 시절부터 내 안에 자리한 의문들이 조금은 해소되지 않았을까? '차라리 태어나지 말았어야 했을까?'는 '그녀는 그녀만의 최선으로 나를 키웠던 거다'로, '엄마의 눈엔 나의 고통이 보이지 않는 것일까?'는 '엄마의 고통의 깊이가 너무도 컸기에 그것을 메우기에도 엄마는 힘들었을 것이다'로 바뀌었을지도 몰랐다. 그리고 엄마도 내게 느꼈을 차가움과 서운함을 조금은 풀고 서로의 '소중한 인연'을 깊이 새기며 이별할 수 있었을지도 몰랐다. 엄마와 작별을 나누기 이 전에……. 그러나 나는 이제 후회를 멈추고 그녀를 기억하고 추억하기로 마음먹었다. 이제라도 그녀를 추억하며 하늘의 별로 새기길 마음먹었다.

소설 속에 등장한 남성의 이미지는 '무용無用'의 존재다. 가장 인간적이던 새비아저씨 조차 '부재不在'의 이미지다. 마치 나의 유년기가 그랬듯이……. 그 속에 있는 지연네 4대 여성 가족의 서사는, 나의 혈관 속에도 녹아있었다. "나는 항상 나를 몰아세우던 목소리로부터 거리를 두고 그 소리를 가만히 들었다. 세상 어느 누구보다도 나만큼 나를 잔인하게 대할 수는 없었다."(『밝은 밤』, 최은영, p 86)에서처럼 스스로를 몰아세우는 지연, "네가 강해지기를 기도했지."(『밝은 밤』, 최은영, p 188) 하며 자기합리화로 자녀를 몰아세우는 엄마도 내 안에 있었다. 사랑하지만 예의를 지키고자 고슴도치의 가시를 세우는 할머니, 무뚝뚝한 경상도 사나이처럼 거칠지만 따뜻한 속내를 가진 명숙 고모할머니, 호기심 많고 당당한 증조할머니 또한 나의 모습이었다.

깜깜한 밤하늘과도 같았던 질곡의 여성사, 그러나 그녀들의 삶에도 빛이 되어주던 달과 별이 있어 그녀들은 용기를 잃지 않았다. "네가 내 이야기를 들어주니까, 새비아저씨는 그만큼 더 사는 거잖아."(『밝은 밤』, 최은영, p 81) 우주의 세계관으로 우리의 번뇌는 아무것도 아니며 우리는 한낱 의미조차 없는 존재일지 모르지만, 망원경으로 밤하늘의 별을 바라보며 단 하나의 별을 기리듯 사랑하는 존재를 '기억'한다면 그는 우리에게 영원히 기억될 것이다. 내 사랑하는 존재들에게 나 또한 영원히 기억되는 밤하늘의 별 하나로 기억되고 싶다.

당사자 시각으로 | 이영희

- 김성달 『이사 간다』를 읽고

타인의 일에 지나친 관심을 갖는 것을 흔히 오지랖이 넓다고 한다. 그러잖아도 복잡다단한 세상에 그런 소리를 듣고 싶지 않았다. 괜스레 만신창이가 되지 않도록 미리 적당한 거리를 두고 방관자로 사는 편인데, 얼마 전 한 소설집이 고정관념을 부숴버렸다.

세월호 8주기를 앞두고 김성달 작가의 「이사 간다」를 다시 한번 읽었다. 2021 우수 출판 콘텐츠 선정 작이라 우선 관심이 갖고 "그동안 내 소설은 너무 몸에 기대었다"는 서문도 호기심을 불러일으켰다.

"냄비에 물이 몇 차례 끓어오르는 동안에도 여자는 국수 면을 집어넣지 못하고 뜨거운 물이 넘치면 자꾸 찬물을 붓는다"라고 이미지를 데생하듯 시작했다. 장맛비가 쏟아지는 날 여자의 행동으로 보아 누군가를 기다려 같이 먹으려나 보다고 생각하면서도 어두운 그림자가 느껴졌다.

이 여자의 남편은 몸을 자동차 바퀴처럼 끊임없이 굴리고 일했어도 어느 날 해고노동자가 되었다. 그들에게는 만질 수 있는 몸이 유일하게 가진 것이기에 몸이야말로 자신을 항변하는 수단이다. 몸을 창끝처럼 벼려 해고한 갑에게 대항했으나 온갖 법과 공권력을 동원해 무참히 짓밟았다. 하루아침에 몸이 작동을 멈춘 남편은 아들이 아홉 살 때 스스로 목숨을 끊었다. 그 여파로 여자는 외상 후 스트레스 장애로 실어증이 발생했다. 남편이 해고된 후 배운 것 없고 가진 것 없는 여자는 경락 마사지를 배워 남편의 아픈 곳을 풀어 주고, 아들의 몸까지 만져 180센티가 넘는 건장한 청년으로 키워냈다.

해양고등학교 기관과를 졸업한 아들은 자격을 취득하기 위해 국내선 6개월과 외항선 6개월의 항해 실습을 해야 한다고 했다. 그 아들이 이벤트 보조로 세월호에 승선했다는 사실을 배가 침몰하고 나서야 여자는 알게 되었다.

"이벤트 보조는 선원이 아니므로 비상연락이 되지 않아 행적을 정확히 알 수 없다. 배에 승선한 인원이 450명인지 500명 인지도 명확하지 않은데 이벤트 행사를 돕는 일용직 인부까지 알 수 없고 솔직히 우리도 정확한 숫자를 모른다"라고 담당자는 말했다.

'모른다'라는 말이 역설적이게도 여자에게 아들이 그 배를 타지 않았을지도 모른다는 희망을 주어 이렇게 아들이 좋아하는 국수물을 끓이고 있는 것이다. 국내선 실습을 마치고 외항선을 타기 전 임대아파트에 이사 가기로 했다. 제 방의 물건들을 묶어 놓고 이틀 후에 돌아와 옮기기만 하면 된다며 집을 나간 아들은 90일이 지나도 돌아오지 않았다.

여자는 끓는 물에 떠다니는 국수 면이 흰 무명으로 보인다. 저것들을 묶으면 수십 리 길 바닷속으로 들어갈 수 있을 것 같다는 생각을 한다. 여자는 묶은 짐을 풀어 아들의 흔적을 더듬으며 이제는 아들이 가라앉은 맹골수도로 이사 간다는 내용이니 얼마나 참담한 이야기인가.

혹자는 또 세월호 이야기인가 할 수도 있다. 2014년 4월에 수학여행을 가던 학생들을 태우고 침몰했으니 벌써 8년 전이다. 최종 승선 인원이 476명으로 확인이 되었다. 모두 푸른 꿈으로 나라의 동량이 될 인재들이었고 학생 아닌 준호 같은 이벤트 보조 청년도 있었다.

눈부시게 과학문명이 발전하는 시대에 세계 상위권의 대한민국에서 대명천지에 이런 일이 일어났다는 사실 자체가 나라 망신이다. 국민의 안전과 존엄성을 최우선으로 부르짖는 정치권과 기성세대들은 도대체 무엇을 하다가 이 어린 새싹들을 꽃 피우기 전에 수장시켜버렸는가. 사실 나도 세월호 사건이 일어난 그 후에 뒷북치듯 진도 앞바다로 달려가 분개했었다.

몇 년 후 흐지부지 사건이 종결되고 촛불집회 등으로 시작하여 정권이 바뀌었다. 그런 큰 사고를 겪은 나라에서 그것을 교훈삼아 지금은 모든 국민이 안전한가.

대부분이 아니라고 고개를 흔들 것이다. 지금도 김용균 같은 아까운 희생자가 수시로 발생하고, 대 기업이 신축 중인 아파트가 붕괴되고 있다.

"오늘날 우리는 사실상 불안 공포와 함께 살아가고 있다. 이제 공포는 어두운 거리에도 있고 빛나는 텔레비전 화면 안에도 있으며, 우리의 집에도 일터에도 공포가 기다리고 있다. 땅에서도 하늘에서도 선진국에서도 후진국에서도 피할 수 없고 예측할 수도 없고 통제할 수도 없다. 우리는 불안과 공포마저 세계화된 사회에서 살아가고 있다"라는 지그문트 바우만의 말을 인용하곤 한다. 「유동하는 공포」에서 그가 갈파한 이야기로 책임을 회피하지만, 귀한 생명을 앗아간 뻔뻔한 갑이 할 말은 아니다.

"장례를 치르지 않겠다고 어깃장을 놓는다잖아. 죽으면 다 끝인데… 빨리 놓아주어야지 죽은 자도 산자도 홀가분하지…."

이 소리에 경락 마사지를 하던 불쌍한 여자의 손이 충격으로 경혈점을 잘못 눌러 해고당한다. 죽으면 다 끝장이라는 말이 신음처럼 되풀이되어 들린다.

지금도 노란 리본을 달고 데모를 하는 희생자 유가족들을 보고 사람들은 손가락질한다. 언제 적 세월호인데 아직도 그러냐고. 죄스럽지만 나도 얼마 전까지 아직도 라는 생각이 없지 않았다. 그러나 이 책을 읽으면서 당사자적 시각이 되어 생각이 달라졌다. 부모가 죽으면 땅에 묻지만 자식이 죽으면 가슴에 묻는다는 말을 통감한다. 내로남불 하는 게 인간이지만 그가 내 자식이라면 그러지 못할 것이다.

이런 아픈 사연을 엮으면서도 김성달 작가는 독자에게 담담하게 전한다. 섣불리 해결책을 제시하거나 희망을 말하지 않는다. 그래서 더 비통하고 독자의 가슴이 끓어오른다.

"손에 잡힌 무명으로 여자는 수십 리 험한 물길 속에서도 절대 끊어지지 않는 무명 줄을 엮는다. 혹시 풀어질세라 무명의 매듭을 확인하고 또 확인한다. 여자와 아들을 이어주는 생명줄이다"라고 한 문장은 왜 김성달 작가가 시작하면서 끓는 물에 계속 찬물을 부어가며 국수를 삶으려 했는지를 명확히 짚어 준다. 뱃속에 있는 태아를 탯줄이 연결해 주듯, 그렇게 해서라도 아들을 살려내고 싶은 생명줄이기를 간절히 원하고 있음을 대변한 명문장이다.

남편과 자식까지 잃고 이사 가는 여자가 충분한 애도의 기간을 갖고, 실어증이 치유되어 건강한 길로 들어섰으면 하는 마음이 간절하다. 명복을 빌면서 앞으로는 이런 어처구니없는 일이 다시 일어나지 않고 유가족의 마음이 평안해지기를 소망한다.

김성달 작가의 「이사 간다」는 타인의 고통 앞에서 방관자 시각이 아닌 당사자 시각으로 보라는 진지한 문제제기를 했다. 넓게 보면 사회나 지구촌은 운명공동체 아니던가.

이 복잡한 세상에서 제 일이나 제대로 하자고 선을 긋고 살던 내게 김성달 작가는 넌지시 일러준다. 혼자만 잘살면 뭐하냐고. 내 일이 네 일이 되고 네 일이 내 일이 되는 하나의 지구촌에서, 소외 계층과 결손 가정에 관심을 갖고 이런 일을 미연에 예방할 수 있는 넓고 균형 잡힌 시각을 갖으라고.

꽃길을 지향하며 남의 불행을 강 건너 불 보듯 하던 나의 방관자적 시각에 부끄러움을 느낀다. 당사자 시각으로 다 함께 잘살자는 메시지를 전달받은 의미 깊은 독서였다.

그 펀치에 맞으면 녹아웃될 거야 | 탁현모

− 이유리 『브로콜리 펀치』를 읽고

예고 없이 비가 내리는 날이었다. 늦은 밤이 되도록 정거장에 서 있는 사람은 나뿐이었다. 연락할 사람을 떠올렸지만, 누구도 불러내고 싶지 않은 기분이 자꾸 들었다. 최대한 젖지 않고 집으로 돌아가는 길을 생각하면서 나는 왜 가방 안에 우산 하나 정도를 넣어두고 다니는 조심성도 없는 사람인지 계속 물어봤다. 다들 이렇게 살고 있다는 느낌이 전혀 들지 않았다. 하는 수 없이 소나기 사이로 뛰어 들어갔을 때 나는 오히려 이 상황이 재밌게 느껴졌다. 머리부터 발끝까지 푹 젖고 나선 아예 거북이처럼 천천히 걸어갔다. 어차피 다 젖었는데, 뭘. 가파른 언덕을 오르다 얼마쯤 지났을까. 뒤에서 걷던 누군가가 우산을 건넸다. 내가 괜찮다며 돌려줄 수도 없는 우산을 받으려 하지 않자 그 사람은 이렇게 말했다. 나중에 다른 사람이 똑같이 비를 맞고 있으면 그때 돌려주세요. 그 우산을 어쩌지 못한 채로 살아가게 될 줄 알면서도 받아들었을 때가 있었다.

어쩐지 브로콜리 펀치라는 소설을 읽으면 그날이 떠올랐다.

처음에 이 소설에 관심 가지게 된 건 역시 제목 때문이었다. 브로콜리라는 부드러운 이미지와 펀치라는 강렬한 이미지가 서로 너무도 잘 어울린다는 생각에 이끌려 책장을 펼쳤을 때, 내가 보게 된 건 어찌할 수 없는 마음의 결이었다. 간단히 해결되는 일이 아니지만, 그렇다고 엄청나게 신경 쓰이거나 삶에 커다란 영향을 끼치지 않는 일 속에서 서로의 마음을 조금이라도 확인하게 되는 여정이 모든 소설을 감싸고 있었다.

첫 소설인 〈빨간 열매〉에서는 아버지의 유골을 심은 화분에서 아버지의 목소리를 들은 내가 그 화분을 버리거나 무시하지 않고 잘 돌보게 되는 것도, 그리고 비슷한 처지의 P를 만나 정기적으로 만나게 되는 것도, 순전히 어떤 이득을 바라고 한 행위는 전혀 아니었다. 나는 그저 조금의 귀찮음을 더 감수하면서 이젠 완전히 화분이 되어버린 아버지를 챙겨나갔다. 생전에 사이가 엄청 좋았던 것이 아니었으면서도 나라는 존재가 그렇게 행동할 수 있었던 건 의무감이나 책임감으로만 설명할 수 없는 무언가가 존재하기 때문이었다. 다만 얼마나 오래 이어질지 알 수 없는 마음을 서로에게 기울이는 시간만이 선명하게 그려져 있었다. 아주 공들인 유화 같은 일련의 소설에는 사랑이라는 단어를 이해하기 위한 밑그림이 여러 가지 물감으로 칠해지는 듯했다.

〈둥둥〉과 〈평평한 세계〉에선 진한 얼룩처럼 조금씩 퍼지는 마음을 따라가야만 했다. 권위적인 아버지 밑에서 자란 내가 아이돌 지망생인 형규를 만나 어떻게 나란 사람마저 사랑하게 되는지, 아무 사이도 아닌 형규를 위해 나의 모든 걸 희생하게 되는지 차분히 읽어내다 보면 외계 생명체가 등장하는 건 오히려 아무렇지도 않은 얘기 같았다. 더구나 그 외계 생명체가 나의 백 퍼센트 순수한 이타심이 어디서 오는 건지 나의 삶을 스캔하기 위해 소원을 들어주는 것도, 내가 형규를 처음 만나기 전으로 돌아가는 소원을 빈 것도, 너무나 당연한 일처럼 느껴졌다. 마치 물에 둥둥 떠다니는 사람을 건져 올리는 일이 반복되는 것처럼. 〈평평한 세계〉에선 한순간 얼룩 같은 존재가 된 나와 폭력적인 상황을 맞이한 뒤에 우연히도 나와 같은 모습이 된 새어머니를 보여줬다. 내가 없어지고 나서도 나를 전혀 찾지 않았던 새어머니와 누워 천장을 바라보게 되고 평평하구나, 하고 중얼거리게 되는 이유가 몹시 특별한 이유는 아니라는 생각이 들었다. 결국 각자에게 주어진 삶을 단지 살아내고 있었을 뿐이라고.

〈브로콜리 펀치〉에선 단지 복싱을 하는 삶을 살아나가며 결국 같은 처지의 사람을 때려야만 한다는 사실을 버거워하다가 손이 브로콜리로 변한 원준의 마음이 누구보다도 더 인간적으로 느껴졌다. 잘하는 것과 잘 해내는 것이 너무나 다르게 느껴질 때가 있다면 가끔 우리 어딘가 브로콜리처럼 변하고 잘하는 것도 잘 해내는 것도 아닌 선택이 필요해지면 좋겠다는 생각이 소설을 읽는 내내 머릿속에서 떠나질 않았다. 정말로 세계의 수많은 나란 존재가 브로콜리 펀치 같은 사실 앞에서 어찌하지 못하고 그저 놓여 있을 것만 같았다.

그렇게 놓여 있다가 〈왜가리 클럽〉이란 소설에서 만나는 것만 같았다. 〈왜가리 클럽〉이란 소설이 소설집의 가장 중간에 등장했다는 걸 눈여겨볼 수 있었다. 왜가리가 사냥하는 모습을 단체로 모여 구경하다가 헤어지는 모임을 통해 우리는 같은 경험을 공유하고 또 그 안에서 서로 다른 모습의 상처를 발견하게 될지도 모른다는 생각이 자연스레 다가왔다. 결국 해결할 수 없는 일이 저마다 있지만, 그렇기에 우리가 될 수 있는 거라고.

〈손톱 그림자〉와 〈이구아나와 나〉와 〈치즈 달과 비코스티〉도 세 소설을 묶어서 얘기하게 될 공통점이 있었다. 대화가 가능할 거라 생각하지 못한 존재와 소통하게 된다는 점, 상대방에 대한 마음을 소중하게 생각한다는 점, 늘 최선으로 이어지지 않더라도 항상 내 마음이 이끄는 방향에 집중하고 있다는 점. 〈손톱 그림자〉에선 죽은 전 애인인 용준씨가 손톱이라는 모습으로 나타나고 현재 애인인 석기씨와 함께 교통사고가 난 곳을 찾아간다. 나에게 살아 있어서 다행이라고 말하는 용준씨의 말은 어쩌면 진짜 살아남은 우리가 제일 듣고 싶은 말처럼 들리기도 했다. 그리고 앞으로 나의 결말이 어떻게 될지 알 수 없지만, 그래도 나아가게 되는 것처럼 우리도 그렇게 될 거라고.

〈치즈 달과 비코스티〉 역시 소설이 끝난 후의 내가 어떻게 될지 궁금증을 불러오는 소설이었다. 돌과 얘기를 할 수 있는 나를 아무도 믿지 않지만, 나에겐 가장 친한 돌이자 유일한 대화상대인 스콧이 존재했다. 우연히 만난 쿠커라는 사람과의 여행이 끝나고 나는 더 이상 돌과 대화할 수 없게 된다. 이제 타인이 정한 평범한 삶으로 나오게 됐는지, 그게 정말로 나에게 있어 좋은 일인지 상상하면 역설적으로 그런 삶이라는 형식이 정말로 존재하는지 물어볼 수밖에 없었다. 정상적으로만 살아가게 될 나를 만족하게 될지.

〈이구아나와 나〉는 그런 나라는 존재가 남겨진 것들에서 보게 되는 것을 조금 더 자세히 들여다보고 있었다. 연인인 재호가 두고 간 이구아나가 멕시코까지 수영해서 가는 것이 소원이라고 말했을 때, 나는 시간을 들여 그것이 진심이라는 걸 깨닫고 도와주기로 한다. 생각하지 못할 만큼 가까워지고 나서야 이구아나를 떠나보내게 되었을 때의 나의 마음을, 불가능할 것만 같았던 여정 끝에 이구아나의 발 도장이 찍힌 엽서를 받게 되었을 때의 나의 마음이 소설집 가장 마지막에 가지런히 놓여 있었다. 떠나보낸 사랑에서 다시 시작하듯이.

새로운 폭우를 맞으며 걸어가겠지. 우리의 지난 몇 년은 쉽지 않은 일의 연속처럼 느껴질 수밖에 없었다. 소설 속에서 벌어지는 일보다 더욱 소설 같은 현실에 우산조차 쓰지 못하고 먼 길을 떠나야 하는 사람들이 얼마나 많았을까. 그럴 때마다 처량한 뒷모습을 따라오는 사람이 있었다. 돌고 돌기만 하는 우산을 건네며 나중에 다른 사람이 똑같이 비를 맞고 있으면 그때 돌려주세요, 라고 말하며. 독후감을 쓰기 위해 다시 펼쳐본 〈브로콜리 펀치〉라는 소설은 여전히 누군가를 찾아가고 있었다. 흠뻑 젖고 나서야 사랑하게 되는 건 우산이 아니라 늦게라도 우산을 건네는 사람의 마음이어서.

대학부

수상작

그럼에도 불구하고 | 현서린

– 최양선 『세대주 오영선』을 읽고

올해 일월 이사를 겪었다. 나의 이십이 년의 인생에서 열한 번째 이사다. 지금 살고 있는 이 집은 나에게 열두 번째 집인 셈이다. 나는 학교에서 친구를 사귀며 평생을 한집에서 살아온 아이들이 있다는 걸 알게 됐다. 그건 어린 나에게 끔찍하게 느껴졌다. 한집에서 오래 살면 지겹지 않을까, 그 생각은 최근까지도 이어졌다. 1월에 탈출한 열한 번째 집을 겪기 전까지는.

이제껏 집을 사지 않은 엄마아빠를 처음으로 원망해 봤다. 모든 물욕이 사라졌다. 옷은 물론이고 책도, 평소에 좋아하던 귀엽고 반짝거리는 것들도, 아무것도 가지고 싶지 않아졌다. 내가 원하는 건 오직 집이 되었다. 친구들에게 보여도 창피하지 않은 화장실을 가진 집, 내가 원하는 색으로 벽을 칠할 수 있는 집, 그런 집을 사무치게 원하게 되었다.

그 집은 나의 독서에도 영향을 주었다. 윤성희의 소설 『유턴지점에 보물지도를 묻다』를 읽다가 깜짝 놀랐다. 쫄면과 만두를 팔아 번 돈으로 집을 샀다는 그 담백한 문장 한 줄이 나에게 질투와 선망을 불러일으켰다. 지난주도 마찬가지였다. 모든 것이 다른 낯선 나라에 정착해야 했던 인도계 미국인 작가 줌파 라히리의 소설을 읽으면서도, 나의 관심은 자꾸만 소설 속 인물들이 집을 샀다는 데 쏠렸다. 그들에게 집이란, 몇 년 동안 열심히 일을 하다보면 저절로 손에 들어오는 존재인 듯했다. 집을 그저 '샀다'거나 '마련했다'라 말하고 끝내버리는, 무심하게까지 느껴지는 서술을 읽으며 나의 질투심은 점점 몸집을 늘렸다.

최양선 작가의 말대로, 부동산의 세계는 "내가 믿고 있던 삶의 가치와는 다른 것들이 존중받는 세계"[1]였다. 부동산의 세계에서는 "내 취향이 중요하지 않았다. 세상이 좋다고 하는 것, 세상이 가치 있다고 여기는 것이 중요했다."[2] 내가 엄마아빠에게 가치 있다고 배워온, 책, 영화, 음악들이 부동산 앞에서는 허황되고 뜬구름 잡는, 무가치한 존재처럼 느껴졌다.

그럼에도 나는 도서관에 매일 갔고 『세대주 오영선』을 발견하게 되었다. 부동산을 얻는 방법이 아닌, 부동산을 얻기 위해 고군분투하는 인간 개인의 삶에 대해 다루는 책이다. "대출금, 계약금, 이자, 청약, 특별공급, 취득세, 보유세, 실거래가"[3] 같은, "2021년 한국인의 삶에 깊숙이 침투해 있지만 2021년 한국 문학에서는 보기 어려운 명사들"[4]이 서슴없이 등장한다. 이 소설에서 집 마련은 무심한 문장 한 줄로 결코 넘겨질 수 없는 존재다.

이 글의 중심인물 영선은 스물아홉 살로, 아르바이트로 생계를 유지하면서도 틈틈이 공시 공부를 하고 있다. 영선의 엄마는 얼마 전 세상을 떠났다. 영선은 집 곳곳에서 엄마의 흔적을 보고 그를 그린다. 하지만 전세 집을

---

1 최양선, 『세대주 오영선』(사계절, 2021), 203쪽.

2 최양선, 위의 글, 같은 곳.

3 장강명, 『세대주 오영선』(사계절, 2021), 200쪽.

4 장강명, 『세대주 오영선』(사계절, 2021), 200쪽.

비워줘야겠다는 집주인의 통보가 세입자라는 영선의 위치를 일깨운다. 죽은 이와의 추억이 남아있는 집이라고 해도 세입자에게 그곳은 집주인이 떠나라 하면 짐을 챙겨 떠나야만 하는, 내일이 불확실한 임시적인 공간일 뿐이다. 설상가상 영선이 좋아하는 카페도 건물주의 통보를 받고 닫아야 하는 상황에 처한다. 이제 영선이 현실을 피해 도망갈 곳은 음악이 열어주는 무형의 세계뿐이다.

"집이란 그저 머무는 곳, 삶을 살아가는 곳이라고만 생각했다. 그러나 현실은 그렇지 않았다."[5] 건축가 유현준은 유튜브 채널 〈셜록현준〉을 통해 아파트는 더 이상 집이 아니라는 견해를 밝혔다. 아파트가 똑같은 사이즈, 모양으로 규격화 되면 그것은 곧 화폐의 기능을 한다는 게 그의 주장이다. 그는 한국을 "정량적으로 평가하는 사회"라고 말한다. 어느 순간부터 '좋아요'를 누를 때마다 영선의 기분이 '나빠요'로 치환된 것도 이 이유 때문일 것이다. 모든 게 정량화된 사회 속에선 나와 다른 이들을 자꾸만 비교할 수밖에 없다. 그리하여 누구도 "직접적인 상처를 주지는 않았는데"[6] 자꾸만 내 "마음에는 늘 생채기가 남는"[7] 사회.

나는 서점으로 그 사회의 사람들을 알 수 있다고 생각한다. 요즘 한국의 베스트셀러는 나의 투박한 기준으로 세 부류다. 첫째, 부동산, 주식, 재테크에 대한 책들. 둘째, 괜찮다며 위로를 건네는 책들. 셋째, 변화하는 지구, 윤리 기준에 대해 말하는 SF 소설들. 이 사회의 사람들은 도태되지 않기 위해 부동산, 주식에 대해 열심히 공부하는 동시에 자신을 위로해 줄 책을 찾아 헤맨다. 아니면 잠시 동안 아예 멀리 여행을 다녀온다. 몇백 년, 몇천 년 뒤

5 최양선, 위의 책, (사계절, 2021).

6 최양선, 위의 책, 133쪽.

7 최양선, 위의 책, 133-134쪽.

에 세계로. 영선이 음악 속으로 잠시 떠났던 것처럼.

나에게도 책은 대피소의 역할을 톡톡히 한다. 진은영의 시 〈그 머나먼〉처럼, 나도 기왕이면 더 머나먼 곳에 대해 말하는 책을 좋아한다. "내 동생 희영이보다 앨리스가 좋"[8]고 "김 뿌린 센베이 과자보다 노란 마카롱이 좋"[9]다. "더 멀리 있으니까/ 나의 상처들에서."[10] 나의 현실에서. 그 어떤 필터 없이 현실을 보는 건 힘겨운 일이다. 사실 어떤 필터도 없이 현실을 본다는 건 불가능한 일이기도 하다. 우리는 모든 일을 우리가 살면서 습득한 필터를 통해 본다. 자본주의를 통해, 가부장제를 통해, 인간중심주의를 통해. 내가 『세대주 오영선』을 읽으면서 힘들었던 건 이러한 점 때문일 거다. 이 책에는 희망이라는 필터가 없다. 집을 온전히 얻기 전까지 영선의 도피처는 앞으로도 음악 정도일 거다.

하지만 책을 읽으며 힘든 것만은 아니었다. 모두가 재테크 공부에 열중하면서도 동시에 '쿨'한 것을 추앙하는, 백조들로 가득한 이 시대에 수면 아래를 서슴없이 보여주는 이 책을 읽으며 숨통이 트이는 기분을 느꼈다.

"미래 부동산 가격을 고려하지 않고 삶을 설계"[11]한다는 건 불가능한 일이 되었다. "자본의 방향과 흐름으로 세상이 움직이고 있는 것은 분명하"[12]다. 하지만 작가가 말하듯 "삶에는 큰 흐름만 존재하는 것은"[13] 아니다. 집을 둘러싼 영선과 그가 만나는 사람들에 대한 이야기는 "도시의 소음 속에서

---

8 진은영, 「그 머나먼」,『훔쳐가는 노래』(창비, 2012), 36쪽.

9 진은영, 위의 글, 같은 곳.

10 진은영, 「그 머나먼」,『훔쳐가는 노래』(창비, 2012), 36쪽.

11 장강명,『세대주 오영선』(사계절, 2021), 199쪽.

12최양선, 위의 책, 194쪽.

13 최양선, 위의 책, 같은 곳.

발견한 노래"[14]처럼 느껴진다. 큰 흐름 속에서도 자신들만의 아주 작은 흐름을 만들어내는 사람들. 작가 최양선과 중심인물 영선의 이름이 비슷한 건 우연이 아닐 거다.

외국에 거주하는 이들은 영원히 이방인으로 사는 기분에 대해 토로하고는 한다(그들이 겪는 고충을 너무 납작하게 만드는 걸로 보일 수도 있겠지만). 나는 이사를 할 때마다 그와 비슷한 기분을 느껴왔다. 동네에 자부심을, 애정을 갖는 사람들에게서 벽을 느낀다. 나는, 우리 가족은 지금 살고 있는 이 동네에서 언제 도망치듯 떠나야 할지 모르는 이방인이나 마찬가지인 상태로 평생을 살아왔기 때문이다.

그럼에도 불구하고. 요즘 내가 자주 생각하는 단어다. 집에서 삼십분을 걸어 나가면 천이 있다. 동네 사람들은 이 천에 자부심이 크다. 나는 그들처럼 자부심을 가지지는 못하지만, 그들의 자부심을 이해하고 인정한다. 언제 또 이곳을 떠날지 알 수 없다. 나는 영선이 음악 말고도 다른 대피소를 더 많이 갖길 바란다. 이건 나 스스로에게 하는 말이기도 하다. 나는 우리가 더 많은 대피소를 가질 수 있기를 바란다. 나는 '지금'이라 누릴 수 있는 대피소들을 더 열심히 즐길 생각이다. 어떤 때는 샘이 나고 어떤 때는 한없이 막막하겠지만, 그럼에도 불구하고.

---

14 최양선, 위의 책, 153, 154쪽.

나는 지하철을 기다릴 것이다 | 김성호

－정용준 『선릉산책』을 읽고

4월 21일, 학교에 가기 위해 3호선 대화역 지하철을 탔다. 무슨 일인지 열차가 출발하지 않았다. 안내방송으로 목소리가 흘러나왔다. "현재 경복궁역에서 전국장애인차별철폐연대의 시위가 있어 열차가 많이 지연되오니 급하신 분은 다른 교통편을 이용하시기 바랍니다." 사람들이 한숨을 쉬고 왜 바쁜 출근길에 난리냐며 소리쳤다. 그들은 하나둘 자리에서 일어나 빠져나갔다. 나도 못내 볼멘소리를 억누른 채 지하철이 얼른 출발하기만을 기다렸다. 30분이 연착되었고, 강의에 나는 지각했다. 점수가 깎였다. 소설 창작 강의였는데, 나의 소설 합평이 뒤늦게 시작되었다. 장애인에 관한 소설이었던 걸로 기억한다. 사회적 약자로서의 장애인과 평범한 일반 시민으로서의 장애인 양면을 모두 잘 그려냈다는 평가를 받았다. 그것에 기뻐하다 문득, 이질감이 느껴지는 동시에 자괴감이 밀려왔다. '부끄러움'이라고 해야 더 정확할 것이다. 나는 강의가 끝나자마자 서둘러 학교를 빠져나왔고, 버스를 타고 집으로 갔다. 집에 도착할 즈음, 정용준의 소설 〈선릉 산책〉 속 한두운이 떠오른 건 왜일까. 우연일까.

우연이 아니라고 지금은 확신한다. 나는 눈에 보이고 보이지 않는 수많은 한두운들 사이를 살아왔고, 살아가고, 살아갈 것이다. 소설을 쓰는 사람으로서 그때 느꼈던 부끄러움은 나의 작은 삶 한 페이지를 온전히 채우고도 넘칠 거다. 이 소설이 좋은 소설이라고 느끼고, 딴에 소설을 잘 쓴다는 평가를 받으면 뭐하는가. 당장 눈앞의 한두운을 외면하고 마는 나였다. 조금이라도 달라지기 위해 이 소설의 감상을 기록으로 남기려 한다. 언제든 들추어서 가상으로나마 선릉에서 산책하던 몸을 잃어버리지 않기 위해서.

소설은 제목을 〈한두운〉이라고 해도 무방할 정도로 장애인 '한두운'이라는 인물을 중심으로 전개된다. 작품을 다 읽고 나서 제목부터 되돌아봤다. 왜 '선릉 산책'일까? 한두운이라고 할 수도 있겠지만, 작가가 장애인이나 장애인의 삶 그 자체보다는 장애인과 비장애인이 공존하는 세계를 조망하는 것에 주안점을 두었기 때문이 아닐까. 그렇다고 해서 이 소설이 차별과 혐오 없이 모두가 평등하고 자유로운 세상을 그리는 건 아니다. 오히려 현실을 가감 없이 드러내면서 역설적으로 유토피아에 도달하고자 하는 지난한 작가의 노력이 엿보인다. 선릉은 장애인과 비장애인이 존재하는 공간으로써 작동한다. '산책'은 함께 발맞추어 어딘가를 거닌다는 뜻인데, 이는 '공존'의 의미를 담고 있다고 볼 수 있다. 그러므로 이 소설은 선릉 산책이 될 수밖에 없다. 이제 우리는 선릉역에서 한두운을 만난다.

한두운. 그에 대한 묘사는 체구부터 옷차림에 이르기까지 자세하다. '우진 형'이라는 인물의 대타로 한두운을 돌보게 된 '나'는 그가 건넨 쪽지를 살펴본다. 거기엔 기계 설명서 마냥 한두운의 작동원리가 죽 나열되어있다. 대소변은 가리는데 식사는 도와줘야 한다는 것과 같은 갖은 특징들. 그 대목을 읽으면서 나는 마치 말을 잘 듣지 않는 로봇(인공지능)을 관리하는 방식 같다는 생각을 했다. 바꿔 말하자면, 철저히 이 세계(비장애인이 기득권인)가 한두운(사회적 약자인 장애인)을 타자화시키고 있다는 의미이다. 모든 것이 비장애인을 중심으로 기준이 정립된 세상에 장애인들을 억지로 끼워 맞추고 있다는 뜻이다. 그래서 우진 형의 쪽지가 필요한 것이리라.

언젠가 전국장애인차별철폐연대 대표와 야당 정치인 대표의 토론을 본 적이 있다. 고백하자면 교양강의가 듣기 싫어 빼먹고 본 것이었다. 시청 도중 한 장애인 유튜버가 이런 말을 SNS에 남겼다. "토론 탁상도 철저히 비장애인의 기준에 맞춰져 있다. 휠체어에 앉은 장애인의 탁상 높이를 고려하지 않은 것이다." 나는 처음에 몰랐는데, 그 말을 듣고 이어서 보니 정말 그랬다. 애초에 처음부터 기울어진 운동장이었다. 평등하지 않은 토론장에서의 토론은 일방적인 기득권의 차별과 혐오 발언 무대가 될 수밖에 없다. 실제로 토론은 그러했고, 장애인과 사회적 약자 및 소수자를 비롯한 수많은 사람들이 비판했다. '나'가 건네받은 쪽지는 우리(또는 비장애인들)에게 익숙한 약자에 대한 시혜적인 시각의 '돌봄'으로 위장한 채 이미 기울어질 대로 기울어져 언제 무너져도 이상하지 않은 비정상적인 현실을 고발하고 있는 셈이다. 한두운과의 산책은 여기서부터 시작된다.

그들은 걷는다. '나'는 한두운과 친해지기 위해 말을 걸고, 선정릉이라는 곳을 구경한다. 여기서 소설은 잠깐 과거로 회귀한다. 한두운을 돌보게 된 계기가 나타나는데, '나'와 우진 형의 대화 속에서 등장하는 '보통 아이가 아니야'라는 말에 주목할 필요가 있다. 앞서 말한 장애인의 타자화 영역이 직접적으로 드러나는 부분이다. '보통', '평범', '일반'이라는 표현들을 부정함과 동시에 드러나는 차별과 혐오. 주인공은 처음에 거절한다. 그러나 이내 수락한다. 우진 형의 '너만큼 우직하고 착한 캐릭터가 없거든',이라는 말과 '이상한 놈들한테 맡기면 나쁜 일 많이 당할 거야'라는 말이 그를 흔든 것이다.

그의 무엇을 흔든 것일까? 보편적으로 사람들에게 내재된 선한 본성일 거다. 동정, 연민, 관용, 은혜, 등으로 달리 말할 수 있는 것. 사람은 착해야 하고 착한 일을 해야 한다는 교육의 기치 아래 자라온 우리들이다. 의무적이고 강박적인 선善 의지라고도 볼 수 있다. 한 마디로 '나'는 한두운을 보호하겠다는 목적을 위해 본인의 의지로 움직인 적이 단 한 번도 없다. 소설의 마지막까지. 그를 추동한 것도 본능 또는 교육받은 강박적인 선善 의지 때문이다. 사실, 정말 모든 차별과 혐오에 깨어 있어서 본인의 의지로 움직이는 사람은 극히 드물 것이다. 나 역시 그렇다. 지하철에서 노약자에게 자리를 비켜주는 것도 그러라고 교육받은 지분이 더 크다. 이 작품이 아름답고 뻔한 이야기로 읽히지 않는 것은 그 점에 있다. 본인의 의지로 선한 인물이 아니라는 사실. 이는 모두에게 적용되는 사실이며 그래서 독자들은 언뜻 보면 장애인 '돌보기'라는 차별적이고 괴상한 설정을 자신도 모르게 자연스럽게 받아들이고 이입해 읽어나간다. 그 자체로도 이상한 일이다.

주인공은 한두운의 보호자로 추정되는 여자의 학대를 의심한다. 그에 관해 묻는 주인공에게 우진 형은 '가슴 아픈 사연'이라며 이유를 들려준다. 다음으로 '주로 보호자의 고충에 포커스를 맞춘 내용이었다'는 서술이 나온다. 그리고 우진 형의 한 마디. '대충해. 날도 더운데.' 소설은 완급조절을 하다가 이 부분에서 한 걸음 더 한두운이 가진 상징과 의미의 정체를 드러낸다. 한두운은 그저 더운 날의 골칫거리, 집안의 골칫거리 그 이상도 이하도 아닌 존재이다. 이후 그는 정말 골칫거리가 되고 마는데, 그를 데려다준 여자가 예고도 없이 '근무'시간을 세 시간이나 늘린 탓이다. '나'는 짜증이나 '조용히 해', '시끄럽다고'라고 한두운에게 소리친다. 세 시간. 주인공은 자신의 삶의 영역을 '세 시간'이나 침범당했다고 느낀 것이다. 보습학원에서조차 잘 가르치지 못한다는 소리를 듣고, 그마저 자리가 없어 아는 형의 땜빵 알바를 하고 있는 자기 처지를 마치 누군가 농락하는 것 같다. 그 '누군가'는 한두운이다. '세 시간'은 '나'가 기득권 비장애인들 중심의 사회에서 같은 동료('정상적인' 비장애인들)에게서 인정받는 삶의 최저치이다. 그것을 빼앗겨버린 '나'는 화가 나고 두렵다. 자칫하면 자신이 한두운처럼 될까 봐.

한두운의 자해행위는 극심해진다. 얼굴이 피투성이가 된다. 이것을 단순히 발달장애의 일환으로 보기엔 이 소설에서 그것이 차지하고 시사하는 바가 크다. 그것은 어쩌면 남들이 침범하지 못하도록 자신의 세계를 무두질하는 것이다. 비장애인들의 시각에선 '이상하고', '일반적이지 않고', '두려운' 행위가 사실은 한두운으로 대표되는 사회적 약자의 자기방어행위라는 것이다. 자신의 세계를 지키는 방법은 모든 사람마다 다르다. 누군가는 글을 쓰고, 그림을 그리고, 운동을 한다. 한두운에겐 그 방식이 단지 자해행위일 뿐이다. 자해행위가 옳다는 건 아니지만, 그것을 멈추게 하기 위해선 되레 그에 대한 이해의 노력이 필요하다. 자신의 세계를 지키는 방법은 자신만이 안다. 어쩌면 우리(비장애인들)는 너무나도 일찍 그것을 단순히 비정상적인 두려운 행위로 간주하고 그 세계에 침입하려 한 것은 아닐까.

시간이 흐르고 여자가 한두운을 데리러 왔을 때 그녀는 따진다. 이게 뭐냐며, 이렇게 사는 게 얼마나 힘든지 아느냐며, 왜 다들 나를 괴롭히느냐며, 자신의 입장을 생각해본 적이 있느냐고. 주인공은 다시 한번 조용히 좀 해요, 라고 말한다. 처음의 '조용히 하라'는 말과는 의미가 다르다. 그것은 조금은 한두운의 세계에 공감하고 그를 지키고자 하는, '한두운의 언어'였다. 단지 그의 입을 빌려 발현됐을 뿐이다.

돌아가는 길, '나'는 한두운의 행위를 흉내 내어 본다. '나도 모르게 아, 소리가 날 정도로, 정말 아팠다.' 라는 서술에서 나는 비로소 주인공이 한두운의 세계를 '인식'했음을 깨달았다. 그를 100퍼센트 이해하거나 공감할 수는 없다. '나'는 번번이 그나 그와 같은 사람들의 세계를 자각 없이 앞으로도 침범할 것이다. 그러나 외면하진 않으리라. 최소한 잘못을 깨닫고 용서를 구할 것이라고 조심스레, 짐작해본다.

차별과 혐오의 시각에서 이 소설에 관해 두서없이 떠들었지만, 글을 쓰는 과정에서 한두운에게 큰 빚을 지고 있다는 사실을 알아차렸다. 두 번, 세 번 연독하면서 나는 다짐했다. 그럼에도 지하철을 탈 것이라고, 연착이 되어도. 어쩔 수 없이 조금 짜증이 날지라도 그들과 함께 타겠다고. 지하철을 기다리는 것은 곧 그들—사회적 약자 및 소수자들의 세계를 인식하고 공감하는 일이다. 그게 당연한 일이 되어, 짜증나지 않는 일상이 되었으면 하는 바람으로 글을 마무리한다. 한두운을 만나게 된다면 꼭 멀리서나마 말하고 싶다. 함께 산책하고 싶다고. 선릉이 아니어도 좋으니.

나는 우울합니다 | 백경민

─ 구병모 『상아의 문으로』를 읽고

인생은 좌표 없이 움직이는 바다 위의 돛단배와 같아서 막연함이란 거대한 파도가 일어날 때마다 속절없이 흔들린다. 때론 정해둔 항로를 이탈하거나 파도를 버티지 못해 뒤집힌 돛단배를 붙잡고 버티기도 한다. 그렇기에 나는 이러한 인생에서 우울은 당연한 인생의 산물이며, 우울과 동행하는 삶이 곧 인간의 실재를 증명하는 것과 같다고 생각한다.

"부재야말로 세상에 존재하는 유일한 것이자 모든 것이다."(상아의 문으로, p210)

세상에 존재하는 모든 것인 '부재'는 참 허무한 말이다. 결국, 세상에 존재하는 유일한 것이 아니기 때문이다. 인간은 혼자서 실재할 수 없는 존재이며, 자아를 자아로 인지할 수 없다. 인간은, 타자가 없는 자아는 불완전한 허상이다. 타자와의 관계 속에서만 존재하고, 타자의 존재를 통해 자아가 증명된다. 그렇다면 이것은 진정한 '나'인가 아니면 타자와의 관계에서 응집된 환경의 산물인가. 타자와의 관계 속에서만 자아를 지각할 수 있는 현실, 관계가 이어져야 숨 쉬는 존재로서 인정받는 모호한 존재. 그것이 인간이다. 인간은 인간으로서 존재하기 위해 움직여야 하고 대면해야 하며 노력해야 한다. 부재의 일부가 되지 않기 위해.

인간은 인간의 존재가 허락되지 않는 세계에서, 도구 없이는 존재를 증명할 수 없는 '나'의 실재를 증명하기 위해 이름을 되뇐다. 나의 이름을 타자에게 말하고, 타자의 이름을 내가 기억한다. 서로 이름을 불러 존재를 일깨운다. 나의 생이 깃든 이름은, 이름이라는 씨앗으로부터 하나의 생명체가 굳건하게 자라나길 바라는 타자의 마음을 통해 최초로 증명된 자아. 그것은 곧 나이자 내가 아닌, 타자의 마음. 타자와의 관계, 타자의 보증을 통한 나의 자아, 존재이다.

때문에, 끊임없는 노력으로 죽어가는 사람들이 있다. 관계를 잇기 위해, 나를 증명하기 위해, 나의 의미를 찾기 위해, 나의 존재를 인식하기 위해, 죽어 가는지도 모르고 인생이라는 돛단배를 움직인다. 거대한 파도를 뚫기 위해 거세게 노를 젓는다. 엎어지지 않으려 발버둥 친다. 그러나 돛단배는 비를 막을 천장도, 배의 옆으로 가라앉는 파도의 여파를 막아줄 벽도 없다. 그래서 사람은 돛단배에 몸을 최대한 눕혀, 있는 힘껏 노를 쥐고 팔을 움직인다. 끊임없이 차오르는 막연함의 공포를 이겨내기 위해.

> "그러니 일상을 지속하라. 아침에 제시간에 일어나서 눈곱을 떼고 이를 닦으라. 시곗바늘이 사라졌거나 시계가 달리의 그림처럼 녹아버렸다 해도 놀라거나 두려워하지 말라. 당신은 제시간에 일어났을 테고 결코 늦지 않았을 것이다."(상아의 문으로, p31~32)

인간은 움직이지 않으면 실재할 수 없다. 그렇기에 인간은 노를 젓고, 떨어지는 빗물과 비껴간 파도의 여파를 기꺼이 받아들이며 번쩍이는 먹구름을 구경삼아, 거대한 파도의 구내를 마주한다. 두려움에 떨면서도 노를 놓지 않는다. 그래서 인간은 우울하다. 우울함이 곧 삶의 산물이자 부재의 여향이다. 부재에 따른 공허는 누구도 채울 수 없다. 인간의 손, 인간의 일부로 실재의 형태를 느끼게 하지만, 인간의 존재는 타자의 오감을 통해서만 느낄 수 있기에. 존재는 실재의 증명이 필요하고, 실재하는 의미가 필요하다. 그래서 존재와 실재 간의 이질감을 느끼거나, 존재에 회의를 느끼게 되는 경우 인간은 우울해질 수밖에 없다. 물론, 의미를 찾아 노를 짓는 순간에도 우울은 찾아온다.

우울은 불시에 햇빛을 집어삼키는 먹구름과 같아서 잘 만들어놓은 돛단배의 항로를 뒤섞는 변덕을 부린다. 그러나, 인간은 여전히 삶이란 바다에 얹어져 있기에, 인간은 길든 짧든 삶의 빛을 앗아간 우울을 이겨내라고 강요받는다. 나는 괜찮다. 나는 괜찮지 않다를 반복하며 가까스로 노를 잡은 손의 연약함을 고려하지 않고, 반복되는 시련의 일종으로 우울을 치부한다. 그렇게 먹구름이 아닌 타자의 돛단배가 나의 돛단배를 침몰시킨다.

> "현실을 어떻게 바꾸기 위해서가 아니라, (중략) 이 모든 것이 근본적으로 무엇을 가리키는지 왜 자신에게 일어나는지, 얼마나 위험한지가 아니라 이 모든 것이 다만 무엇인지를, 무해하고도 비의도적인 어린이의 마음으로 알기 원한다." (상아의 문으로, p105)

대개 꼬리에 꼬리를 무는 우울도 그러하다. 어째서 나인지, 왜 타자와 나는 다른지, 그 차이가 그렇게 유의한 것인지, 어떠한 이유로 찾아온 우울이었는지, 다시 왜, 어떻게, 어찌하여 등으로 이어지는 질문은 스스로 끊을 수 없는 질긴 종류의 허상이다. 생각은 인간이 가진 특이점이라고 하던데, 그 생각이 인간을 좀먹어 인간을 구렁텅이로 빠뜨린다. 나는 왜 이러한 생각을 하게 되었지, 아 그러했지, 그런데 어째서 나는 그러했지, 나는 무언가를 하고 싶었어, 그런데 가능한가, 가능하지 않지, 나는 어째서 힘들까, 힘들지 않은 사람은 없을 텐데, 어째서 나는 이렇게 움직일 수 없지, 움직이지 않으면 나아갈 수 없는데, 어째서 나는, 무엇이 나를, 나는 무엇을, 나는 왜, 나는… 나는……. 그렇게 나의 존재를 되뇌고 나의 존재에 대한 회의를 되묻다 어둑해진 생각의 늪으로 잠식한다. 잠식한 것인지 매료당한 것인지 모를 그 깊은 우울함의 늪에 갇히게 된다. 후회와 자조, 깨달음과 믿음, 다짐과 분노, 서로 다른 감정의 굴레는 감정의 영역이 다른 만큼 멀고 험난하며 중독적이다. 그래서 고찰이라는 명목 하의 상념에 자아를 가둔다.

> "거울에 비치지 않는다고, 세상의 모든 사람이 거울에 비쳐야만 한다는 강박에서 벗어나야 한다고, 거울에든 물에든 비친 자신의 모습을 확인해보았자 이마로 거울을 깨거나, 제 모습과 사랑인지 착각인지 모를 것에 빠져 선 물에 뛰어들거나 할 뿐이라고."(상아의 문으로, p177)

보이지 않는다. 교육으로 웃음에 능해진 인간은 우울을 철저하게 숨긴다. 설령 그것이 거울 속의 나일지라도. 나도 모른다. 저 웃는 얼굴이 나인지, 혹은 저릿한 심장의 주체가 나인지. 숨이 막혀 입을 벌리고 웃는다. 박장대소하는 사람의 얼굴에는 그늘이 없다. 멋진 웃음 주름, 아름다운 웃음살, 환하고 밝게, 행복하게 웃고 또 웃는다. 누군가는 말한다. 사람의 그늘은 눈을 보면 안다고. 그러나 자아를 가둔 인간은 눈을 보지 않는다. 웃으며 타자의 손을 잡는다. 타자를 앞서 걷고 웃으며 고개를 돌린다. 손으로 다른 곳을 가리켜 상대의 시선을 돌린다. 우울은 그렇게 감춰진다. 자아의 상념과 함께 타자에게 밝혀지지 않는다.

"의미는 인식의 기착지가 될지는 몰라도 종착지는 되지 않습니다."(상아의 문으로, p191)

　인간은 돛단배로 범람하는 파도 너머 끝없이 펼쳐지는 망망대해를 유영하며 존재한다. 푸르른 하늘이 바다인지, 돛단배 아래의 푸르른 바다가 하늘인지, 하늘의 빛이 바다 안에 잠겨있는지, 바다의 빛이 하늘에 잠겨있는지, 먹구름이 우울인지, 먹구름에 어두워진 바다가 우울인지, 거대한 파도가 시련인지 항로에서 벗어나 가까워진 타자의 돛단배가 시련인지. 그렇기에 우울은 인생의 산물이자 인간의 존재 가치를 위한 부재의 여향.

　그렇기에 말한다. 나는 우울합니다.

우리의 모든 것은 모순이다 | 오수빈

– 심은신 『고흐의 변증법』을 읽고

내가 고흐의 변증법을 읽게 된 건 빈센트 반 고흐를 너무나도 좋아해서였다. 고흐를 얼마나 좋아하는지 잠깐 이야기하자면. 고흐 그림을 핸드폰 케이스로 하기도 했고, 미술 수행평가로 고흐의 그림을 그려가기도 했다. 고흐의 그림이 그려진 작은 무드등도 있었다. 그런 사람이 고흐의 변증법이란 책을 봤으니 그냥 지나칠 수 있을 리가. 고흐의 변증법은 심은신 작가의 소설집으로 총 8개의 소설이 수록되어 있다. 고흐의 변증법은 그중 세 번째 소설이다.

처음 제목을 봤을 때는 미술과 관련된 이야기가 담겨있겠다고 예상했다. 실상은 정신과 의사 유지의 이야기였다. 내가 예상한 이야기와 실제 이야기의 차이는 '변증법'이라는 단어에서 온다. 국어사전에 따르면 변증법은 문답에 의해 진리에 도달하는 방법, 어원은 대화의 기술이라는 뜻이다. 딱 봐도 어렵다. 왜 변증법이어야 할까. 간단하게 말하면 새로운 진실을 찾을 수 있기 때문이다. 변증법은 상대방의 진실 속에 포함된 모순을 찾아 지적해서 새로운 진실을 얻는 방식이다. 변증법을 통한 행동치료도 존재한다. 이는 유지의 대화 형태가 변증법인 이유와도 연관된다. 유지는 자기 자신과의 대화에서도, 고호상과의 대화에서도 모순을 찾아 지적한다. 모순에 대한 답을 얻고자 한다. 그래, 그 모순. 유지는 새로운 진실이 필요하다. 남편이 왜 자신을 떠났는지, 앞으로 어떻게 살아야 하는지. 이해할 수 없는 현실을 받아들일 준비가 필요하다.

우리의 뇌가 만들 모형 속에 살고 있다. 받아들이는 정보는 제한적으로 모형에 일치하는 정보만 입력한다. 다른 말로 하면 필요 없는 것들은 받아들이지 않는다는 뜻이다. 신경과학자이자 소설가인 데이비드 이글먼 교수는 "머릿속으로 당신을 둘러싼 아름다운 세계를 그리면서 모든 색과 소리와 냄새와 질감도 함께 떠올려봐라. 당신의 뇌는 그 세계를 경험하지 못한다. 뇌는 두개골 안의 침묵과 어둠 속에 갇혀있을 뿐이다"라고 했다. 때문에, 있는 것이 보이지 않기도 하고 없는 것이 보이거나 한다. 그 예로 고릴라 실험이 있다. 굉장히 유명한 실험이다. 나와 같은 세대라면 학창 시절 한 번쯤은 봤을 것이다. 사실상 우리의 존재 자체가 모순이다. 또 다른 예를 들자면 색은 뇌에서 만든 인공의 배경일 뿐이다. 색은 우리가 외부세계와 소통하고 세계를 더 잘 통제하는 데 도움을 준다. 통제할 필요가 없었다면 색을 보는 일도 없었을 거다. 이 진실을 안다고 크게 달라지는 건 없다. 이미 우리는 제멋대로 살아왔기에. 그래도 보이지 않던 것들을 인식할 기회가 생긴다.

유지는 사랑하는 남편이 떠나고서야 몰랐던 것을 보기 시작했다. 유부남과 헤어지고 우울증에 걸린 스물다섯 환자도 그제야 공감했다. 어떻게 보면 참 이기적이지 않은가. 똑같은 일을 겪고도 공감조차 해주지 않는 것이. 유지는 스물다섯의 환자에게 이기심을 버리라고 외쳤다. 자신은 그런 일 따위 겪지 않았다는 듯이. 그날 환자는 큰 상처를 받았다. 어쩌면 사랑이 떠난 것보다 더 큰 상처. 유지는 자신이 그토록 좋아하던 일을 관두고 프랑스로 갔다. 사랑의 상처를 잊지 못했기 때문이다. 파도에 휩쓸린 모래성같이 유지는 무너졌다. 사랑은 복잡하고 무겁다. 특히 사람 대 사람의 사랑은 더 어렵다. 상사병이나 안전 이별이 괜히 생긴 게 아니다. 상사병은 이성을 몹시 그리워하는 마음에 사로잡혀 생기는 마음의 병이다. 안전 이별은 이별을 고하자 폭행이나 살인하는 사건이 생기면서 만들어진 거다. 사랑이란 무엇일까. 무엇이기에 한 사람 송두리째 바꾸는 걸까. 이 질문에 대한 답을 평생 내지 못할 거다. 사랑의 깊이도, 정의도 달라지기에 확답할 수 없다. 그래도 지금까지의 경험으로 한마디만 하자면, 사랑은 정말 징글징글하다.

작중에는 고호상이라는 영화감독이 나온다. 고호상은 다섯 편의 독립 영화를 냈지만, 성적이 저조했다. 자신이 사랑하는 영화를 좇을지, 공무원 준비를 할지 결정하려고 한다. 고호상과 유지는 서로 다른 사랑의 아픔이 있다. 유지는 남편의 사랑을, 고호상은 영화의 사랑을. 유지는 고호상이 우울증을 앓는 것처럼 느껴져 마주하고 싶지 않았다. 반면, 고호상은 유지가 자신과 비슷하다는 걸 알고 유지에게 다가간다. 둘의 서로 다른 아픔이 있다는 걸 변증법으로 알아간다. 서로 진실을 토하고 그 속의 모순을 찾아 새로운 진실에 도달하는 것. 여기서 기이한 점은 변증법이 상대방을 이해하는 요소로 작용한다는 점이다. 그 이해는 하나의 해결책이 된다. 유지는 아픈 순간은 잊고 과거의 좋았던 기억만 남기는 방법을 배웠다. 고호상은 자신의 꿈을 포기하지 않는 용기와 새로운 작품에 대한 아이디어를 얻었다. 유지는 고호상과 대화하며, 자신보다 고호상이 스물다섯의 환자에게 더 도움이 됐을 거 같다고 생각한다. 유지의 말처럼 환자를 위로하는 데는 고호상이 더 제격일 수 있다. 환자에게 필요한 건 잔인한 현실보다 따듯한 위로일 테니까. 그렇다고 유지가 나쁘다는 건 아니다. 때로는 유지같이 이야기해줄 사람도 필요하다. 위로만으로는 해결할 수 없는 것들이 있기 때문이다. 모순적이지만, 맞는 말이다. 슬픈 사람에게 가장 필요한 건 위로다. 하지만 그들을 우울의 늪에서 구하려면 현실적인 도움이 필요하다. 우울증 치료가 상담에서 그치는 것이 아니라 약이나 최면술 같은 치료로 이어지는 것이 그 예이다.

"나의 밤도 언젠가 끝날 수 있을까요?" 어둠에 가려 한 치 앞도 안 보이던 유지의 밤에도 태양은 뜬다. 태양을 따라갈지, 그 자리에 남을지는 유지의 선택이다. 우리도 마찬가지다. 태양은 언제나 마음속에 있다는 걸 기억하자. 계기나 방법은 다 달라도 태양이 있다는 걸 알면 어둠은 점차 사라진다. 완전히 지워지지는 않는다. 상처가 쉽게 사라지는 거였으면 트라우마도 없었을 거다. 그래도 언젠가는 상처를 웃으며 맞이하는 날이 온다. 누군가 말했다. 우울함에 휩싸였을 때, 이불 위를 뒹구는 것부터 하라. 작은 일부터 차근차근 완수한다. 조급해하지 말고 나 자신을 믿으며, 한 발 내딛는 거다.

우리의 모든 것은 모순이다. 인간이라는 존재도, 매 순간의 선택도, 이 글을 쓰는 지금도. 나는 6년 동안 바라보던 심리학자라는 꿈을 고등학교 3학년 입시를 앞두고서 포기했다. 닥쳐온 현실이 무서워 지레 겁먹었다. 나를 둘러싼 환경은 심리학을 업으로 삼기 어려웠다. 특히 경제적인 부분이 그랬다. 대부분 심리학과는 졸업 후에 취직이 어렵고, 첫 월급도 적었다. 그리고 대학원이 필수였다. 사람들이 말하는 것과 현실의 틈새가 컸다. 꿈만 좇기에는 벽이 높았다. 나는 병원에 입원했을 때, 꿈은 포기하기 쉽다는 걸 알았다. 고등학교 3학년 1학기 기말고사를 앞둔 순간. 문제는 허리디스크였다. 여태 경험한 고통과 비교도 안 되는 아픔이었다. 퇴원하면서 받은 영수증, 수많은 숫자는 나를 무너뜨리기에 충분했다. 가진 게 얼마 없어 꿈을 포기했다. 하지만 인생은 뜻대로 흘러가지 않는다. 나는 문예창작과에 와버렸다. 글은 써본 적도 없는데. 재수나 자퇴를 할 용기는 없었다. 뽑기 판 같은 인생에 꿈꾸던 소녀도 눈물 흘렸다. 꿈도 포기했는데 얻은 건 뭐지. 좁디좁은 어항에 갇혔다.

나는 유지 같은 사람을 안 좋아한다. 나도 현실적인데 상대방도 현실적이면 숨이 막힌다. 그 사람이 나에게 도움을 준다고 해도. 싫은 건 싫은 거다. 그러면서도 힘에 부칠 때 찾는 사람은 나에게 단 한 명뿐인 유지 같은 친구다. 이것도 나의 모순이다. 나는 고흐의 변증법을 읽으며 많은 걸 느꼈다. 사람 사는 게 다 거기서 거기라는 것. 멋있고 대단한 사람들에게도 아픔이 있다는 것. 나도 여러 명의 '폴' 중 하나라는 것. 성인이 된 지금, 걱정은 줄지 않고 늘어만 가도 살아간다. 살아야 하니까 산다. 꿈은 잃었어도 남은 것들이 있으니까. 나도 고흐처럼 침체에 빠진 절망이 아니라 희망이 담긴 우울을 택했다. 나의 이야기가 어떻게 끝날지 예측할 수 없어도. 두려움에 온몸이 덜덜 떨려도 앞으로 나아간다. 영원할 것만 같은 인생도 끝이 있으니까. 그저 흘러간다. 나를 둘러싼 모든 게 변해도 나만큼은 그대로. 다시한 번 꿈꿀 준비를 한다. 나도, 인생도, 이 세상도. 어차피 모든 건 모순이니까. 그렇게 누군가 묻지 않으면 모를 것들을 마음에 품는다.

사람에게 감동을 주는 일 | 장원성

－강명희 『65세』를 읽고

독후감 제목을 통해 어렴풋이 추측할 수 있듯이 강명희 작자의 소설집 『65세』에서 다룬 작품 중 「지난 여름날의 판타지」를 선택하여 독후감을 작성하였다. 다양한 작품 이 있었지만, 그 작품의 끝에 다다랐을 때 책을 읽는 것만으로 자연스레 미소가 지어져 스스로 놀랐던 재미난 경험을 가졌기 때문이다. 그리고 작품이 남겨주는 여운과 소설가의 깨달음을 통해 마음 깊이 감동하였다. 그리하여 독후감의 제목도 결정했다. 사람에게 감동을 주는 일. 이 행위를 통해 메시지를 전달하려고 한다. 작품 속과 현 사회를 비교하여 이러한 행위의 필요성과 가치를….

우선 「지난 여름날의 판타지」는 어느덧 할머니가 된 한 소설가의 이야기이다. 소설가의 일을 자의 반 타의 반 그만두고 손자들을 봐주면서 생활을 이어나가는 것이 이야기의 시작이다. 그런 생활 속에서 다양한 인연을 만나게 되며 알게 모르게 서로의 사정을 알게 된다. 그리고 그들의 진정성 덕에 다시 소설을 집필할 기회를 얻고 그 기회는 좋은 결과를 안겨 왔다. 결과에 대한 공을 서로 덕이라고 나누며 연의 마지막 말을 통해 그녀는 깨닫게 된다. 무엇을 하든지 그 속에는 진정성이 있어야 하는 것을. "그 진정성이 사람을 감동시키면 그 사람의 일을 성공한 것이다."

이처럼 작품 속 그녀의 성찰을 통해 작자는 독자들에게 일상에서 볼 수 있는 인물을 예를 들어 제시하고 있다. 사람의 일은 무엇을 하는 게 중요한 것이 아니다. 그 속에 진정성이 담겨 있어야 하며, 타인에게 감동을 주게 되면 그 일은 성공한 일이라고 칭하였다. 마지막에 그녀는 스승이라는 존칭을 사용하며 감사를 표했는데 그것은 인연들의 진정성이 없었으면 불가능한 일이다. 또한 진정성이 감동을 주지 못하였으면 불가능한 일이다. 이렇게 서로 상응하는 관계의 중요성도 강조하여 자신을 되돌아볼 수 있는 계기를 제공하고 있다. 저도 글이 끝맺음으로써 여운에 잠겨 잠시 음미하는 시간을 가졌었다. 그리고 작자의 진정성이라는 표현에 매우 공감하며 동의한다. 사람이 무엇을 하는 것을 중점으로 판단하는 것보다 그 사람이 어떤 삶을 살아왔으며 그것을 어떤 마음으로 임하는 것이 중요하다고 생각한다. 그것을 볼 줄 아는 사람이면 적어도 제 일에 진정성 있게 임할 것이며 타인에게도 선입견을 안 품고 대할 것이다. 그런 태도로 인간관계를 가지면 타인에게 진정성을 인정받아 작품처럼 감동까지 전해줄 수 있는 기대효과가 나타날 것이다. 그래서 현 사회에 이러한 태도는 필요하며 배워야 한다 생각한다. 사람으로서. 사회를 이루는 구성원으로 속한 사람으로서.

하지만 안타깝게도 현 사회에서는 이러한 모습이 결여되었다고 생각한다. 그 양상으로 개인주의와 경쟁사회가 있다. 첫 번째로 시대가 발전함에 따른 개인주의 현상이다. 과거에는 공동체 사회, 이웃 등 함께 살아가는 것을 중요시하며 큰 인식으로 자리매김하였다. 그러나 시대가 발전함에 따라 사회 전반적으로나 문화적 측면 등 집단보다는 개인의 이익이나 가치가 우선시 되고 있다. 이러한 변화되는 사회방식에 맞춰 우리의 모습도 변화하였다. 집단을 이뤄 소속감을 느끼는 것보다 개인의 본능에 충실한 삶을 지향하고 있다. 이러한 모습은 작중 인물들처럼 타인의 일상을 존중해주지 못할 뿐더러 무관심한 태도만 나타나게 할 것이다. 그리고 진정성이 가지는 가치 또한 이해하지 못할 것이다. 왜냐하면 나에게 도움이 되거나 이득으로 작용하지 않기 때문이다. 두 번째로는 경쟁사회이다. 우리는 경쟁이라는 제도에 쉽게 노출되어 있다. 어린 나이에는 교육을 통해 사회나 공동체의 중요성을 강조하지만, 모순적으로 점수와 등수로 나눠 집단에 속하는 인원들을 경쟁자로 인식하게 만든다. 더 나아가 취업을 하기 위해서 남들보다 더 큰 노력을 하여 경쟁에서 이기길 원한다. 여생도 마찬가지다. 재력, 직업, 건강, 자식 등 다양한 요소를 통해 타인과 비교하여 자신이 우월하다는 것을 입증하고 그 기분을 즐긴다. 그리고 우월감에 사로잡혀 타인의 상태 따위 존중과 배려는 상실하며 단지 나를 밝혀주는 도구 취급하는 상황까지 초래할 수 있는 위험도 존재한다. 이렇게 우리는 전반적으로 삶을 경쟁과 가깝게 지내왔다. 만약 작중 소설가도 경쟁사회에 빠진 인물이었으면 살림 도우미와 이사 도우미를 무시하며 사람 취급을 안 했을 것이다. 소설을 다시 쓸 기회도 없을뿐더러 깨달음을 얻을 기회조차 생기지 않을 거다. 그리고 본인의 일에 진정성을 찾을 수 없어 자신의 삶조차 타인과 비교하는 대상으로 되기에 십상이다. 그저 쳇바퀴처럼 똑같이 흘러가는 가치 없는 삶만 지속되며 영영 벗어나질 못하였을 것이다.

「지난 여름날의 판타지」는 현 사회의 우리 모습을 자각시켜 주고 있으며 잊지 않아야 할 깨달음을 전해주고 있다. 우리는 결국 혼자 사는 것이 아닌 사회구성원으로서 함께 살아가는 존재이다. 그러므로 자기 일에 진정성을 부여하고 서로를 잣대를 가지고 평가하는 것보다 자체를 이해하며 인정하는 태도를 가져 작중 인물들처럼 서로가 감동하는 그런 관계를 앞으로 형성해 보는 것도 강명희 작자님의 의도라고 생각한다. 공동체 안에서 자신의 감정만을 내세우는 것보다 서로의 감정을 어루만질 수 있는 진정성 있는 사람으로….

그리고 제가 생각하는 감동을 주는 일은 무척 간단하다. 우리는 개인이 아닌 함께 살아가는 존재이다. 모두가 똑같은 삶을 살지 않았으며 같은 성향을 지니지 않았다. 그래서 다양성이 존재하며 함께 사는 재미가 있는 것이다. 그것을 더욱 지켜나가기 위해 타인을 나이, 성별, 직업, 평판 등의 잣대로 판단하지 말고 그 사람 자체를 이해해주고 다름을 이해해주는 것이다. 그것은 우리가 사람인 이유이기도 하며 서로의 삶을 존중하는 태도를 보이며 살아가면 작중처럼 서로에게 감동을 주는 인연을 마주치는 감사한 일이 생길 것이다.

최선의 위로, 무거운 언어 | 조승준

– 한강 『작별하지 않는다』를 읽고

7년 지기 친구와 교보문고를 방문했다. 그녀 역시 글을 좋아한다고 자부했기에 꽤나 가볍고 즐거운 대화를 이어 나갈 수 있었다. 한국문학 작가별 코너엔 공지영부터 황정은까지 대표작들이 정리되어 있었는데, 송구스럽게도 나는 한강 작가의 글들에만 손이 갔다. 다른 의도가 있는 것은 아니었고 워낙에 한강의 글을 좋아해 왔다. 친구는 『채식주의자』를 읽다가 무서워서, 또 외설 같다는 이유로 읽기를 거부했다고 말했다. 하얀 표지의 신작을 향한 나의 은근한 열정을 눈치 챈 그는 『채식주의자』의 주제가 뭔지 궁금하다고 했고, 나는 긴 고민 끝에 여성의 이야기라는 허접하고도 폭력적인 답을 내놓았다. 그녀는 반색하며 페미니즘 소설이었냐고 발랄하게 물었다. 일명 '이대남'에 소속되는 나는 대답하지 않았다.

*

경하는 『소년이 온다』와 『작별』을 쓴 후로 짧고 거친 숨의 삶을 계속해

오고 있었다. 어쩌면 연약한 인간의 신체와 그 속에서 쉬이 사그라드는 혼에 관해 글을 쓴 탓에 무기력한 삶을 살게 된 걸지도 모른다. 친구 인선의 연락을 받고 병원으로 향한 그는, 친구가 손가락이 절단되는 사고로 입원하게 되어 제주도에 있는 집에 새를 두고 왔다는 소식을 듣게 된다. 앵무새 아마를 살려달라는 인선의 부탁에 급히 제주도로 향한 경하는, 그 요청을 이행하는 데 실패한다.

이렇게만 정리하면 『작별하지 않는다』의 초반부 이야기가 쉽게 다가오지만, 막상 한강의 글을 읽으면 책장을 넘기기가 어려워진다. 이는 한강 작가의 글들이 갖는 특유의 물성 때문이다. 단순히 종이 위 잉크가 만들어내는 불완전한 해석소를 넘어서서 결코 전달될 수 없는 의미를 소통시키는데, 아마 그런 특성 때문에 감정의 직격타를 맞을 수 있는 것 같다. 그의 전작들은 —특히 『소년이 온다』가— 진득한 물성으로 오래도록 나를 괴롭혔는데 그 탓인지 내가 『작별하지 않는다』를 읽겠다고 했을 때 지인들이 만류하기도 했었다. 안 그래도 우울한 팬데믹 시대에 더 우울한 글을 읽을 필요는 없다는 권고였다고 생각한다. 그러나 교보문고에서의 소비를 정당화시키기 위해서라도 읽고 싶었고, 그 결과 초반부에 등장하는 경하의 무기력함을 물려받고 말았다. 마룻바닥에 누워 천장만을 바라보고 싶었다.

다행히도 마지막 장을 덮을 즈음에는 마냥 우울하지만은 않았다. 초반부가 성냥개비를 부러뜨렸다면, 후반부는 그 성냥개비에 불을 붙였다. 짓이겨진 몸에도 생명력이 맴돌 수 있다는 듯이 말이다. 경하는 아마가 여전히 살아있는 집에서 눈을 뜨고, 심지어는 병상에 누워있어야 할 인선마저 만나게 된다. 제주도에서 삶과 죽음의 경계는 사라지고, 현실과 환상 사이의 구분 역시 무너진다. 경하의 지문은 인선 어머니의 지문과 겹치고, 경하의 발자국은 인선의 발자국과 겹친다. 실재했던 비극의 기호들을 모은 어머니의 자취와, 그리고 그 어머니의 기록들을 모으고 모아온 인선의 자취를 온전히 받아들이는 경하의 재현의 재현 속에서 실재를 발견한다. 모든 혼이—죽지 않고 살아 있다는 듯이—뜨거운 찻잔에 입을 가져다 댄다.

　환상의 혼들을 발견하고 그들의 이야기를 전해 듣는 것이 어째서 '힐링'처럼 느껴지는지, 알기 어려웠다. 모든 상처와 흉터를 떠나보내기 위해 쓰인 글은 결코 아니었고, 오히려 그것들을 생생하게 재현하려고 사력을 다하는 글이었다. 그런데도 고통과 작별하지 않는 대신 직면하는 후반부가 고통스럽게 느껴지지만은 않았다. 1980년을 다룬 책과는 다르게 사랑을 위한 묵직한 의지가 더욱 크게 다가왔다. 분명히 괴로운 재현이었지만, 그 안에는 언어 이면의 실재에 대한 위로가 있는 듯했다.

　글이든 사진이든 영상이든, 모든 종류의 매체는 실재를 있는 그대로 드러내는데 필사적으로 실패한다. 언어, 심지어는 우리의 사고마저 극히 추상적이기에 세계의 모든 것을 온전히 인지하는 것은 거짓말에 가까운 일이다. 우리는 종이를 종이라고 읽을 뿐, 평생토록 그 실체는 모른다. 타인의 고통 역시 마찬가지다. 그것을 읽고 보고 들을 수는 있더라도, 결코 그 고통을 정확하게 겪어내지는 못한다. 앵무새처럼 말을 되풀이할 수는 있지만, 그 말이 재현해내고자 하는 기의를 알기란 어렵다. 그렇기에 우리는 기표와 기의, 퍼스의 표현을 빌리자면 기호, 대상, 해석소 간의 격차를 잊어버려서는 안 된다. 그러나 『작별하지 않는다』의 믿음은 다르다.

　인선에게는 두 마리의 새가 있었다. 아미는 말을 할 수 있었지만 일찍 죽은 앵무새였고, 아마는 인간의 흥얼거림을 따라할 수 있던 앵무새였다. 아미는 죽어가고 있는데도 인선 앞에서 아무렇지 않은 척을 했다. 인선은 그와 대화를 나누었다고 생각했었지만, 아미의 죽음 이후로 그 구어 커뮤니케이션이 사실 대화가 아니었던 건 아닐까 의구심을 가졌다고 고백한다. 그러나 인선과 아미는 분명히 말이 아닌 실재하는 무언가로 연결되어 있었다. 인선은 그것을 알고 있었고, 그랬기에 새들이 자기 말을 이해할까 목소리를 낮추었다. 재현 너머의 실재가 소통될 수 있을 거라는 믿음이 있었던 거다. 한강 작가 역시 그러한 믿음으로 글을 써내려가는 것이 아닐까. 언어의 한계를 뛰어넘으려는 결연한 의지인지, 사람에 대한 엄숙한 애정인지, 그게 아닌 또 다른 무엇인지는 모르겠지만—그의 글은 육중한 커뮤니케이션을 위해 압도적인 밀도로 실재에 가장 가까운 재현을 시도한다. 『작별하지 않는다』는 그의 이전 작들보다도 더 나아가 재현의 재현에 대해 이야기한다. 경하는 꿈속에서 인선이 모은 인선 어머니의 기록 그 이면의 실재를 알게 된다. 재현이 그렇게나 반복되고 재생산되었는데도 실재는 꿋꿋이 제자리를 지키는데 성공한다. 실재가 아무리 온갖 기호들로 범벅이 되어도, 그 누구도 우리의 고통을 이해할 수 없게 될지라도—그 'x'는 여전히 어딘가로 소통되고 있을 거라는 신뢰를 받았다.

그리고 그것이 최선의 위로가 아니라면 무엇일까.

그런 이유에서 광주와 제주, 그리고 여성이 그의 소재가 되는 것이 아닐까 감히 추측해본다. 실재하는 개개인들을 추상적이고 일반적인 명사로 치환시키는 동일률로 수많은 생명에게 고통을 준 우리의 역사가 자꾸만 등장하는 것은 단순한 우연이 아닌 듯하다. '빨갱이'라는 쉬운 언어 아래에서 젖먹이 아기까지 "절멸"시키는 비극들은 실재를 보지 못하고 오직 재현만을 보았기 때문에 일어났을지 모른다. 그러므로 언어는 쉽거나 가벼워서는 안 된다. 실재를 재현하는 일은 언제나 겸허하고 진실된 마음가짐으로 행해야 한다. 평가원이 사랑하는 젊은 시인마저 자신의 시를 쉽게 씌어진 시라고 불렀는데, 안타깝게도 내 언어는 너무나 쉽게 쓰여 그렇게나 빨리 날아가고야 만다. 어떤 대상을 함부로 규정짓는 결례를 범하고 싶지 않다면, 적어도 한강처럼 피와 살을 깎아낼 의지는 갖고 있어야 하는 거 아닐까.

그러나 최근 들어 실재의 재현을 실재와 동일시하는 일이 비일비재하다. 특히 20대 대학생의 삶에서 이대남, 이대녀, 페미, 한남 등의 일반명사들은 보편화되어 혐오와 맹목적인 경계선들을 낳고 있다. 심지어는 혈액형과 성격유형검사까지 동기들을 분류하고 규정짓는 데 석극석으로 활용된다. 쉽게 생산되고 쉽게 소비되는 언어들 사이에서 상대편의 "절멸"을 우르짖기란 쉬운 일이다. 각각이 갖는 애도 가치는 사라졌고 그 자리에 남은 보편자의 "머리에 총을 겨누는 광기"가 허락되고 있다. 그래서 나는―상대를 온전히 알기란 불가능하다는 걸 이해한 채, 숙연하고도 결연한 마음으로 있는 그대로의 세상을 알기 위해 노력하는 개인이 되고 싶다.

그러니까 그날 7년 지기 친구의 질문에 대답하지 않은 것은, 그의 글을 함부로 일반화시키고 싶지 않았기 때문이다. 또 나 역시 언어의 사용에 있어서 지나치게 가볍다는 죄책감과 일반명사의 진득한 고통을 한껏 느꼈기 때문이다. 이 독후감의 미약한 언어로 어떻게 그 모든 것을 담아낼 수 있을까, 나는 한강의 필력을 갖고 있지 못하다. 실재로 발산하기 위해 죽을힘을 다한 모방을 아무리 모방해봤자 그것은 복제품의 복제품에 불과할 테고, 무엇도 담아내지 못한 채 무색하게 소비되고야 말 것이다. 그렇다고 해서 펜을 내려놓고 축 처지고 싶지는 않다. 인선의 "계속해봐야지, 일단은"이라는 위로를 마음에 굳게 박아둔 채, 차분한 생명력으로 불타보고 싶다. 숨을 천천히 쉴 수 있는, 뭘 만져도 녹아내리는 눈이 아니라 단단한 나무껍질로 올곧게 만들어진, 그런 물성의, 부러진 성냥개비여도 불꽃이 솟는, 잿더미 속에서 살아남은 돌벽 위로 지어진 집처럼, 끝끝내 작별을 고하지 않는—그런 인간이 되고 싶다.

삶의 불가능성에 대한 역설과 반어 | 고예준

－정지돈 『모든 것은 영원했다』를 읽고

소설을 읽는다는 것은 낯선 시간과 공간 속으로 여행을 떠나는 일이다. 현실의 상투성과 삶의 일상성에서 벗어나게 해주는 이 여행은 여행지에서 마주친 사람들이 저마다 끌어안고 고민하는 불가해한 삶의 퍼즐을 함께 풀어보는 경험을 통해 그 의미가 극대화된다.

나는 이 작품을 통해 식민지적 질곡에서 완전히 빠져나오지 못한 우리나라의 근현대사가 세계체제와 충돌하는 혼란의 시기를 살았던 정웰링턴이라는 낯선 인물을 만났다. 그는 이러한 시기에 파생된 수많은 역사적 희생자중의 한 사람이었으며, 늘 안착할 곳을 찾아 방황하는 방랑자, 이방인의 삶을 살다 36살이라는 젊은 나이에 마침내 자살로 자신의 뿌리 뽑힌 삶의 종지부를 찍었던 비극적인 인물이다.

작가는 정병준이 쓴 역사서 '현앨리스와 그의 시대'라는 책을 통해 정웰링턴의 존재에 대해 알게 되었다고 한다. 3.1운동 이후 주로 미국에서 활동했던 독립운동가 현순 목사의 맏딸인 현앨리스는 하와이에서 출생한 최초의 한국인으로 중국과 미국 등지를 누비며 활발한 독립운동을 전개하다 해

방 후 월북했지만 무고하게 미제의 간첩으로 몰려 박헌영과 함께 처형당한 인물이다. 생화학과 유전학을 전공한 의사였던 정웰링턴은 현앨리스의 아들로 그에 대한 기록은 매우 간단하게 남아있었을 뿐이라고 한다. 그러므로 이 소설에서 내가 만난 정웰링턴은 엄밀한 의미에서 실존인물은 아니며 작가에 의해 새롭게 해석되고 재창조된 허구적 인물이라고 보아야 할 것이다.

　　이 소설은 보지 못한 것에 대한 증언이다. 남아 있는 자료는 아주 적고 그마저도 건조하고 불투명하다. 나는 가능한 한 가까운 거리의 자료를 토대로 정웰링턴의 삶과 감정, 생각에 대해 상상했고 이야기를 덧붙였다. 나는 무엇도 추리하지 않았다…. 내가 만든 이야기는 역사를 밝히고 억울함을 호소하는 종류의 것이 아니다. 희생자의 넋을 위로하기 위해 쓰인 것이라고 할 수도 없다…. 그들의 속내를 짐작하거나 그들이 되어보려고 노력하지도 않았다. 감동이나 슬픔 등의 카타르시스는 경계의 대상이었고 소설 속에 나오는 인물들의 말과 행동은 흩어져 있는 자료와 이미지, 텍스트가 나와 나의 경계를 경유해서 쓰인 것이다.　그와 그의 친구, 가족들에 대한 이야기를 쓰기로 결심했을 때 원했던 것은 그들을 생각하는 것이었고 그들을 통해 생각하는 것이었다.(p134)

작가는 이러한 목적을 이루기 위해 이 작품을 쓰는 동안 읽고 참고했다는 수많은 텍스트를 소설의 말미에 참고문헌이라는 이름으로 한 데 모아 제시하고 있다. 지금까지의 어떤 소설에서도 보지 못했던 신선한 시도이다. 독자의 입장에서는 관련된 정보를 쉽게 확인하고 필요한 정보를 더 찾아볼 수 있어서 유익했고 그런 만큼 더 깊이 책의 내용에 접근하고 상상할 수 있었다.

　　책을 접한 2015년 봄 이후 정웰링턴의 이미지를 지울 수 없었다. 사진 속의 정웰링턴은 크고 슬픈 눈을 가진 청년이었고 그의 슬픔은 다소 신경질적이고 예민하며 어두운 느낌이었다. 미남이었지만 아름답기보다 불운해 보였는데 그의 삶에 대한 선입견 때문인지는 모르겠다. 그의 불운이 나를 매혹한 건 아니었다. 나는 언제나 아무 것도 하지 못한 사람들에게 매혹 당했다. 관점에 따라 그것을 무능이라고 말할 수 있을지도 모른다. …
유능함이 자신을 증명하는 능력이라면 불능은 세계를 증명하는 능력이다.(p135~136)

이미 다양한 시도를 통해 기존 소설의 작법에서 벗어나 자유롭게 자신의 개성을 드러내 왔던 작가의 다소 난해하고 시간의 순차성을 무시한 불친절한 안내에 따라 정웰링턴의 삶과 사유를 들여다보는 독서의 여정은 한편으로는 지적 즐거움을 느낄 수 있었지만 다른 한편으로는 많은 인간의 좌절을 통해서 인간이라는 존재의 불가능성을 끊임없이 환기하게 되는 고통스러운 과정이기도 했다. 인간의 한계는 무엇이며, 인간은 자신에게 주어진 시대적 과제 속에서 어떤 선택을 해야 하는 존재인 것일까? 그리고 그 선택은 필연적인 결과물인 것일까? 혹은 선택을 회피함으로써 얻게 되는 것과 잃게 되는 것은 무엇일까? 라는 질문과 소설을 읽는 내내 끊임없이 마주쳤고, 모든 질문은 작은 물줄기가 결국 거대한 물줄기로 휩쓸려 하나의 흐름이 되듯 인간은 어떻게 살아야 하는가? 라는 하나의 질문으로 귀결되었다. 질문항의 주어는 때로는 정웰링턴이 되기도 했고 지난 역사 속에서 자신의 신념에 따라 선택하기 어려운 선택을 함으로써 생명을 잃었던 수많은 젊은이들이 되기도 했고 때로는 나 자신이 되기도 했었다. 문득 앙드레 말로의 소설 '인간의 조건'에서 고통스런 죽음 앞에서 동료에게 자신 몫의 청산가리를 내어주던 카토프의 행동이 떠오르기도 했다.

정웰링턴은 하나의 삶을 가지지 못했고 하나의 국가도 가지지 못했다.

> 정웰링턴을 아는 사람은 대부분 그를 오해하거나 경계했고 사랑해도 일부분만 받아들였다. 그에게 필요한 것을 아무도 그에게 허락하지 않았다.(p 7)

거대한 이념이 거센 회오리바람처럼 불어 닥쳐 개인의 삶을 무자비하게 파괴했던 지난 한 시절, 개인들은 흔적도 남기지 못한 채 사라지거나 납득하기 어려운 이유로 삶의 발판에서 밀려났다. 그 암울한 시대를 온몸으로 부대끼며 통과해야 했던 정웰링턴과 그의 가족들, 그리고 주변 친구들의 이야기는 각자에게 주어진 삶의 불가능성을 통해 세계와 단절된 사람들의 좌절과 고통을 절절하게 증언한다. 정웰링턴은 자신을 비롯하여 외가의 친척들이 추구했던 공산주의 이념 때문에 미국에서 추방되었으나 정작 북한사회에도 편입되지 못한 채 중간지대인 체코에 머무르며 감시와 속박 속에서 살아갔다. 어린 시절 친구가 장난으로 카우아이의 해변에 빠트린 레닌의 책을 찾기 위해 해가 질 때까지 해변의 바닥을 짚고 다녔던 순수했던 소년 정웰링턴은 디아스포라의 삶이 길어질수록 이념의 변질을 겪으며 자신의 안전을 위해 동지를 파는 비열한 변절자가 되기도 하고 체코에 안착할 수 있는 방법을 찾아 자신과 가치관이 다른 체코인 안나 솔티소바와의 불행을 예감한 결혼을 선택하기도 한다. 그가 31세가 되던 해 딸 타비타가 태어났고, 다음 해에는 체코 국적을 획득했고 비밀경찰의 감시도 중단되었지만 헤프 시립병원의 소장이 된 그는 1963년 36세에 병원 해부실에서 독극물을 삼키고 자살했다.

> 다른 사람이나 시대의 조류와 상관없이 홀로 끝에 다다랐다고 윌리는 생각했다…. 그는 길을 건넜지만 건너간 곳은 존재하지 않았고 원래 있던 곳은 재가 되어 사라졌다. 모든 시도는 무산되었고 그는 어디에도 도착하지 못했다.(p100)

전지적 작가시점에서 서술되던 소설의 전반부가 끝나고 '미래를 전망함' 이라는 소제목을 단 후반부는 일인칭 주인공의 시점에서 서술된다. '나'로 지칭되는 후반부의 주인공은 이미 전반부에서부터 정웰링턴의 삶을 해석하고 전달함으로써 그 존재감이 확연하게 드러나 있었던 작가 자신으로 추정된다. 그는 작품의 기획과 집필의도에 대해 좀 더 직접적으로 설명하며 독자와의 소통을 시도한다. 그리고 전반부의 과거의 이야기와 후반부의 현재의 이야기는 체코의 프라하 근교의 헤프라는 작은 도시에서 연결되며 '종이를 반으로 접어 펜으로 구멍을 뚫은 것처럼' 의식의 지평에서 겹쳐진다. 작가는 버지니아 울프처럼 '순차적이지 않는 기억과 생각들이 비처럼 쏟아지는' 글을 쓰고자 했고 바로 이 작품이 그런 글일 것이다. 그리고 그 글은 모든 순간에 동시 접속하고 이동할 수 있는, 하나의 글에서 곧장 다른 글로 넘어갈 수 있는 상호연결을 가능하게 함으로써 과거와 현재를 연결하고 더 나아가 미래의 일부가 될 수 있을 것이라고 생각한다.

> 우리가 행동하고 생각하고 말하는 과정이 교차하며 오가는 무수히 많은 순간에서 아주 가끔 의미가, 무언가 일치되고 연결되는 순간이 탄생하지만 그때가 지나면 그것을 표현할 수단은 사라진다. 그러한 경험은 공유할 수 없고 전달할 수도 없다. 그렇지만 그런 순간들은 사라지지 않는다. 영원히 남아서 존재하고 있다. 단지 망각할 뿐이다. (p205)

이 작품은 반어와 역설을 통해 그 의미가 획득되는 작품이다. '모든 것은 영원했다'라는 제목도 논리적으로 모순된 표현이다. 미래지향적이며 지속의 속성을 지닌 '영원'이라는 명사는 동사로 전성된다할지라도 결코 완결의 의미를 가진 과거형의 어미를 사용할 수 없기 때문이다. 이 작품은 알렉세

이 유르착의 '모든 것은 영원했다, 사라지기 전까지는'이라는 작품의 제목 일부를 차용한 것이라고 한다. 그리고 그 의미는 소비에트 시스템의 붕괴는 그것이 발생하기 전까지는 누구도 감히 예측하거나 상상할 수도 없었던 것임을 함축하고 있다. 하지만 21세기가 되기도 전에 소비에트는 붕괴되었고 붕괴되기 전까지 한시적으로 영원하게 느껴졌을 뿐이다. 마치 개인적 삶의 불가능성을 통해 세계의 존재가 증명되듯이

비영원의 남발, 오래된 협약을 읽고 | 김수현

- 김초엽 『방금 떠나온 세계』를 읽고

벅차면 청춘이라 현실 도피를 위해 SF 소설을 골랐다. 아파야만 청춘이고 힘들어야 20대일까. 그게 청춘이라면 난 하기 싫은데. 어쨌거나 회피를 위해 평소에는 손도 안 대는 SF 소설을 펼쳤다. 이과적 지식과 감수성이 겁이 났기 때문에 손이 가지 않았던 SF 소설. 현실의 벅참은 그 겁남도 반갑게 만들었다.

사실 SF는 낯설었고, 기대되지 않았다. 『방금 떠나온 세계』란 책 제목이 이끌렸을 뿐. 도대체 무슨 세계이길래? 궁금증도 자아냈다. 떠난 세계가 현실이길 바라는 마음에 가볍게 접근한 것도 있었다. 책의 목차를 참고하며 넘기다 편지 형식의 글을 발견했다. 남의 편지를 몰래 훔쳐보는 악취미는 없지만, 아무래도 떡하니 보라고 적어둔 편지를 무시할 순 없었다. 호기심에 허겁지겁 책을 펼쳤다.

첫 시작부터, 인물과 배경을 파악하기에 급급했다. 편지 글이라 그런가 정보가 부족했고 모든 게 생소했다. 그렇지만 소설의 첫 시작은 늘 새로움이니 이내 익숙함으로 바뀔 거라 생각하고 읽었다. 목차로 넘어가 '오래된 협약'을 다시금 새기며 어떤 협약인지 알아내고자 했다. 제 3자의 시선으로 글을 읽다 규소 미생물, 탄소 미생물을 운운하는 편지에 정보를 끼워 맞췄다. 역시나 벅찬 SF소설. 그래도 읽기 시작했으니 끝을 보잔 마음에 책장을 넘겼다. 그러다 나를 울린 문장, '아득한 시간을 순간처럼 이야기하는 것이 우주 여행자들의 습관이라던가요.'을 마주했다. 이 문장에 멈춰 몇 번이고 읽었다. 이유 모를 눈물이었다. '나중에'를 약속하며 나를 홀로 두었던, 지나간 인연들이 생각나서일까, 나중으로 미루다가 잊힌 작은 것들이 스쳐서일까. 아무 이유나 잡히는 대로 꾸리다가 문득 현재보다 미래를 보며 스스로를 작게 만든 지난날의 모습이 떠올렸다. 마음을 진정시키고 앞 장의 글을 다시 읽어봤다. 이정에게 울렁이는 마음을 숨기며 무덤덤하게 말하는 노아. 노아와 이정의 이야기, 그들의 마음이 궁금해졌다. 그렇게 '협약 찾기'는 잠시 뒤로 잊혔다. 나는 제 3자에서 이정의 마음으로, 지구인의 시선으로 이 편지를 마주했다. 벨라타에 온 우주 여행자 지구인, 기약 없는 말 습관은 내 종족의 것.

이정의 시선이 된 이유는, 나 역시 벨라타인, 특히 노아의 연장된 삶을 기대했기 때문이다. 내 또래의 죽음. 나는 당장 죽을 수 있을까. 살기 위해 발버둥치지 않을까. 몰입 상태에서 추한 모습을 견딜 수 있을까. 지독하게 자기중심적이고 이기적인 지구인의 특성은 여기서도 나타났다. 그저 그들이 노아와 같은 시간에 머물기 원했다. 각자의 세계에서, 다른 세상에서 아무렇지 않게 살다 만나길, 영원은 아니더라도 비영원에 우연이 겹치길 소망했다. 그러다 노아를 향한 슬픔과 안타까움, 그리고 연민이 실례는 아닐까 하는 마음이 나를 감쌌다. 그런 와중에도 노아는 이정의 걱정을 존중했고, 타당하다 여겼다. 이건 지구인에서 벗어날 수 없는 나와 이정의 한계였다.

부끄러움은 여기서 끝이 아니었다. 오브의 목소리. 행성의 시간을 나눠

주겠다는 배려와 연민. 그것들은 내 입을 다물게 만들었다. 반성을 일으키는 자연의 힘, 그 힘은 나를 벨라타에 도착한 초기 인간들과 같다 말했다. 쟁취와 경쟁에 직진한 그들 중 하나인 나 역시 공존을 놓쳤다. 오브를 향한 뻘쭘함에 동굴 속 사람들처럼 아주 잠깐 입술을 삐죽이고 고개를 들지 못했다. 물론 오브는 이런 내 마음마저도 재밌다고 느끼겠지. 인간들은 기억하지 못하는, 오래된 협약을 지키는 존재들. 그 존재들을 마주하면서 또 눈가에 맺힌 눈물을 닦아냈다. 분명 회피하러 온 책인데, 세상의 존재들이 감정을 툭툭 건드렸다.

지식과 구원은 지구인에게 오래된 선물이었다. 다른 말로는 과학과 종교. 하지만 벨라타인에겐 두 가지 다 함께하지 못했다. 그들은 오랜 약속을 잊고, 절대적인 믿음을 이용해 울타리를 쳤다. 아이러니하게도 그 기억의 부재는 잊혀진 약속을 존중하고, 그들을 지켰다. 지구인 입장에선 매우 이상한 것 투성이. 우리에게 지식과 구원은 삶을 풍족하게 해줬으니 말이다. 그렇지만 사실 벨라타인들은 '살아남기'가 아니라 '같이 살기'를 택했을 뿐. 자신을 자연 일부라 여기는 믿음을 쉽게 '비정상'이라 치부하고 낮게 취급해도 될까. 그들을 구원하는 건 무지였으니까. 금기에 복종하는 삶을 꾸려가는 생명체를 그저 존중했으면 했다.

하지만 나도 어쩔 수 없는 비벨라타이라 연장된 삶에 미련을 버리지 못했다. 존중과 미련이 동시에 드는 상태. 머리로는 수용이, 마음은 아쉬움이 가득했다. 금기를 어기고 생을 사는 것. 이런 욕심은 나와 이정, 지구인들이 벨라타에 살지 않고 오브를 겪지 못했으니 나온 쉬운 마음이었다. 게다가 이건 처음부터 끝까지 노아의 평안보다 내 마음의 만족을 원한 결과였다. 평생 노아의 마음을 완전히 알 수 없으리라. 이런 마음을 그가 용서해주길 바란다.

벨라타와 자신의 이야기를 기억해달라는 노아. 나는 이번에도 감정을 주체하지 못했다. 이 부분은 결국 노아를 놓아줄 수밖에 없었으니. 쌍둥이 언니를 보며 제 미래를 본 노아. 그런 노아의 바람은 오직 기억뿐이었다. 노아를 더 보고 싶던 건 나와 이정의 욕심이지 노아의 진심이 아니었다. 그래도 이건 변함없다. 노아를 기억하는 사람이 한 명 더 생겼다는 것. 슬프게도 이 편지가 끝나면 노아를 볼 수 없다. 이정과 나는 편지에 의존해 노아를 추억하고 기억할 것이다. 편집된 생각에 의존해서 말이다. 벨라타의 여름도 마찬가지. 나는 앞으로 넘어가 지구인의 습관을 떠올렸다. 아득한 시간을 순간처럼 이야기하는 그 버릇. 헤아릴 수 없는 말들에 노아는 웃음과 침묵으로 이정을 대했겠지. 따뜻하고 용감한 노아. 그런 노아의 소원대로 기억하겠다. 노아와 그의 이야기를.

같은 하늘, 우주를 바라보지만 닿을 수 없는 평행선, 그리고 그 선들이 얼떨결에 뭉쳐 스친 교차점. 사실 그 교차점은 수직선의 한 부분이라 더는 서로 볼 수 없다. 영원의 시간 속에 있는 비영원 존재의 만남. 나의 건조해진 눈가를 비비며, 그들의 순간을 응원한다.

잠시라도 사랑했던, 순간마저 연민했던 것들에게, 스쳐 간 인연들은 정말 다시 닿을 순 없는 걸까. 영원은 우리를 가둬 언젠간 만날 수 있을 거라 희망 고문한다. 그 영원에 종속된 비영원인 우리도 나중을 말하며 서로 미룬다. 순간을 우습게보며 미래를 약속한다. 게다가 과거는 돌아가고 싶어 하며 아름답게 추억한다. 그렇게 지구인과 비지구인의 우정과 사랑은 연약하면서도 찰나이다.

아름다움을 깨고 흩어진 파편을 자세히 보면, 인류도 비지구인이었다. 문명을 만나기 전까진. 콜럼버스의 아메리카 발견인 원주민을 파멸을 예로 들 수 있다. 그들 방식을 존중하지 않고, 틀에 가둬 맞추려 했다. 기존에 쓰인 '신대륙 발견'도 무시할 수 없다. 그렇게 지식과 구원이 등장한다. 지식으로 똘똘 뭉친 침략자들은 구원의 손길을 가장해 원주민을 무방비상태로 내몰았다. 그리고는 점점 비지구인을 지구인으로 물들였다. 망가진 지구인들은 내부에서 그치지 않고 우주까지 손을 뻗는다. 달 탐사부터 시작해 최근엔 화성 탐사까지. 비지구인인 외계인의 존재를 기다리며 구원의 손길을 사정없이 찍어낸다. 무지를 견디지 못하고 지식을 마구잡이로 상대에게 주입한다. 정작 상대가 원하는 것은 보지 못한 채. 맹목적인 믿음은 같은 종족에게 돌아와 화살을 쏜다. 더 높은 곳을 향한 그들의 욕심이 스스로를 갉아먹는다. 공존과 존중의 부재는 흔적으로 남아 쉽게 사라지지 않는다. 그들의 빈자리를 자꾸만 이상한 것들로 채우려 한다. 희미하게 무언가 우리 곁을 떠나는지도 모르면서.

마지막 다이어트 | 김지수

– 권여름 『내 생의 마지막 다이어트』를 읽고

마지막 다이어트. 이 말을 듣고 어떻게 이 책을 고르지 않을 수 있을까. 다이어트와 마지막이라는 단어가 어울릴 수 있나? 이 세상에 영원한 게 딱 하나 있다면, 그건 다이어트라고 말할 수 있을 것이다. 지나가는 여성에게 우스갯소리로 이렇게 말한다면, 백퍼센트 공감할 것이다. 그런데, 이러한 내 장담은 어디서 비롯된 신념인가. 나는 문득 그런 생각이 들었다. 책이 나에게 질문을 던지는 순간이었다.

책의 주된 배경은 단식원이다. 단식원은 수련생들이 돈을 내면 몸무게 관리를 해주는 일종의 시스템이다. 단식원에서 코치로 일하는 봉희는 유리 단식원과 역사를 같이 해 온 사람이다. 불과 다섯 명이었던 단식원에 1기 수련생으로 입소했고, 좋은 성적을 바탕으로 코치가 되었다. 수련생들의 몸 상태와 훈련으로 실적을 쌓아가던 어느 날, 동고동락해온 자신의 수련생 운남이 사라지자 봉희는 운남을 찾아 나선다. 그리고 운남이 부모님을 속인 채 대학을 자퇴하고 들어온 강미라는 것을 알게 된다. 봉희는 운남의 방에서 식욕억제제를 발견하고, 원장이 운영하고 있는 단식원 시스템이 잘못됐다고 느낀다. 원장은 수련생들이 힘들어서 나갔다가 단식원에 다시 찾아오는 점을 이용한다. 나가서 몸무게를 유지하지 못하고 폭식하는 수련생들이 단식원에 다시 돌아오는 경우는 거의 대부분이다. 진행 중인 y프로젝트의 주인공 연예인 준비생 안나또한 그랬다. 많은 사람들의 시선을 받으며 공개적인 체중 감량 프로젝트의 주인공이 된 안나는 결국 물 한 모금 마시지 못하고 산을 오르다 쓰러진다. 그리고 사라졌던 운남은 뼈만 남은 모습으로 안나 앞에 나타나 y프로젝트를 망친다. 봉희가 아픈 운남을 대신해 운남의 부모님을 만나러 가면서 이야기는 마무리 된다.

이 책을 읽고 '아름다움'은 도대체 기준이 무엇이고, 아름다움에 부합하기 위해 어떻게 해야 하는지 끊임없이 고민했다. 마르고 날씬해야 아름답다는 인식은 이제 지났고, 건강하고 튼튼한 몸을 아름답다고 하는 시대에 왔다. 바디 프로필을 찍고 탄탄한 내 아름다운 몸을 타인에게 보이고 싶어 한다. 그런데, 이런 주체적 아름다움마저 내게 부담이 된다. 결국은 아름다움에 기준이 있고, 지금 내 몸이 잘못됐으며, 그 기준에 맞춰야 하는 것이니까. 내 몸을 도저히 사랑할 수 없다. 언제든 내 눈에 아름다워 보이는 대상이 있으며, 내가 바라보는 타인과 달리 나는 살을 빼야만 하는 존재이다. 내가 느끼는 감정이 어디로부터 비롯된 건지 나는 진심으로 알고 싶었다. 봉희도 그런 감정을 느꼈는지, 계속 마음 속 응어리를 해소하려 한다. "존중받는 몸이 되기 위해서는 그 시간도 존중받으며 통과해야 한다고 생각해요. 우리는 존중받는 삶을 살고 싶어서 이곳에 온 거예요." 봉희가 원장에게 하는 이 말에는 '우리는 존중받아야 하는 각각의 몸을 지니고 있다, 그러니 나를 당신의 편견에 맞추지 마라' 라는 뜻이 담겨있다. 하지만 봉희는 무언가 이상하다는 것을 눈치 챘음에도 마치 내가 고민하는 것과 같이, 그게 무엇인지 정확히 몰랐다. 자신의 몸무게 감량을 위해서 했던 원장의 방법이 잘

못된 건지, 살을 빼는 행위 자체가 이상한건지, 몸을 보는 사람들의 시선이 버티기 어려웠던 것인지, 원인이 무엇인지 근본을 몰라 당장 무엇부터 해야 되는지 헤맸다. 그럼에도 봉희는 어떤 행동이든 해야 했다. 뭔가 이상하다는 걸 느꼈고, 계속 불편했기 때문에. 그래서 자꾸 편안하고 익숙한 단식원에서 벗어나려 했다. 이러한 낯섦을 받아들이기 위해 우리는 무엇을 해야 할 지 안다. 낯선 곳으로 가려고 하는 내 몸과 생각을 잘 깊숙하게 관찰하고, 파악해보고, 대화해보고, 알아가야 한다. 낯선 감정을 느끼는 건 내 몸이 보내는 신호이니, 그냥 넘어가지 말고 계속 관찰해야 한다. 어떤 불편함을 느끼는 건 그런 이유가 있기 때문이다.

그런데 봉희가 불편함을 해결하기 위해 필요한 조건이 하나 있다. 봉희에게 가장 필요했던 건 자존감이다. 자꾸 타인의 시선으로부터 상처 받고 기대했기 때문이다. 어느 순간부터 중요하게 여겨진 자존감이라는 게 부담스러운 사람들도 있다. 아름다움에 대한 기준처럼, 자존감에 대한 기준도 생겨버린 게 그 까닭이다. 자존감이 없어서 괴로운 사람들은 자존감을 키우기 위해 노력하느라 힘이 부치기도 한다. 언젠가부터 짐이 되어버린 자존감, 사전에 따르면 '타인의 외적인 인정이나 칭찬에 의한 것이 아니라 자신 내부의 사고와 가치에 의해 얻어지는 의식'이라고 한다. 이에 따르면 남들의 시선으로부터 벗어나는 게 중요하다. 그런데 시선으로부터 벗어나는 게 초점일까? 나의 생각도 결국 남들의 시선에서 나오는 게 아닐까? 보통 타인의 영향을 받으며 내 생각이 만들어지기 마련이기 때문이다. 역시, 자존감에도 사람들은 기준을 세운다. '자존감이 높아야만 해, 그 상황에서는 이렇게 행동해야만 해.' 행동강령을 내린다. 그래서 내가 이 행동강령을 벗어나기 위해 내린 결론은 이렇다. 타인의 시선을 신경 쓰지 않아서 자존감이 높은 게 아니다. 타인의 따가운 눈총에서 비롯된 시선을 틀렸다고 할 수 있는 게 바로 자존감이다. 그게 자신을 사랑하는 사람이 자신에게 할 수 있는 배려고, 존중이다. 잘못된 사회적 인식을 잘못됐다고 말하는 것이 바로 자신을 사랑하는 방법이다.

내가 하고 싶은 이야기는 단순히 '나 자신을 사랑하자'라는 이야기가 아니다. 이 책이 그저 다이어트 산업을 비판하는 게 아닌 것처럼 내 깊은 고민에는 더 절실한 생각이 따른다. 대한민국 여성으로 살면서 누구나, 남들과 비교하다가도 '아니야, 나 자신을 사랑해야지' 라고 매번 말했을 것이기에, 단순히 너 자신을 아끼라는 말 한 마디를 듣는 것보다 나를 자책하고 사랑하지 못하는 근본적 원인이 무엇인지 알고 싶을 것이기에. 원인을 찾지 못하고 해결하지 못한 채 답답해하는 나 같은 사람들이 많기 때문에, 수도 없이 들어왔을 이 말보다 더 필요한 말이 있다. 널 받아들이고, 좋은 말 한 마디라도 더 해주고 들으라고. 부정적인 생각이 드는 건 당연하다. 힘들게 살아왔고, 거친 사회에 내던져졌으니 마음도 거칠게 변하는 건 당연하다. 그렇지만 우리가 조금씩 자신을 들여다보고, 고민하고, 힘을 낸 봉희를 응원하는 것처럼 우린 서로를 응원하고 지지하는 존재다. 타인이기 전에 이 시대를 함께 사는 사람들이며, 지지자이다. 누구도 당신에게 틀렸다고 말하지 않으니, 당신이 지금까지 걸어오고 만들어온 삶과 선택을 따라라. 조언이라 포장된 질책은 버리고 당신의 신념을 따르라. 화면 속에 나오는 타인의 보이는 삶을 동경하고 있을 여성들에게, 사람들에게 수도 없이 말해주고 싶다. 우리가 봉희와 안나와 운남을 응원하게 되는 것처럼, 우리는 자신과 수많은 사람들에게 잘하고 있다는 말을 해주는 동반자이다. "절망했다는 건, 무언가 꿈꿨다는 것일까. 나는 살고 싶었나 봐요." 어쩌면 운남이 가장 하고 싶은 말이었을 '살고 싶다'라는 말. 이제 우리는 우리의 몸에서 자유로워질 날을 위해, 다이어트를 끝내기로 한다.

무의미에서 의미를 찾는 우리는 | 김한비

― 구병모 『상아의 문으로』를 읽고

　사람들은 세상 모든 일에서 의미를 갈구한다. 사소한 일상을 살아가면서 사람들은 계속해서 그 일상의 의미를 찾는다. 사회생활을 할 때 우리는 끊임없이 상대의 눈빛, 어조, 몸짓을 살피며 그 속에 숨은 의미를 찾아내려 한다. TV와 SNS에 등장하는 온갖 광고들을 보면서 광고의 의도를 알기 위해 머리를 굴리고, 미술관에 방문하여 여러 작품을 감상하면서 그 뜻을 파악하려 애쓴다. 의미를 찾는 행위는 호흡처럼, 혹은 심장박동처럼 자연스럽다 못해 강박적이다. 마치 의미를 찾는 것을 멈추면 우릴 기다리고 있는 것은 죽음밖에 없다는 듯이. 인간은 의미를 쫓는 추적자이자, 탐정이고, 술래이다.

　이야기도 인간의 이런 집요한 행동 양식에서 벗어날 수 없다. 이야기를 읽어나가는 것은 현존하는 의미를 찾아내는 가장 쉬운 방법으로, 이렇게 의미를 찾는 방식은 고전적이면서도 사람들에게 꽤 친숙한 방식이다. 나도 이 방식을 자주 사용한다. 책에서 교훈, 목적, 진리라고 불리는 다양한 의미를 얻고 삶을 변화시킨다. 그래서 이 책을 다 읽고 난 후 내가 처음으로 느낀 감정은 당혹감이었다. 나는 이 책에서 어떠한 의미도 읽어낼 수 없었다. 오아시스를 향해 시작했던 여정의 끝이 사실 신기루였다는 결말을 얻은 것만 같았다. 책을 다 읽고 난 후 느낀 당혹감에는 약간의 배신감도 섞여 있었다. 지금까지 내가 읽은 구병모 작가의 작품들에는 공통점이 있었다. 그건 바로 마법과 환상, 혼돈이 넘쳐나는 소재들 속에서 굳건하게 뿌리를 내리고 있는 명료하고 명확한 메시지가 있다는 점이었다. '상아의 문으로'에서도 그런 명료함을 기대하였지만 그런 특징은 찾아볼 수 없었다. 처음 보는 어려운 단어들의 나열들은 문제가 아니었다. 꿈과 관련된 소설이기에 심리학적 요소가 등장할 것이라는 나의 예측이 틀린 것도 문제가 아니었다. 무교로 살아온 나로서는 알기 어려운 종교적 요소들의 등장 또한, 문제가 되지 않았다. 문제는 이 소설이 나에게 아무 의미를 남기지 않고 끝나버렸다는 점이었다. 나는 이대로 이 이야기를 끝낼 수는 없었다. 당혹감과 배신감, 그리고 모든 이야기에는 의미가 있다는 나의 강박적인 관념들이 나를 의미를 쫓는 추적자로 만들었다. 나는 덮은 책을 다시 펼쳤다. 끊임없이 소용돌이치는 혼돈일지, 아무것도 보이지 않는 어둠일지 모르는 이 책에서, 나는 의미를 얻기 위한 여정을 시작했다.

'상아의 문으로'는 진여가 꿈 증상을 겪는 장면으로 책을 시작한다. 도시에서 많은 이들이 수면 부족을 겪으면서 생겨난 꿈 증상은 환자가 현실과 꿈을 구분할 수 없게 만든다. 환자들의 육체는 현실에 있지만, 정신은 꿈에 잡아먹혀 버린 것이다. 정부는 해결책을 제시하지 못하고, 그저 개인의 건강과 정신을 다잡고 적응하라는 뻔한 소리만을 반복한다. 꿈 증상 완화에 도움이 된다는 상품과 서비스들이 쏟아져 나온다. 진여와 같은 증상에 시달리는 환자들은 증상에서 벗어나기 위해 상품을 구매하거나 세미나에 참여한다. 증명되지 않은 해결책들이지만 달리 뚜렷한 방법이 없기 때문이다.

여기까지만 읽으면 꿈에 사로잡힌 진여의 투병기가 될 것 같지만 이야기는 전혀 다른 방향으로 나아간다. 끊임없이 새로운 꿈들에 시달리는 진여를 기다리고 있었던 것은, 꿈 증상이 완치되는 방법이 아닌 진여가 사실 꿈 증상 자체였다는 무기의 대답이다. 마야라는 사람의 꿈속에만 있는 존재, 아니 존재라는 단어조차 어울리지 않는 진여가 죽음도 소멸도 아닌 망각의 형태로 사라지자 꿈의 주인인 마야가 깨어난다. 하지만 깨어난 마야도 마치 누군가의 꿈속에 존재하는 사람이었다는 듯이 존재를 잃어버린다. 그리고 한 그루의 보리자나무가 꿈을 꾸는 것으로, 이야기는 마무리된다. 마치 끝나지 않고 순환되는 꿈을 꾸는 것과 같은 내용으로, 꿈에서 깨어나지 못하는 이상한 나라의 앨리스가 있다면 이 책과 비슷할 것이라는 생각이 들었다.

주요 인물들이 모두 무의미해지는 이 소설에서 어떻게 의미를 찾아야 할까. 고민 끝에 나는 이 책의 특이한 점을 단서로 하여, 책의 의미를 추리해 내기로 한다. '상아의 문으로'가 다른 소설에 비해 가지는 특징은 무의식을 형상화한 듯한 문체, 그리고 책 곳곳에 숨어있는 철학적, 종교적 요소들이다. 문체는 꿈이라는 소재를 잘 드러내 주고, 독자들이 인물에게 이입할 수 있도록 도와주는 역할을 한다. 진여의 꿈을 해설하는 문장들은 난해하고 이해하기 어렵다. 읽은 문장들은 계속해서 머릿속에서 휘발된다. 하지만 그 문장에서 느꼈던 감각만은 선연하게 남아있게 만든다. 꿈에서 깨어났을 때, 그 내용은 기억나지 않아도 꿈을 꾸면서 느꼈던 복잡한 감정들은 사라지지 않는 것처럼 말이다. 그런 문장들 덕분에 독자는 꿈에 시달리는 진여의 마음에 공감할 수 있게 된다. 우리는 자연스럽게 진여의 꿈 혹은 현실을 따라간다. 그렇기에 진여가 맞이한 결말은 독자들에게 충격을 선사한다. 게다가 진여는 정말 인간적인 존재였기에 그 충격은 배가 된다. 데카르트는 '나는 생각한다, 고로 존재한다'라고 말하며 의심을 거듭한 결과 의심하는 자기 자신이 존재한다는 것은 부정할 수 없는 진리라고 주장했다. 그런데 이 책에서는 끊임없이 의심하는 존재인 진여가, 결국 인간이 아니라는 결말에 도달하게 된다. 존재란 단어조차도 어울리지 않는, 이미 존재하지 않았기에 죽음을 경험할 수조차도 없는 무언가였단 걸 알게 된다. 아이러니라는 말은 이럴 때 가장 어울리지 않을까. 독자가 이입하고 있던 진여가 그 어떤 존재도 아니었다는 사실, 의심하는 존재가 인간이 아니었다는 사실은 마치 독자의 존재까지 부정해버리는 듯하다. 작가는 그렇게 의미를 얻고자 하는 의심과 번뇌는 소용이 없으며, 무의미를 긍정하자는 메시지를 독자에게 던진다.

이 책은 불교적 색채가 굉장히 짙은데, 그 점을 생각하면 진여, 무기, 마야라는 인물들의 이름은 참 의미심장하다. 모든 사물은 연기의 존재일 뿐이라는 이름을 가진 진여, 연기를 깨닫지 못하고 허깨비를 실체라 믿는다는 뜻의 마야, 선도 악도 아닌 그런 마음의 상태를 나타내는 단어인 무기. 등장인물들의 이름은 마치 그들의 역할을 설명하는 듯하다. 마야와 같은 인간은 의미가 있어야만 자신의 세상에서 살 수 있고 그것에 집착한다. 이는 인간은 참으로 인공적인 존재라는 사실을 시사한다. 자연스러운 무의미를 받아들이지 못하고 끊임없이 의미를 부여하려고 한다. 프로이트나 융 같은 심리학자들처럼 꿈에서 수많은 의미를 찾아내려 한다. 무의식의 깊은 곳에, 우리의 의미를 발견할 수 있을 것이라는 생각을 멈추지 못한다. 꿈에서 본 장면들이 나의 우울을, 성욕을, 희망을, 모든 것을, 그러니까 나의 존재 의미를 담고 있으리라 생각하면서 계속 탐구해나간다. 그 과정에서 진실인지 아닌지도 모른 채로 꿈에 우울, 분노, 성욕, 성장, 희망 등의 이름표를 달아버린다. 그렇기에 작가는 이 소설을 심리학이 아닌 종교와 연결 지을 수밖에 없었다. 인간이라면 진여를 마야의 꿈의 조각이라 보고 우울, 혼란, 무의식의 파편, 꿈의 조각 등의 의미를 진여에게 부여하여, 진여를 '유의미한 존재'로 만들었을 것이다. 인간은 그런 본능을 가지고 있는 생물이기 때문이다. 하지만 보리자나무는, 뱀은, 이 자연은, 그리고 이 세상은 오직 무의미만이 존재한다는 것을 말해준다.

무기는 진여가 아무것도 아니라고 말했다. 이토록 진리와 가까운 말이 어디 있을까. 하지만 진여는 진여였다. 무기도 진여였다. 마야도 진여였다. 이 책을 이루고 있는 모든 장과 문단과 문장과 글자가 진여였고, 그 글을 읽는 나 또한 진여였다. 그런 결말이자 깨달음이었다. 우리는 모두 공허였고, 무였고, 부재였다.

결국, 의미를 찾기 위해 다시 책 속으로 떠난 나의 여정은 무의미만을 껴안고서 돌아왔다. 의미를 발견하지 못해 여행을 떠난 사람이 무의미만을 기념품으로 안고 돌아오다니 우스운 일이다. 결과론적으로 보면, 원점이라고 볼 수 있다. 하지만 무의미에 분노하고 작가가 나에게 들이댄 무의미를 거부하고 부정하며 의미만을 갈구했던 전과는 달랐다. 이번에 내가 얻게 된 무의미는 편안함을 주었다. 이보다 더 시시하고 이보다 더 중요한 것이 세상에 어디 있을까. 지금 이 세상을 살아가고 있는, 혼란에 질서를 부여하려는, 무의 공간에서 유를 찾으려는, 그런 도전을 하는 모두에게 이 책을 읽어주고 싶다. 한 번쯤은 무의미를 선물 받을 기회를 주고 싶다.

내가 몰랐던 나의 하얀 사람들 | 최지민

– 한강 『작별하지 않는다』를 읽고

『작별하지 않는다』를 만나다

내가 책을 선정하는 것이 아닌 책이 나를 선정하는 것이라고 나는 종종 믿는다. 커다란 쇠 추가 반동에 의해 부딪혀오는 것처럼 놀라운 운동감을 가지고 나를 향해 돌진할 때, 나는 그 책으로 망설임 없이 손을 뻗는다. 올 겨울 『작별하지 않는다』와 그렇게 만났다. 한강의 기존 작품인 『채식주의자』와 『흰』을 읽은 적이 있던 나는, 이 책을 집어 든 뒤 반갑지 않을 수 없었다. 한강의 문장이라면 이미 흑심으로 여러 번 그어 까맣게 만들어본 경험이 있었다. 깨질 듯 연약하다가, 금세 크고 정확한 호흡으로 숨 쉬는 그녀만의 언어가 나를 쉼 없이 읽게 하고 동시에 쉬게 만들었다. 그러나 이 책은 나의 기대감과 달리 한 번도 나를 쉬게 하지 않았다. 오히려 영영 끝나지 않는 작별의 공간으로 나를 이끌어 그 아픔과 고통을 오래 맛보게 했다. 눈을 피하고 싶은 충동을 참고 고통의 흔적을 자세히 들여다보던 경하의 시선처럼(32p).

꿈과 현실, 죽음과 생존, '그때'와 현재

책의 초반에서는 눈과 관련된 경하의 악몽과 친구 인선에 대한 짤막한 에피소드들이 등장한다. 경하는 '그 일'에 대한 소설을 쓰고 난 후 눈발이 들이닥치는 매서운 꿈을 반복적으로 겪으며 현실과도 종종 혼동하는 모습을 보이는데, 이러한 양상은 소설을 전개하는 과정에서 계속 반복된다. 인선의 어머니가 치매에 걸려 1940년대로 돌아가는 것, 인선이 키우던 새 아마가 죽음을 건너 다시 인선의 집으로 돌아오는 것, 경하와 인선이 꿈인지 현실인지 모르는 시간 속에서 대화를 나누는 장면 등을 읽으며 독자인 나도 모든 것 사이의 경계로 진입해 경하와 인선이 든 촛불에 의지하며 그때의 이야기를 듣는다. 두 세계가 흐릿해지는 지점에 선 인선은 계속해서 그 해의 4월을 펼쳐내고, 그곳의 청자로는 경하뿐 아니라 내가 있었다. 그러나 나는 최대한 숨을 죽였다. 죽은 새의 그림자를 연필 선으로 따라 긋고, 신문의 필체를 손으로 만져보던 경하의 행동과 같은 마음이었다. 이제는 없는 자들의 흔적을 나와 이 세계에 고요히 각인하고 싶은 마음. 어떤 불순물 없이 온전히 묘사될 수 있도록 해야 했다.

하얀 눈발 위 지켜지지 못한 온기

이 책이 고발하려고 하는 고통의 뿌리가 본격적으로 모습을 드러내는 것은 경하가 눈발 속에서 길을 잃는 대목부터이다. 경하는 아마를 확인하기 위해 인선의 집으로 향하던 중 거센 눈발과 어둠에 휩쓸려 방향과 시간을 잃고 의식마저 잃어간다. 인선이 찍었던 전쟁 피해민에 관련된 영상과 인선의 새들을 만났던 일, 인선이 들려줬던 이야기들이 얼어가는 경하를 감싸는 동안 그녀는 생각한다. '하지만 새가 있다'고.(본문_138p.) 인선이 지키려

하고 경하가 포기하지 않으려 했던 새의 생존은, 사건 당시 사랑하는 사람을 끝까지 놓지 않으려고 했던 제주도민들의 심정, 그리고 그날을 보존하려 하는 인선 경하와도 교차된다. 인선의 집에 다다른 후 경하가 서울에 있어야 할 인선을 마주하면서부터는 그 해 4월의 일들이 쏟아져 내리기 시작한다. 경하는 인선이 건네는 당시의 자료들을 하나 둘 짚어가다 여기서 더는 알고 싶지 않다고 생각하기도 한다. 그러나 경하는 끝까지 들여다본다. 식어버린 체온에 내려앉아 녹지 않고 얼어붙던 눈, 굴속에서 지낸 제주도민들의 아픈 시간, 형무소에 끌려갔던 인선의 아버지와 가족들을 잃은 어머니의 이야기를 가만히 듣는다. 그리고 그 방대한 자료를 긴 세월 동안 홀로 모으며 그리움, 분노와 싸워왔을 인선의 어머니를 떠올린다. 생전 경하의 손을 잡아왔던 다정하면서도 의심이 깃든 얼굴. 그것은 그녀의 마음에 오래 자리했던 불안과 그와 공존했던 애틋함을 보여준다.

작별할 수 없는 영원한 4월

책에서는 사건 당시 사살 당한 도민들, 그들의 가족들, 그것을 구술이나 자료로 접해 알게 된 경하와 인선으로 인물을 구성한다. 그중에서도 인선의 어머니는 가장 최근까지 생존해있던 피해자로, 또 수많은 자료를 직접 모은 행동가, 기록자로 등장한다. 그녀는 눈이 녹지 않고 그대로 붙어있던 얼굴을 기억했다. 귀를 찌르는 총성과 끝나지 않는 어둠, 기약 없는 기다림과 가슴이 미어지는 불안을 기억했다. 주정공장에 끌려간 오빠에게 '오빠 머리가 무사 그러멘?(264p)'이라고 말한 것을 아주 오래 한으로 남겼다. 인선은 그런 그녀의 어머니, 즉 제주도 사건의 피해 인물과 가족관계로 닿아 있어 경하에게 그것을 심도 있게 속삭이는 전달자의 역할을 한다. 반대로 경하는 사건 피해자나 유족과는 어떠한 직접적인 관계도 없는 인물임에도, 이 책 속에서 화자이자 전개를 이끌어 나가는 주체로 역할을 한다. 인선에게 악몽에 대한 영화 제작을 제안한 것도, 눈발 속에서 인선의 제주도 집에 다다른 것도, 포기하지 않고 인선을 따라나선 것도 모두 경하이다. 결국 책에서 등장하는 인물들은 1940년대부터 현대로까지 이어져 '그날'을 아픔과 기다림으로, 직시와 간절함으로 보존하고자 하는 것이다. 그것이 설령 삶을 덮치는 거대한 악몽을 동반할지라도 절대 그것과 작별할 수는 없다. 그래서 경하는 더욱 깊숙이 걷는다. 진실과 고통, 그리고 떠나지 못한 마음들이 여전히 머물러 있는 그날을 향해.

아픔으로 알게 된, 내가 몰랐던 나의 하얀 사람들

인선이 경하에게 보여주는 자료, 그리고 들려주는 이야기에서 제주 4·3 사건 당시 사살당한 도민의 수가 수치로 계속 명시된다. 가늠조차 되지 않는 숫자 속에서 인선의 부모님이 겪은 일들은 세부화되고, 그럴수록 그 숫자의 무게는 점점 더 무거워진다. 그 무게에 눌려 책의 중후반부터는 다음 장을 넘기는 것이 두려웠다. 역사에 대한 분노가 일어 집중력이 흐트러지기도 했다. 그러나 나 또한 다시 주시했다. 그 아픔이 마음을 가르고 침입해 눈이 질끈 감기는 순간에도 나는 가다듬고 다시 읽어 내려갔다. 어느 순간부터는 밑줄도 긋지 않아 책의 페이지들이 경하의 악몽에 나온 눈발처럼 하얘졌지만, 나는 대신 그녀처럼 손으로 이 문장을 매만졌다. 아무것도 남지 않은 게 아니라는 인선의 말, 너에겐 내가 있다던 단호한 한 마디(238p). 그 문장은 그날과 작별하지 않으려 하는 사람이 경하뿐이 아니라는, 나도 이곳에 서서 너와 같이 그것을 기억하려 한다는 연대의 마음이었다. 내가 세상에 있기도 전에 일어난 일이고 나는 도저히 헤아릴 수 없는 시절이지만, 그곳에는 내가 아는 얼굴들 역시 있었다. 그때 그 작은 섬에는 분명 나의 가족과 나의 친구, 내가 사랑하는 모두가 있었다. 아직도 눈이 되어 내려와 나를 그날의 아픔에 가둬둘 것만 같은 나의 하얀 사람들이 있었다. 이제부터 나는 마음 한켠에 작은 악몽을 가지고 살아갈 것이다. 꿈처럼 그려지는 아픔들이 내게 말을 걸고 그 존재를 알리면, 나는 분노와 슬픔에 휩싸일 것이다. 그러나 그것은 무엇보다 사랑에 기반하고 있다. 세계를 왜곡 없이 알고자 하는 것, 내가 살고 있는 땅과 나를 둘러싼 사람들을 이해하고 나은 것을 함께 도모하고자 하는 것. 그것은 정말로 사랑이니까. 그것만이 이 소설을 지극한 사랑에 대한 이야기로 만든 마음이니까(작가의 말 328p).

그래서 나는 이렇게 말하고 싶다. 아픔으로 알게 된 내가 몰랐던 나의 하얀 사람들, 사랑들. 그 사랑과 작별하지 않기 위해 나 또한 밀려오는 눈을 맞고 서겠다. 그러나 경하와 인선처럼 그 거센 눈 속에서 촛불 하나를 켜겠다. 그리고 그것이 꺼질 때까지 세계의 가장 차가운 곳을 향해 걷겠다. 내가 느끼는 모든 사랑을 오랫동안 지키기 위해서.

하나의 책을 끝낼 때마다 그 책을 읽기 전과는 다른 사람이 되어 있는 것 같습니다. 아픔으로 사랑의 마음을 준 이 책을 만나 영광이었습니다. 이 마음을 오래 지켜 인선, 경하와 같은 사람들을 만나 우리의 또 다른 아픔에 대해 이야기 하는 꿈을 꿉니다. 감사합니다.

고등부

수상작

누구나 겪을 수 있는 일 | 진도현(인제고등학교)

－조남주 『우리가 쓴 것』을 읽고

조남주 작가의 「우리가 쓴 것」이라는 단편 소설집은 여러 가지 많은 상황을 내포하고 있다. 가장 마음에 와 닿은 작품은 「가출」이라는 작품이다. 이 소설에서는 각자의 생활에 바빠 자주 만나지 못한 한 가족의 이야기가 담겨 있다. 가족의 가장으로써 항상 자신의 일을 다른 가족에게 절대로 맡기지 않았던 아버지의 가출로 인해 이야기가 시작이 된다. 소설에서는 아버지가 싫어해서 먹지 못했던 어머니의 청국장과 아버지의 가출로 인해 남은 가족들이 모여 서로의 이야기를 나누며 화합을 다져가는 모습이 보인다. 아버지의 부재로 인해 동떨어져 서로 관심도 없이 지냈던 가족들이 한 자리에 모여 이야기도하고 밥도 먹고 서로의 이야기를 듣고 말하는 모습이 단란한 가족의 모습과는 뭔가 가까운 듯 멀어 보인다. 가족 구성원 한 사람의 부재로 인한 가족의 화합이라. 뭔가 둘은 붙으면 안 되는 것 같으면서도 이 소설에서는 조화를 이루고 있다. 또한 이 소설의 마지막 부분에서 '내'가 아버지에게 드렸던 신용카드를 아버지가 사용함으로써 곁에는 없지만 자신은 잘 지내고 있음을 나타낸다. 아버지라는 존재 역시도 조금의 쉼이라도 필요한 시간이었을 것이다. 아버지의 가출로 인해 가족 간의 먼 거리에는 쉬어감이 존재하게 되었고 또한 가장인 아버지에게도 스스로에게 자유를 주는 쉼이 동시에 존재했다. 가출이라는 단어에만 갇혀서 이 소설을 본다면 사랑하는 가족의 존재가 없다는 비극에 휩싸여 이 소설의 진짜 모습을 보지 못하게 된다. 하지만 작가는 단지 이를 말해주고 싶었던 것 같다. 때로는 먼 거리가 좋은 관계를 유지할 수 있으면서, 어떨 때는 가까운 거리가 좋은 관계를 유지할 수 있다는 약간의 모순적인 말을 말이다. 평생을 가장이라는 무게로 인해 자신의 인생을 살지 못했던 아버지의 모습으로 적나라하게 드러내주었다. 조남주 작가의 소설은 82년생 김지영과 같이 여성 주인공들의 면모를 서로 다른 경험으로 서술해주는 것이 특징이다. 그러나 이 소설만큼은 주인공인 여성, 그리고 주인공의 아버지, 즉 남성에 대해 다룬 소설이다. 가출이라 하면 보통 사춘기 시기의 청소년에게서 많이 일어나는 것이라고 우리는 흔히 알고 있다. 하지만 이 소설에서의 가출은 단지 집을 나간다는 뜻만이 아닌, 자신의 인생을 되찾으러가는 한 가장의 여정이라는 뜻까지 포함하고 있다. 단지 남성이라서, 72세나 되어 변덕으로 인해 단순히 가정을 떠난 것만 아니라는 것이다. 누구나 하나에 의해 정말로 원하던 하나가 묻히게 된다면, 그 묻힌 하나를 위해서 힘을 내기 마련이다. 가정이라는 것에 의해 묻혀버린 자신의 인생을 위해 힘을 낸 아버지의 결정이 가출로써 드러나게 된 것이다. '미안하지만 아버지 없이도 남은 가족들은 잘 살고 있다. 아버지도 가족을 떠나 잘 살고 있는 듯하다. 그래서 언젠가 다시 돌아와도 아무 일 없었다는 듯 지낼 수 있을 것 같다'라고 마지막 구절에 적혀있다. 아버지로 인해 돌아가고 있었던 같은 가정이 실은 아버지 없이도 잘 돌아간다는 것을 의미한다. 단 한명의 가족 구성원으로 인해 가정이 이루어진 것이 아니라, 모두가 각자 자신의 역할에서 위치하고 있기에 한 명이 없더라도 가정이 무너지지 않았다. 오히려 한 명의 구성원이 없는 것이 되려 더욱 가정을 단란하게 해주는 다리가 되었다고까지 볼 수 있다.

「매화나무 아래」라는 소설은 노년 여성이 주인공으로써 풀어가는 소설이다. 여든 살의 '나'가 치매인 큰 언니를 돌보면서 자신의 삶과 과거를 돌아보게 되는 내용이다. 제목의 매화나무는 큰언니의 병원에 있는 매화나무를 가리킨다. 매화나무에는 꽃이 피지 못했지만 눈꽃이 피어 마치 꽃처럼 보이는 듯이, 아직 삶의 꽃은 피지 않았지만 이와 비슷한 눈꽃이 피었음을 암시한다. 소설의 주인공은 여든 살의 노년으로써 삶과 죽음의 경계에 서 있는 인간의 모습을 나타낸다. 어렸을 적부터 큰언니 금주, 작은 언니 은주, 자신인 말녀라는 경계에 의해 다가갈 수 없었던 셋째의 서러움부터 잘 담아내었다. 어렸을 적 이름이 그렇게 마음에 들지 않아 부모님께 투정도 부리고 울기도 했던 '나'는 어른이 되고 나서도 바꾸지 않았고, 환갑을 넘어서야 그 이름을 바꾸게 되었다. '동주'로. 나는 그 이름에 많은 내용이 담겨져 있다고 생각한다. 언니 금주, 은주와 함께 동주로 살아가고 싶은 마음과 함께, 언니들과는 다른 '말녀'로써 살아가고 싶은 두 갈래의 마음이 공존했다고 말이다. 어렸을 적에는 단지 이름이 예쁘지 않아 바꾸고 싶어 했지만 어린 시절이 지나고 나서야 이름 부를 날이 많이 사라졌고, 거의 이름을 부르지 않는 환갑이 넘은 때 이름을 바꾼 것은 그 이름에 익숙해짐과 함께 정이 들었던 것이다. 금주, 은주와는 달리 말녀라는 이름은 세련되지 않은 이름으로 인해 비교 당했지만 후에는 언니들과 구분될 수 있는 한계점이었을 것이라고 생각된다. 비교와 구분의 차이이다. 비교가 나쁜 것은 남의 장점과 나의 단점을 맞물려 보기 때문이라는 말이 있다. 어렸을 때는 말녀라는 이름이 자신의 단점이라고 생각했기 때문에 비교였지만, 나이가 들은 후에는 단점이 아닌 오로지 자신의 이름인 것으로만 보았기 때문에 구분이 된 것이다. 비교와 구분 사이의 선을 옮겨 다닐 수 있는 것은 자신의 생각으로 인해 결정이 된다. 단점이라고 생각하게 되면 비교, 장점이나 그 상태 그대로의 것으로 보면 구분이 되는 것이다. 때문에 모든 것의 시작점은 오로지 자신의 '생각'에서 비롯되는 것이다. 소설에서 그 생각이 변하는 부분이 하나 있다. 주인공인 말녀는 먼저 남편과 아들을 떠나보냈다. 그때는 눈을 뜨지 않거나 정신이 돌아오지 않아도 되니 부디 살아만 있어주기를 바랬다. 여든이 넘어갈 때 큰 언니인 금주가 죽음과 삶 사이의 경계선에서 방황하고 있을 때 말녀는 이런 생각을 한다. '만약 자신이 언니였다면 이제는 그냥 가고 싶을 거라고. 누워서 숨만 쉬며 살고 싶진 않을 거라고.' 말이다. 나이가 들면 들수록 인간은 삶이 아닌 죽음에 더욱 가까워져만 간다. 말녀 역시 그랬다. 삶에 가까웠을 때는 단지 누워만 있어도 살아있기를 바랐지만, 죽음에 가까워질수록 죽음을 더 기꺼워했다. 이 부분에서 말녀의 생각을 바꾸는 것은 삶이었던 것이다. 삶을 살아가면서 그녀의 생각은 생生에서 사死로, 비교에서 구분으로 바뀌게 되는 것을 경험한다. 비록 말녀는 책의 주인공이지만 그것이 단지 책 속의 이야기로 국한되지만은 않는다. 책 속의 주인공 역시 바탕은 인간이기에 현실에 사는 누구나 말녀와 같을 수 있다는 점을 마음속으로 되새김질 하게 되었다.

「우리가 쓴 것」에는 이 두 작품 말고도 6개의 소설이 더 실려 있다. 나는 그중에서 가장 많은 것을 생각할 수 있었던 두 작품을 선택한 것이다. 책을 읽다보면 조남주 작가의 소설의 공통점을 찾을 수 있다. 바로 주변에서 볼 수 있는 이야기라는 것이다. 그리고 나도 겪을 수 있는 이야기라는 것이다. 조남주 작가는 사람들의 일생에서 겪을 수 있는 일들은 가지고 소설로 풀어냈다. 소설을 읽으면서 많은 사람들이 '이건 소설일 뿐이지 실제로는 일어나지 않아'라고 생각하는 경우가 더러 있다. 그러나 다른 판타지가 포함된 소설과는 달리 조남주 작가의 소설을 소설에서 일어나는 일이 실제로 일어날 수 있는 일이라는 것을 상기시켜준다. 책을 단지 이야기로만 보는 것이 아닌 누군가의 인생을 보는 매개체라고 설명해주는 것만 같았다. 책을 '사람의 인생'이라고 정의해주는 책. 사실 많은 글들이 이러한 목적을 가지고 쓰이는 것은 아닐까. 다만 우리가 쓴 것이 아닌 다른 사람이 쓴 것이기에 분명한 목적을 파악하지 못하는 것일지도 모른다. 우리가 알아차리지 못하게 우리가 쓴 것, 그리고 쓰지 않은 것들은 우리를 향해 달려오고 있는 것이다. 이 소설을 읽으면서 우리가 쓴 것, 쓰지 않은 것, 다른 사람이 쓴 것, 다른 사람이 쓰지 않은 것, 이 네 가지는 모두 공통된 것이라는 것을 분명하게 느낄 수 있었다. 우리가 쓴 것이 아니라고 단지 일어나지 않는 것이 아니라, 다른 사람이 쓴 것이기에 충분히 일어날 수 있는 일. 그것이 이 책의 주된 목적이 아닐까.

나와의 거리두기 | 김태현(숭신여자고등학교)

－이희영『나나』를 읽고

힘들고 괴로운 순간의 출처를 찾아보면 그 끝에는 언제나 내가 있었다. 내가 했던 선택과 모른 척하지 못했던 욕망이 나를 벼랑 끝으로 몰아갔다. 그래서 이희영 작가님의『나나』가 마음에 닿았다.『나나』는 영혼과 육체가 분리되는 일이 수리와 류에게 일어나면서 벌어지는 이야기를 담고 있다. 페이지를 넘길 때마다 나의 모습을 보는 것만 같아서 머뭇거렸지만 두 주인공이 좁은 보폭으로 쉬지 않고 이끌어준 덕분에 마지막 페이지까지 넘길 수 있었다.

수리는 모든 게 완벽한 학생이다. SNS만 보면 늘 노는 것 같은데 공부를 잘하며 책도 많이 읽는다. 그러니 인기가 많을 수밖에 없고 수리는 친구들 사이에서 엄마한테 소개하기 싫은 친구로 여겨진다. 이대로 아무 문제 없이 어른이 되는 줄 알았던 수리였지만, 버스 사고를 당한 후 모든 것이 달라진다. 수리의 영혼이 육체에서 튕겨 나간 것이다. 수리뿐만 아니라 그녀와 같은 버스를 타고 있었던 류 또한 영혼이 육체에서 튕겨 나가고, 그들의 앞에 영혼 사냥꾼이라는 선령이 등장한다. 선령은 수리와 류의 영혼이 일주일 안에 육체로 돌아가지 못하면 저승에 가게 된다고 말한다. 어려운 일 같지 않지만, 그건 육체가 영혼을 순순히 받아줄 때의 이야기다. 수리와 류의 육체는 결계를 치고 영혼이 들어오려는 것을 막아버린다.

이 책의 재미있는 점이자 주목해야 하는 점은 선령의 말을 듣고 나서 두 주인공의 반응이 정반대라는 점이다. 수리는 육체를 되찾기 위해 필사적으로 행동한다. 육체의 곁에서 떨어지지 않는 것은 당연한 일이다. 반면에 류는 자기 육체가 병균이라도 되는 것처럼 가까이에 가려고 하지도 않는다.

처음에는 두 주인공이 닮은 구석이 하나도 없다고 느꼈다. 수리는 자기 주장이 너무 강해서 남의 이야기를 듣지도 않았고, 류는 꼭두각시 인형처럼 남이 시키는 일을 뭐든지 다 했다. 하지만 책을 다 읽고 난 후에 나는 두 주인공이 자기 자신을 전혀 사랑하지 못한다는 점에서 닮아있다는 것을, 독자인 나와도 닮아있다는 것을 깨달았다.

현실이 견딜 수 없이 힘들어질 때면 나는 늘 영혼과 육체를 분리했다. 내가 이 방법을 터득한 것은 초등학생 때였다. 어릴 적부터 친구 사귀는 것을 힘들어했던 나는 혼자 있는 시간이 많았고, 언제나 괜찮은 척하는 것이 일상이었다. 하지만 아무리 노력해도 괜찮은 척할 수 없는 순간이 있었고, 무너지지 않기 위해 내가 택한 방법이 영혼과 육체를 분리하는 것이었다.

영혼과 육체를 분리한다고 거창하게 표현했지만, 내가 말하는 영혼과 육체의 분리는 수리와 류의 영혼이 육체에서 튕겨 나간 것처럼 눈에 보이는 분리가 아니다. 사람들이 무의식적으로 혹은 의식적으로 하는 분리다. 대화하면서 딴생각할 때, 걸으면서 점심으로 뭘 먹을지를 고민할 때, 공부하면서 내일 볼 드라마를 떠올릴 때 등등 우리의 영혼과 육체는 손쉽게 분리된다. 특히나 육체는 수리와 류의 육체가 그랬던 것처럼 영혼이 없이도 살 수 있는 것처럼 너무나 잘 움직인다.

"네 영혼에 주파수 좀 맞춰 보라고."

작중에서 선령이 했던 말이다. 이 문장을 읽었을 때 처음으로 고민했다. 나는 내 영혼에 주파수를 맞춘 적이 있을까? 내 목소리에 귀를 기울여 본 적이 있나? 있다면 그때 뭐라고 대답했지? 수리와 류가 자기 자신에게 그랬던 것처럼 징징거리지 말라고 다그쳤을지도 모르겠다. 수리와 류의 영혼이 육체에서 튕겨 나간 원인은 버스 사고가 아니다. 징징거리지 말라고 다그친 자기 자신 때문이다. 나를 인정하지 못하고, 미워하고, 원망하는 마음이 영혼을 내쳤다. 주파수를 맞추지 않아서 영혼이 내지르는 비명을 듣지 못했고, 뒤늦게 영혼이 육체로 다가갔을 때는 너무 늦어버렸다.

류에게는 아픈 동생 완이가 있다. 어릴 적부터 동생에게 모든 걸 양보하고 살아온 류는 영혼 없이 사는 것이 오히려 편할지도 모른다고 말한다. 내가 세상 사람들이 다 등을 돌려도 기댈 수 있는 존재가 아니라 가장 먼저 등을 돌리는 존재이니 없는 편이 낫다고 느낀 거다. 그러니 영혼에 주파수를 맞추지 않는 게 당연하다.

내가 무너지지 않기 위해 영혼과 육체를 분리한 이유도 나의 영혼에 주파수를 맞추지 않기 위해서였다. 영혼에 주파수를 맞추는 순간 영혼과 육체는 다시 서로를 되찾게 되고, 그러면 나의 아픔을 함께해야 한다. 그래서 영혼에 주파수를 맞추는 방법을 알고 있으면서도 하지 않는 거다. 아픔을 함께하고 싶지 않으니까.

육체에서 튕겨 나간 수리와 류는 처음으로 자기 자신을 세세히 살펴본다. 자기 자신이 생소하게 느껴지지만, 사소한 습관이나 마음에 안 드는 점은 꿰고 있다. 수리와 류 둘 다 자기 자신을 누구보다 잘 알고 있었다는 증거다. 그런데도 그들의 영혼이 육체에서 튕겨 나간 이유는 자기 자신을 알고만 있을 뿐 영혼에 주파수를 맞추려고 하지 않았기 때문이다. 영혼에 주파수를 맞추지 않으니 자기 자신을 아프게 하거나 비하했다. 잘 못을 지적하거나 비웃는 일도 망설이지 않았다. 사람들이 자신과 전혀 상관없는 남에게 그러는 것처럼 냉정하게 굴었다.

영혼과 육체를 분리하면 내가 남처럼 느껴진다. 수리와 류의 영혼처럼 튕겨 나간 것도 아니고, 육체 안에 오롯이 담겨 있는데도 남처럼 느껴진다. 그러면 내가 아무리 힘들고 괴로운 상황이라고 해도 아무런 느낌이 들지 않는다. 그렇게 류가 그랬던 것처럼 현실과 나에게서 도망친다. 그러다 어느 날에는 나를 되찾기 위해서 수리처럼 육체에 달려든다. 그러다 발견한다. 한심한 나를, 실망스러운 나를, 결코 인정하고 싶지 않은 나를. 그리고 나에게서 주춤주춤 물러난다.

중학교 때 친한 친구가 내게 자주 말했다. 대답에 영혼이 없다고. 우리가 나눈 대화는 공중에서 서서히 분해되어 지금은 기억도 잘 나지 않지만, 유독 이 말만은 지우개로 지워도 사라지지 않는 연필 자국처럼 내 뇌에 남아 있다. 그때의 나는 영혼이 있다고 웃으며 말했지만, 솔직히 이해할 수 없었다. 내 대답은 영혼이 가득하다고 믿었다. 단 한 번도 영혼이 가득한 적이 없었다는 걸 뒤늦게 알았다.

학교에서 나는 늘 영혼과 육체를 분리해놓았다. 그렇지 않으면 예상치 못한 곤란한 상황에 내가 처할 때 심한 상처를 입게 되었다. 나를 남으로 만들어 놓아야지 안정된 학교생활을 할 수 있었다. 그 대신에 학교에서 보내는 시간은 내 기억에 잘 남지 않게 되었고, 수리의 육체가 국어 수행평가를 잊어버린 것처럼 실수를 자주 했다. 이런 내 앞에 선령이 나타난 적이 있었을지도 모른다.

수리와 류가 자기 자신에게 다가가기까지 오랜 시간이 걸렸다. 특히 선령의 도움이 컸다. 선령은 두 주인공이 왜 영혼과 육체가 분리되었는지, 육체로 되돌아가기 위해서는 어떻게 해야 하는지를 깨닫도록 자극했다. 나한테는 영영 해결할 수 없을 것만 같은 문제가 남한테는 해결하기 쉬운 문제일 수도 있다. 원래 나의 문제가 가장 해결하기 어렵다. 『나나』는 그런 현실을 두 주인공의 점진적인 성장을 통해 보여주었다.

결국 두 주인공의 영혼이 육체로 돌아간 것처럼 나의 영혼도 언제나 육체로 돌아갔고, 나는 내 앞의 현실을 마주했다. 그러면 조금 괜찮아진 것만 같은 느낌이 들었다. 괴롭고 힘든 일이 별거 아닌 것처럼 느껴지기까지 했다. 육체를 되찾은 수리와 류도 이런 마음이었을까?

살면서 언제나 나와의 거리 두기가 필요한 순간이 있고, 그 순간에 나와 멀어지는 것을 주저하면 안 된다고 생각한다. 아무리 좋아하는 사람이더라도 24시간 동안 같이 있으면 서로 스트레스를 받는 것처럼 나도 똑같다. 나와 함께하고 싶지 않을 때는 잠시 거리를 두는 거다. 나를 보면서 한숨을 내쉬더라도 괜찮다. 어차피 나니까. 세상에서 가장 버겁지만 만만한 존재니까.

그렇다고 영영 떨어져 있으면 안 된다. 그러면 선령이 영혼을 저승으로 데려갈지도 모른다. 그러니 그 전에, 나의 아픔을 함께할 수 있고, 영혼에 주파수를 맞출 수 있을 때. 그때 다시 와서 안아주자.

잃어버린 열쇠를 되찾을 날 | 유승민

– 진형민 『곰의 부탁』을 읽고

나는 누구인가? 라는 질문을 생각할 때 꼭 빠지지 않는 것들이 있다. 나를 이루고 있는 여러 집단들, 내가 소속된 곳들 말이다. 내가 있을 곳, 있는 곳은 내게 울타리가 되어 나를 지켜주지만 그런 울타리들이 과연 내가 원하던 것이었을까를 생각해보면 그렇다라고 쉽게 말할 수 있을지 모르겠다. 나를 보호하는 이것들이 때로는 나를 가두는 숨 막히는 곳으로 쉽게 변하기도 하니까.

그래서 이 책의 '자물쇠를 채우지 않은 날'이란 이야기를 읽었을 때는 일상 속 알게 모르게 느꼈던 나를 이루던 것들을 곰곰이 생각해 볼 수 있었다. 주인공인 지용이처럼 다문화 가정은 아니지만 이 말 많은 사회 속에서 내가 있던 자리는 항상 위태했으니 말이다. 어쩌면 나와 닮아있을지도 모르는 지용이의 이야기, 주변에서 느껴왔던 지용이들의 이야기에 나는 이제 자물쇠를 풀어야 하는 건지도 모른다.

솔직히 나는 다문화 가정이란 말을 별로 좋아하지 않는다. 조금 더 정확히 말하자면 한부모 가정, 조손 가정처럼 가정이란 말 앞에 붙는 여러 단어들, 사람들이 생각하는 보통의 가정에서 벗어난 범위의 가정을 분류하는 저 말이 싫다. 나를 두르고 있는 곳을, 넌 정상이 아니야라고 내치는 것처럼 느껴진다. 그래서 항상 아이들과 이야기할 때 저런 이야기가 나오면 내 존재가 붕 뜬 것 마냥 어색해진다.

일상 속의 대화는 너무나도 쉽게 오고 가지만 그 대화 속의 어떤 말들은 누군가를 외롭게 한다는 것 또한 쉽게 잊어버린다. 우리는 어쩌면 이 사회 속의 지용이들을 아직 편견 어린 시선으로 가두고 있다는 걸 인지하지 못하는 건 아닐까 생각한다. 작품 속 선생님께서 지용이에게 한 말이나 장례식장에서 어깨를 부딪친 그 사람이 가장 먼저 건넨 말이나, 사람들은 항상 말은 많지만 그 많은 말들이 타인에 대한 관심인지 그저 타인을 바라보는 자신의 시선인지를 분간하지 못 한다.

나는 지용이처럼 사람들이 나를 겉으로 봤을 때 오해를 하지는 않는다. 내가 어디서 왔는지, 무슨 언어를 쓰는지를 생각을 하는 사람은 없다. 나 또한 그런 오해에 곤란을 겪은 적은 없었다. 하지만 주변에서 수많은 지용이들을 봐왔다. 나의 이웃들이 혹은 이웃이 될 사람들이 처할 수밖에 없던 상황들 말이다.

나는 내가 생각하기에 다른 아이들에 비해선 다문화 가정에 익숙하다고 생각한다. 이사를 자주 다녔던 나는 어렸을 때 잠시 시골에 살았는데 가장 친했던 친구가 다문화 가정이었고, 이주노동자들이 많은 공업 지역에도 살았기에 중국이나 러시아, 필리핀 등과 같은 여러 나라에서 왔거나 그 나라에서 온 부모님들을 둔 친구가 많았다. 그래서 버스를 탈 때 한국어 말고도 러시아어 안내문이 붙어있는 것을 보거나 우리 집 아래층에서 오고 간 이국적인 대화들에 스칠 때가 있었다.

이처럼 알게 모르게 내 삶 속에서는 많은 지용이들이 있었다. 특히 지금도 인터넷에서는 그런 자신을 바라보는 편견을 개그로 잡고 사람들에게 웃음을 주는 사람들도 있다. 자신에 대한 오해를 칭찬으로 넘기기는 쉽지 않은데 나는 그런 사람들을 볼 때면 그들의 용감함을 본받고 싶다고 생각한다.

하지만 때로는 그런 사람들이 자신에 대한 이야기를 할 때마다 아직 우리 사회 속에 여전히 남아있는 날 선 시선들에 놀랄 수밖에 없다. 예멘 난민 때부터 느낀 것이지만, 최근에는 특히 코로나 사태가 시작됐을 때나 러시아의 우크라이나 침공 사태 등 국제 정세에 따라서 그 감정들이 여러 곳에서 터져 나오는 것 같다.

코로나 19가 전세계적인 형태로 치달았을 때 해외에서는 아시아인에 대한 차별이 폭력의 형태로 표출되고 있었다. 어디에서 왔다든지, 자신의 가족이 아시아나 특정 나라에서 왔다는 이유만으로 그 뾰족한 시선과 말들에 아파왔다. 나는 그때 관련 사건들을 뉴스에서 볼 때마다 내가 이 나라에서 살기 때문에 저런 일들이 피해간 것이라고, 결국에는 나도 다른 나라에서는 이국자일 뿐이란 것을 느낄 수밖에 없었다.

코로나가 지속됨에 따라 사람들이 평소 자신의 감정을 담아두는 서랍이 자주 풀리는 것 같다고 느낄 때가 많다. 알 수 없는 초조함과 불안에서 비롯된 통제할 수 없는 응어리들을 마음 한켠에 꼭꼭 눌러 담아 자물쇠로 잠가두지만 도저히 버틸 수 없는 때가 오면 어디로 튈지 모르는 아이가 되어 나가버리는 것이다. 사람들은 그런 아이를 어떻게 어루고 달래주는지를 몰라 무작정 혼내고 자신을 자책하는데, 요즘에는 그것이 평소 누군가를 바라보는 시선을 이유로 폭발하고 만다. 모두가 이 일상 속 싸움에 지쳐가고 있었다.

나는 이런 아시아인에 대한 차별에 우리 사회가 관심을 갖고 있는 것 자체에는 다행이라고 생각하지만 이것도 자신에 대한 이야기라서 관심을 둘 뿐인 건 아닌가 한다. 러시아의 우크라이나 침공 사태가 시작되었을 때는 알게 모르게 우리의 감정이 또 러시아에 튀기도 하여 러시아인이라는 이유만으로나 러시아 출신인 고려인들에게까지도 그 불똥이 튄 사건이 있었다. 애초에 사람들도 아시아인에 대한 차별이 심각하다고 말하면서 동시에 중국인에 대한 혐오를 늘어놓고 있었다.

그런 특정 나라에 대한 개인의 감정에 잘잘못을 평가내릴 수는 없지만 그런 개인의 시선들이 모여서 그 나라에서 왔다는 이유만으로, 그 나라의 사람들과 비슷하게 생겼다는 이유로 날 선 시선을 한 몸에 받아야 한다는 건 너무 가혹하지 않은가 싶다. 그 날카로운 것에 누군가는 영원히 지워지지 않을 상처를 입어야 한다는 것도, 자신을 향한 오해에 항상 일상에서 몸에 밴 습관을 만들어야 한다는 것도. 자극적인 기사로 곤란한 질문을 받던 일이나 억지로 신경을 쓰며 여자아이들과 부딪히는 일이 없도록 하던 지용이의 순간들이 남의 일이 아니란 것을 이제는 인정할 수밖에 없게 되었다.

너무나도 가까운 그런 일들이 솔직하게 말해서 다문화 가정에 대한 편견이나 인종차별로만 국한된다고 생각하지는 않는다. 지용이의 이야기에는 다문화 가정이 아닌 나여도 직접적으로 마음을 흔드는 무언가가 있었다. 위에서 말했던 내가 속한 곳. 나는 한부모, 미혼모 가정의 자녀이다.

일상 속 지용이가 몸에 밴 습관들이나 자신을 바라보는 시선 때문에 오해받을 일을 만들지 않으려 하는 것을 볼 때면 나에게도 그러한 것들이 있다는 것이 떠오른다. 나는 사회문제에 대한 관심이 많아 뉴스를 즐겨 보는데, 가끔 범죄자에 대한 기사를 보면 항상 범죄자의 가정환경에 대한 이야기가 나오거나 가정환경이 사람을 만든다는 댓글을 볼 때가 많다. 그것들을 볼 때면 내 마음속 감정 서랍을 잠근 자물쇠가 풀리는 것 같은 기분을 느낀다.

가정환경이 중요하다는 말을 일상 속에서 너무나도 쉽게 들어왔다. 그 말 자체가 틀리다라고 말할 수 없다는 건 나도 알지만 사람을 볼 때 가정환경에 따라 걸러야 한다라거나 부전자전, 개천에서 용 난다와 같이 나를 가리킬 수도 있는 말들에 쉽게 지나치기는 어렵다. 매번 봐도 익숙해지지 않는 건 역시 익숙해지지 못 한다.

그래도 나는 자리가 사람들 만든다라는 말이 맞을 수는 있다고는 해도 그 자리를 바라보는 시선이 자리에 있는 사람이 어떻게 나아가게 할지 정한다고 생각한다. 내가 아무리 당당해도 다른 사람들이 생각하는 오해에 설명하기 귀찮은 일들이 일어난다는 것은 어쩔 수가 없었다.

초등학교 6학년 때의 일이었다. 그때 여름방학 며칠 전에 학교에 3일 정도 빠지면서 방학식을 하지도 않고 바로 방학에 들어갔다가 2학기를 맞이했었다. 묘하게 아이들이 나를 바라보는 시선이나 대하는 행동들이 조심스러웠다. 나를 알지도 못하는 아이들이 나에게 친근하게 다가왔고 알 수 없는 질문들을 늘어놓기도 했다. 나는 당황스러웠지만 정확한 전말을 몰랐기에 그저 그 작은 일들을 대수롭지 않게 여겼다.

어느 날 문득 반장이 그런 말을 했다. 담임 선생님께서 반 아이들에게 그 일을 말했다는 것이다. 내가 여름방학이 시작하기 직전에 아버지께서 돌아가셨다는 것과 장례식 때문에 빠졌었다는 것을 말이다. 솔직히 말해서 나는 담임 선생님께서 그런 개인사정을 다른 아이들에게 나 몰래 허락도 받지 않고 말하리라고는 생각지도 못했다. 애초에 담임 선생님께서는 아버지 장례식에서 모습을 비춘 적도 없거니와 결석 사유 때문에 말한 정보로 나와 아이들과의 사이를 어떤 식으로 바꿀지 상상 자체를 할 수가 없었다.

분명한 것은 그 작은 일이 내 새로운 습관을 만들었다. 감정과 관련된 수업이 있었는데, 감정카드로 자신이 겪은 일에 대하여 소개를 하고 다른 친구들로부터 이야기를 듣고 공감을 받는 활동이었다. 몇 명끼리 모둠을 만들고 이야기를 시작했고, 한 아이가 며칠 전 할아버지께서 돌아가셨다는 얘기를 했다. 원래부터 눈물이 많았던 나는 그저 그 아이의 이야기에 같은 슬픔을 느꼈을 뿐이었다. 나만이 그런 게 아니라 다른 아이들도 눈시울이 빨갛도록 눈물을 흘리기도 했다.

다만 아이들은 내 눈물을 다르게 생각했다. 그 이야기에 아버지의 죽음을 생각하며 슬픔을 느껴 운다고 바라봤다. 굳이 다른 모둠이었던 애까지 나에게 다가와 토닥거렸고, 나는 어떻게 여겨야 할지 모르는 속상함에 더 감정이 복받쳐 눈물을 흘릴 수밖에 없었다. 나를 바라보는 반 아이들의 시선이 너무 따가웠다. 하지만 그럼에도 뭐라고 할 수 없던 것은 그 시선에 아무 악의도 없었기 때문이었다. 계속해서 느껴온 그 일상 속 불편함이 그날 터져버리고 말았다. 나는 그저 그때 나에게 쏟아진 시선으로 인하여 제대로 된 공감을 받지 못했던 그 아이에게 미안할 따름이었다.

그날 이후로 나는 가족과 관련된 슬픈 이야기에 마냥 눈물을 흘리지 못했다. 남들 앞에서 절대 눈물을 쏟지 않도록 감정을 통제했다. 사람들은 내 눈물에 다른 시선으로 바라봤고 많은 이야기를 만들어냈다. 아버지의 죽음에 슬퍼해야 할 아이라고, 나를 바라보는 그 시선 때문에 내가 행복을 느껴도 되는 걸까라고 나 스스로를 의심하게 되었다. 나를 낙인찍는 그 무거운 감정들과 아무 악의 없는 동정, 호의들이 나를 옭아맸다.

내 가정에 대한 이야기를 할 때면 항상 분위기가 가라앉는 것을 느꼈다. 그래서 나는 내 이야기를 최대한 말하지 않으려고 애쓴다. 너는 어머니께서 많이 고생하시니까 옆에서 잘 도와드려야 한다라는 말을 매번 들어서, 항상 엄마 옆에 보디가드 마냥 딱 붙으며 어른들의 말씀에 거역하지 않으려고 한다. 역시 아버지가 안 계셔서 그런가 조금 어둡지?라는 말을 들을까봐 항상 친구들 앞에서는 천진난만하게 다니며 웃을 거리를 만든다.

나를 둘러싸고 있는 내 가정이 괜한 오해를 만들고 그것들이 나를 더 '역시'라는 말로 아프게 할까 봐 나는 최대한 그렇지 않을 법한 아이처럼 행동한다. 그래야 사람들은 나를 가만히 내버려 두니까. 그러면 내 감정을 담은 서랍들이, 다른 사람들의 감정들이 자물쇠를 망가뜨리고 나를 향하지 않으니까 말이다.

하지만 가끔은 그런 자물쇠가 풀리는 날이 있다. 자물쇠를 채우지 못하는 날도 많다. 내가 서 있는 이 경계가 사람들의 눈 속에서는 철조망으로 둘러싸인 큰 벽으로 보일 때 어디서부터 건드려도 괜찮을지 모르는 외로움을 견디지 못하고 만다. 그저 나를 향한 걱정을 걱정으로 넘기지 못하는 내가 밉고, 그래서 나는 괜찮지 않다. 비록 소리 내어 눈물을 흘리는 방법은 잊었지만 나는 울고 있었다. 자물쇠를 풀 수 있는 열쇠를 내던진 지 오래되었지만 나는 다시 그 열쇠를 찾고 말 것이다. 지용이에게 어깨를 내어준 재희처럼 아무 말과 시선 없는 그 자리를 나도 잠시 기대고 싶다.

내가 사랑할 여인들 | 오도연(진천고등학교)

- 최은영 『밝은 밤』을 읽고

이 책을 읽는 동안 하나의 물음이 있었다. '이 책 속의 이야기는 실화일까? 작가님의 경험일까?'였다. 작가의 말을 읽을 때까지 책 속의 이야기가 그저 허구의 이야기인지 분간하지 못했다. 책 속의 이야기가 허구인지 구별하지 못한 것은 책을 읽기 시작할 때부터 현재까지 느껴보지 못했던 경험이었다. 구분하지 못한 건 인물들의 삶이 나와 비슷한 부분이 있어서이기도 하겠지만, 그게 전부는 아닐 것이다. 글을 써보며 내가 왜 구분하지 못했는지 이유를 알아보고자 한다.

사람들은 흔히들 '악역'을 구분하는 것을 좋아한다. 그건 자신의 인생에서, 악인을 쉽사리 판단하지 못하기 때문이다. 그러니 허구의 이야기에서라도 주인공을 괴롭히는 이들을 처벌하고 싶어 하고, 그들의 파국을 보고 싶어 하는 것이라고 생각한다. 이 책을 읽으며 나도 책 속의 악역이 누구인지 찾으려 했다. 악역이 수시로 바뀌어가는 걸 보며, 나는 알았다. 이 책 속의 악역은 없다는 걸. 이 책 또한, 하나의 인생이었다는 걸. 나는 책 속의 인물들을 모두 이해할 수 있었고, 그들의 경험을 아파했고, 공감했다. 그렇기에 모든 인물 중에서도 가장 정감이 갔던 인물이 누구냐고 묻는다면, 나는 쉽사리 대답하지 못할 것이다.

책 속에는 주요 인물 3명이 있다. 영옥, 미연, 지연이 그 인물들이다. 이들은 각각 오른쪽 인물의 엄마이다. 나는 이 세 명의 공통점을 찾았다. 그들은 모두 자신의 할머니를 좋아하며, 잘 따랐다는 것이다. 그러나 이들은 모두, 엄마와 살가운 사이는 아니었고, 사랑하지 않느냐고 묻는다면 그건 아닌, 그런 관계였다. 내가 위에서 말한 비슷한 부분－허구인지 구별하지 못했다고 하며 언급함－은 이러한 인물들의 관계에서 비롯되었다. 나도 엄마와 살가운 사이는 아니었기 때문이다. 그러나 나 또한, 엄마랑 서로 사랑하지 않느냐고 묻는다면 사랑하고 있다고 말할 터였다.

그리고 이 인물들의 공통점은 사랑하는 법을 배우지 못했다는 것이었다. 사랑하는 방법을 모르는 사람의 사랑은 결국 상처를 남긴다. 책에는 이런 문장도 나온다. "사랑은 할머니를 울게 했다. 모욕이나 상처조차도 건드리지 못한 마음을 건드렸다." 이 문장은 할머니인 영옥에게만 해당하는 게 아니었다. 3명은 사랑하는 법을 몰랐고, 몰랐기에 자신의 딸을 더 다그쳤다. 사랑하는 딸이 자신처럼 살지 않기를 바랐고, 평범하게 살아가길 원했으나 그들은 딸을 평범하게 사랑하는 방법을 몰랐다. 지연이가 받은 심연 속 고통은 아주 어릴 적부터 점점 자라고 있었을 것이다. 그건 학대임이 분명했으나, 사랑이었다. 모든 학대가 정당화되어서는 안 되지만, 정당화가 아닌 이해는 괜찮지 않을까. 잘못은 맞지만, 어째서 그렇게 행동할 수밖에 없었는지는 알아줘도 괜찮지 않을까.

내가 힘들었던 적이 있었다. 나는 과거의 상황들을 이 책에 겹쳐 생각했고, 인물들과 같이 분노했다. 때때로 나는 미연과 울고 있었고, 지연이와는 같이 화내고 있었다. 나는 지연이가 엄마인 미연에게 화를 낼 때, 심히 동요

했다. 나는 지연이와 같이 화를 낼 자신이 없었다. 그런 의미에서 지연은 내게 대단한 존재였다. 지연이 화를 내면, 미연은 참았고, 미연이 화를 내면 지연이 참았다. 그들의 관계는 언제 터질지 모르는 시한폭탄이었으므로. 그 시한폭탄을 계속해서 멈추려 한 것은 지연이었고, 그래서 나는 지연이 대단하다고 생각한다. 나도 과거에 비슷한 경험이 있었지만 지연이처럼 하지는 못했기 때문이다. 과거에, 내가 진심을 터놓으면 엄마는 그걸 아니꼽게 들을 것을 알았고, 우리는 싸울 게 분명했다. 그걸 알게 되기까지 그리 오랜 시간이 걸리지 않았다. 내가 아프기 시작하고, 처음으로 손을 내밀었던 순간, 농담조로 말했지만 그것이 진실임을 모두가 알았을 그 순간에 나는 내놓은 손을 다시 접을 수밖에 없었다. 엄마는 나를 이해할 수 없었고, 나는 내가 힘든 것조차 버티기 버거웠기에. 내가 힘들었을 당시의 이야기는 한때 금기처럼 여겨졌으나, 지금은 그렇지 않다. 우리는 조금 나아지고 있었고, 사랑해왔다. 서로에게 비수를 꽂을 때조차도.

　이게 살아가는 거라고 생각했으나 불안했다. 내가 문제를 해결하지도 못하면서 그냥 이게 인생일 거야 하며 합리화하는 걸까 봐. 그래서 이 책의 결말이 어떻게 갈지 나는 궁금했다. 다른 소설처럼 어떤 해피엔딩을 맞이할까 궁금해 했다. 이 책의 결말이 행복하다면, 주인공들이 선택한 해결 방안을 따를 생각도 있었다. 그러나, 이 책도 하나의 인생이었다. 그래서 결말은, 살아보지 않으면 모를 것이 당연했다. 책이 책의 운명을 살 거라고 말한 작가의 말이 이해가 가는 순간이었다.

　여러 인물의 인생을 엿보았고, 나는 동화되어갔다. 책을 읽고 몇 시간 동안은 빠져나오지 못했고, 주변인들은 어디 아프냐고 물어왔다. 나는 내가 평소와 똑같은 줄 알았으나, 그건 나의 착각이었다. 나는 이미 영옥의 삶을, 미연의 삶을, 지연의 삶을 이어받아 살고 있었다. 모든 인물에게 동화되었기에, 나는 누구도 미워할 수 없었다. 그래서 나는 이들을 사랑해 주기로 했다. 이 세 명의 여인들은 모두 자신을 사랑하는 법을 배우지 못했으므로, 나라도 이들을 사랑해 주기로 했다. 그게 내가 이들을, 과거의 나를 위로할 수 있는 유일한 방법이라고 생각했다. 서로가 서로의 마음에 비수를 꽂는다는 게, 얼마나 힘들었을지 아니까. 나도 그랬으니까. 나라도 이들을 사랑해 주고 싶다. 이 책을 읽다 울컥하는 순간들이 많았지만, 울지 못했던 나를 가여워해 주고 싶다. 눈물이 많지만, 밖에서는 절대 울지 못하는 나를, 나는 어떻게 여기고 있을까. 아팠던 나를, 아파질 미래의 나를 사랑해 주고 싶다.

앞에서 나는 모든 인물들을 이해했다고 말했지만, 지연의 말에 상처받은 미연을 나는 아마 제대로 이해하지는 못했을 것이다. 미연은 엄마였고, 나는 여전히 딸이었으므로. 그래서 이 말이 더 남았을지도 모르겠다.

"엄마는 딸을 쉽게 용서해." 이 말은 딸은 엄마를 쉬이 용서하지 않는다는 말과도 같았다. 내가 저 말을 이해할 날이 왔을 때, 그때도 나는 여전히 엄마의 딸일까. 이것 또한 살아가다 보면 자연히 알게 되겠지만, 여전히 딸이면 좋겠다. 내가 3명의 공통점이 할머니를 좋아하는 것이라고 했었는데, 이 말을 계속 곱씹어 보니 서글퍼졌다. 인물들과 각각의 할머니와의 대화를 생각하니 더 그렇게 느껴졌다. 이들은 서로를 재단하지 않으려 했고, 잔소리하지 않았다. 하지만 엄마는 달랐다. 물론 타인의 삶을 재단하려는 행위를 옹호하는 것은 아니나, 이들은 엄마와 딸이었다. 타인이라기에 그들은 너무 가까웠고, 서로의 삶에 말을 얹을 수 있는 관계였다. 그게 서로를 상처주었던 모든 말들을 정당화할 순 없겠지만, 이해하게 도와줄 순 있었다. 사실, 각자의 엄마가 하는 말의 의미를 그들은 이해했을 것이다. 내가 엄마의 세상에서 이해받을 수 없다는 사실을 알았을 때, 나는 실망했고 원망했으나 그런 엄마를 이해하지 못한 건 아니었으니까. 그러나 이따금 그때의 기억이 떠오르면 나는 행동이 굼뜨게 되고, 하던 일을 집중할 수 없게 된다. 이 책을 읽으며 내가 힘들었을 시기에 썼던 일기를 봤다. 엄마와 문제가 발생하고 썼던 일기였다. 그 일기를 지금 보니, 정말로 의식의 흐름대로 적은 것 같았다. 처음 시작은 기분이 좋았다가, 갑자기 나빴다가 엄마의 이야기를 했다가 갑자기 엄마와 놀러 갔던 얘기를 적었다. 분명 지연도 미연과의 즐거운 추억들이 많을 것이다.

—책에 나와 있는 내용만 봐도 지연이 어렸을 때, 그들은 즐거운 시절을 보냈다는 것을 알 수 있다—

그러나 그들은 그 추억을 꺼내는 것보다, 서로 아무 말도 꺼내지 않는 것이, 서로의 아픔을 건드리지 않는 것이 관계를 위한 최선이라고 생각했기에 가만히 있는 것을 택했다. 그나마 엄마와 딸이라는 명목 하에 이어져있던 관계를 유지하는 방법은 가만히 있는 것이었다. 그래서 언성이 높아질수록 둘은 불안해했고, 관계가 언제 끝날지 모른다는 불안감에 시달려야 했다. 내가 앞에서 지연이 대단하다고 한 이유가 여기에도 있다. 이 불안한 관계 속에서도 지연은 아프다고 말할 수 있는 존재였기에, 그녀는 정말 대단한 것 같다.

이제 책 속에 있던, 나의 마음 한구석에 남은 구절들에 대한 이야기를 하고자 한다. 이 문장은 책 초반에서 지연이 친구와 전 남편의 이야기를 하면서 했던 생각이다.

"나는 강아지를 떠올렸다. 자기에게 관심도 없는 사람의 바짓자락에 붙어서 꼬리를 흔드는 모습을. 왜 개새끼라고 하나. 개가 사람한테 너무 잘해줘서 그런 거 아닌가. 아무 조건도 없이 잘해주니까, 때려도 피하지 않고 꼬리를 흔드니까, 복종하니까, 좋아하니까 그걸 도리어 우습게보고 경멸하는 게 아닐까. 그런 게 사람 아닐까."

이때 지연의 상태는 좋지 못했고, 전 남편이 바람이 난 것이 자신의 잘못은 아닐까 생각했었다. 친구가 전 남편을 개새끼라고 칭한 것을, 지연은 자신이 개새끼라고 생각한 것 같다. 자신처럼 다른 이를 위해서는 뭐든 하면서 정작 자신을 아프게 하는 것에 대해서는 무관심한 강아지가 가여워서 지연은 화가 났을 것이다. 지금 봐도 여전히 생각이 많아지는 문장이다.

다음 문장은 지연이 이혼하고 인생이 실패했다는 소리를 부모님에게서 들었을 때 지연이 말한 대사이다.

"재촉한다고 해서 달라지는 건 없잖아. 아무도 겨울 밭을 억지로 갈진 않잖아."

아물 시간이 지연에게는 필요했을 것이다. 꽁꽁 언 겨울 밭은 아무리 호미로 찍어도 절대 쉬이 파지지 않는다. 최근 어떤 미디어에서 '넌 지금으로도 충분해'라는 말에 대해 서로 다른 의견을 가진 사람들을 보았다. 한 명은 지금 그렇게 가만히 있으면 정말 쓸모없는 사람이 된다고 하고, 한 사람은 지금 그대로도 충분하니까 자신을 더 아끼라고 했다. 내가 힘들었던 과거를 인정받고 싶어서인지 나는 후자의 말에 더 끌렸다. 나는 내 기준에서 인생에 큰 욕심은 없는 사람이다. 건강한 것이 얼마나 좋은 건지, 부러운 건지 알았고, 나의 성적이 내 노력에 비해 더 크게 나온다고 생각한다. 전공에 대해서도, 직업에 대해서도 어떻게 되겠지. 나는 나를 믿으니까. 라는 생각을 가지며 큰 걱정을 하지 않는 나였기에 지금 이대로 가만히 있으면 안 된다는 말은 큰 경각심을 불러일으키지 않았다. 이런 나를 보며, 누군가 넌 인생에 열정이 없구나라고 말한 적은 단 한 번도 없다. 물론 이런 말을 면전에 대고 할 수 있는 사람이 얼마나 되겠거니 싶지만, 나는 열심히 사는 사람이었다. 주변인의 평가에서 나는 꼼꼼하며, 매사에 진심인 사람이었고 나는 내가 꿈꾸는 대로 현실을 살아가고 있었다. 오히려 내가 힘들었을 시기에 나는 내가 어떻게 자랄지 두려웠고, 직업은 구할 수 있을까 불안해했다. 그러나, 지금은 나를 믿고 살아가는 중이다. 그래서 나는 지연이처럼 겨울 밭을 굳이 먼저 다져놓을 필요는 없다고 생각한다. 겨울이 너무 춥다면 봄을 기다리면 된다. 훗날 내가 힘들어할 때, 나를 믿으며 나의 겨울 밭을 천천히 녹여갈 수 있기를 바란다.

이건 마지막으로 이 독후감을 읽는 이에게 소개해 주고 싶은 글이다.

"두려움이란 신기한 감정이었다. 사라지는 순간 가장 강렬하게 느껴지니까." 두려움이 사라질 때, 여태 당신이 느끼던 그 감정이 두려움이란 것을 알았을 때, 당신이 괜찮기를 바랍니다.

희망 한 줌을 줄 수 있다면 | 우지현(부산관광고등학교)

- 이정은 『삼월의 토끼』를 읽고

책을 읽는다는 것은 나에게 어떠한 행위인가, 어릴 때는 단순한 이야기에 대한 몰입과 그로부터의 즐거움이 독서의 원동력이었다 하면, 점점 자라면서 정보사회라는 것을 인지하게 되고, 막연하게 책을 읽는 것이 나에게 학업적으로 도움이 된다는 자각으로 조금은 수동적으로 책을 읽었던 것 같다. 특히나 중학교에 입학하고부터는 바빠진 공부와 수행평가로 책의 접근성도 현저히 줄어들게 되고, 국어 과목에서 수행평가로 요구하는 독후감 쓰기 등이 나의 독서활동에 강제성을 부여하는 것 같아 조금 스트레스를 받기도 했던 시기가 있었다. 하지만, 오히려 인간관계나 성적 등의 현실적 문제에서 오는 심리적 불안정함에서 벗어날 수 있던 가장 쉬운 방법 또한 책을 읽는 것이었기에 우리 학교에 도서관이 있어 참 다행이라고 느꼈다.

독서가 취미가 되면서 자연스럽게 장르에 대한 호불호가 생겼는데, 상대적으로 복잡한 현실에서 벗어나고자 했던 의지가 투영된 것인지 좀 더 가벼운 마음으로 읽을 수 있는 종류나 개인적인 관심사인 심리, 철학 관련 책을 읽는 것이 좋았다. 그렇게 나는 스스로 스트레스를 해소할 수 있는 간편한 습관을 애용하면서 마지막 고등학교의 3학년을 시작했다. 이제 성인이 되기까지 1년도 채 안 남았다고 생각하니 설레는 기분보다는 긴장되고, 아무런 준비 없이 덜컥 미래가 코앞까지 다가온 것 같아 조급해졌다.

코로나로 인해 제대로 된 고등학교 생활을 보내지도 못하고 점점 더 무기력해져 가는 나 자신을 느끼며 회의감을 느꼈다. 분명 내가 계획한 것들을 최선을 다해 이뤘고, 때론 예상과 달리 흘러가는 일들도 있었지만, 좌절하지는 않았다. 그럼에도 불구하고 자꾸만 코로나 영향이라는 치졸한 변명만을 내세우며 쉬운 길을 골라 가려 하는 나를 발견하고 또 한없이 초라해지는 자신을 보며 우울해지는 나날의 빈도가 늘어나는 것이 더 큰 위기감으로 다가왔다.

솔직하게 지금 내가 작성하고 있는 이 독후감 대회를 알게 된 경로도 막연한 독서에 대한 열정이 아닌 내 스스로 결과물을 창조하고 수익을 내고 싶어 여러 공모전을 찾아보다 발견하고 실행에 옮긴, 자립심으로 애써 포장하고 있지만, 결국 어리숙한 오만과 쉽게 이득을 보려는 요행에서 기인한 것이라는 점이 내 마음 한구석이 텁텁한 이유일 것이다. 그래서일까, 보통의 경우라면 내가 선호하는 장르의 내용을 다룬 책을 골라 읽고 작성하려 했을 텐데, 권장 목록을 보니 이번 대회의 목적은 한국의 작가님들과 그들의 작품을 더 많은 대중들에게 선보이고 독후감을 공유함으로써 독자들과의 소통을 장려하고 그 영향으로 한국 문학 창작을 더욱 발전시키는 순기능을 도모하는 것이 아닐까 하는 생각이 들었다.

그래서 나름대로의 해석의 결론인 이번 대회의 취지에 걸맞게 개인의 취향보다는 새로운 작품과 갈래를 발굴할 가능성에 기대를 걸고 무작정 끌리는 제목의 책을 골라 서점에서 구입했다. 그 책이 바로 삼월의 토끼라는 제목의 이정은 장편소설이었고, 처음 제목과 작가의 말, 표지에 쓰인 문학 칼

럼니스트의 평을 보고 평소 내가 가까이하던 것보다는 좀 더 의미와 교훈적인 면에서 심층적인 내용의 책일 것이라 예상했다. 하지만 나의 이러한 얄팍한 예상은 빠르게 읽어 내려간 이야기와는 제법 차이가 났다.

사실 책을 읽으면서 가장 많이 했던 생각 중 하나는 내가 과연 이 책을 읽으면서 작가의 궁극적인 목표를 이해할 수 있을까, 어떠한 목적에 도달하기 위해 설정된 배경과 인물들의 암울한 이야기에 침전되지 않고 독자로서 끝까지 그들의 결말을 바라볼 수 있을까 하는 우려였다. 특히나 최근 화제가 되었던 정인이 사건이나 아이를 입양한 후 학대해 결국 죽음에 이르게 한 사건 등 법의 사각지대에서 아이들이 학대당하고 인격과 삶을 보장 받지 못하며 살아가는….

아직 우리가 발견하지 못한 과거의 정인이었던, 지금 정인이의 처지에 있는, 앞으로도 멈추지 않고 생겨나고 말 수많은 잠재적 피해자들을 위한 복수…. 책 속 허구의 세계 속에서라도 그들에게 복수의 기회와 면죄부를 부여하고 싶다는 작가의 말을 읽고, 생각보다 어둡고 쉽게 읽기는 어려운 내용들이 있으리라고 추측했다. 이런 생각은 어느 정도 들어맞았으나, 그럼에도 내가 책을 읽으며 계속해서 당황했던 이유는, 아동학대라는 좁은 고통의 범위가 아닌 불륜, 폭력, 성폭행, 유린, 치정, 낙태, 가난 등 하나에만 속해도 견디기 힘든 고난의 영역들이, 계속해서 덧칠되는 낡은 페인트처럼 주인공과 그들 주변을 넘어설 수 없는 장막처럼 에워싸고 있었기 때문이다. 게다가 암울한 사건의 연속을 미성년자인 주인공이 보호와 여과 없는 매정한 현실 속에서 어린 눈으로 서술하는 방식은 태연하게 읽고 공감하기에는 제법 가혹했다.

작중 연화의 아버지는 이기적이고 가정보다 욕망을 우선시해 주인공의 엄마와 고통을 당할 운명인 연화를 잉태시켰고, 한 가족의 가장으로써 의무를 다해야 한다는 책임감과 남자로서의 욕정에 충실해야 한다는 이중적이고 모순적인 변명 하에 '한 번의 실수'라는 저주스러운 낙인으로 연화를 세상으로 내몰았다. 당연하게도 한 생명을 완벽하게 숨길 수는 없었고, 연화 아버지의 진짜 가족에게 연화와 그의 어머니의 존재가 알려지게 되고 그들은 가장의 행동은 옹호하고 그저 연화 어머니가 아버지를 꾀어내어 결국 아이까지 낳은 파렴치한, 처단해 마지않을 죄목으로 구속한 뒤 일말의 죄책감도 느끼지 않고 당연하게 폭력을 퍼부었다.

이후로도 그저 미래의 연화가 불행의 제공자에게 복수하기 위한 배경이라고 하기엔 너무 어리고, 너무 연약해 바스러질 것만 같은 아이에게 정말 죽지 못하는 것이 더욱 불행스럽게 느껴질 정도의 참혹한 학대 행위들이 쉴틈 없이 연달아 몰아쳐 연화를 숨막히게 했고, 그런 상황에 질식해 극단적 선택을 하기 직전, 결국 한때 중학생이었던 연화에게 몹쓸 짓을 저지른 남자의 손을 잡고 고통의 영역에서 탈출을 감행하게 된다. 하지만 더 이상 사람을 믿을 수 없는 주인공은 처절한 복수를 잊지 않고 계속해서 상기했고, 그 결과 이유야 어찌 되었든 그녀의 어머니와 비슷한 전철을 정해진 운명처럼 따라 밟게 되었다.

내용이 나아갈수록, 책장이 넘어갈수록, 점점 더 끝없이 무너져 내려가는 연화의 내면과 삶을 보니 연민과 함께 결국 유전자니 운명이니 그런 것들은 비극조차 대물림시키는 것인가 하는 스스로도 화들짝 놀랄만한, 지독히도 이기적이고 합리화적인 생각이 슬금 고개를 내밀었다. 그런 것들로 이들의 불행을 어쩔 수 없는 불가항력이라고 할 수 없는데 말이다. 결말에서는 복수를 위해 나 자신도 파멸을 감내해야 한다는 사실을 깨닫고, 그들을 단죄하거나 용서할 수 있는 강자로써 군림한 뒤 마침내 새로운 시작을 함께할 뱃속의 아이와 함께 그들을 용서하기로 결심한 어머니가 된 연화로 이야기가 끝나게 된다. 빛이라곤 찾아볼 수 없는, 희미한 빛조차 다 삼켜버릴 것만 같은 어두운 작품을 읽는 내내, 많은 생각이 들었다.

이것이 결국 우리가 살고 있는 사회의 추악한 이면인가, 내가 지금 읽고 있는 이야기를 불편해 하는 그 자체로 그들의 삶을 부정하고 있는 것인가, 그렇다면 그들의 고통을 헤아릴 수조차도 없는 내가 감히 그들의 삶을 재단하고 그들의 원망과 복수에 대한 이유에서 타당성을 찾아낼 자격이 있는가. 퇴폐와 추락이 반복하는 혼란스러운 소용돌이 속에서 내가 제대로 받아들이고 있는지조차 모른 채 허우적대며 우습게도 그들을 동정하다, 거북함을 느끼다, 책망하다, 다시 또 연민을 느끼다, 같잖게 의구심을 품는 난해한 감정이었으나 나는 이 감정이 이 책을 읽고 난 뒤의 감정으로 적절하다고 느꼈다.

작중 연출도 상당히 감상에 영향을 주었는데, 지문에 대한 포괄적인 함축이 담긴 문장을 앞과 뒤에 두 번 반복해서 묘한 기시감과 위화감을 조성해 주인공의 상황과 그 혼돈이 더욱 소름끼치게 와 닿았다. 아직 인생을 오래 살았다고 할 순 없지만, 그렇기 때문에 책을 통한 인물의 삶을 간접적으로 경험하고 그 과정에서 나에게 감정과 가치관을 정립 시켜주는 좋은 기회들이 될 수 있었다고 생각한다.

이와 마찬가지로 삼월에 태어난 연약한 토끼인 연화가 죽지 못하는 참극 속에서 그래도 목숨을 버리지 않고 살아내 줘서, 결국 복수가 아닌 용서와 새로운 출발을 선택해줘서, 다른 이들에게 용기와 희망을 줘서, 다행이라고 느꼈다. 그들의 삶을 재단할 자격은 없지만, 면죄부라는 것이 필요하다면, 그것으로 인해 삶을 살아내 줄 빛 한줄기가 들어찬다면, 나는 감히 그들에게 정당방위와 미필적 고의라는 면죄부를 줄 수 있지 않을까 생각해본다.

가면, 어둠 그리고 청소년 | 진채린

－ 윤주연 『너만 보는 이야기』를 읽고

우리는 수많은 관계에 이어져 살아간다. 얽히고 싶지 않은 관계도 이어 질 수밖에 없는 세상에서. 작은 문제에도 온갖 신경을 쓰게 되는 청소년 시절의 '관계'는 더더욱 쉽게 자르고 끊을 문제가 아니다.

청소년 소설인 『너만 보는 이야기』는 두 고등학생 백진아와 신동우의 이 야기를 진아의 관점으로 풀어간다. 진아에게는 매일같이 그릇이 깨지는 부모님과의 관계와 나아지지 못하는 친구들과의 관계, 그리고 서로를 생각하는 동우와의 관계가 존재한다. 동우에게는 자신이 책임져야할 무게라고 생각하는 부모님과의 관계, 감정을 깨닫기까지 너무 오랜 시간이 걸려버린 진아와의 관계가 존재한다.

진아와 동우 사이에서의 관계는 친구이상, 연인 이하의 존재이다. 가까워지기에는 용기가 없고 멀어지기에는 후회만 남을 것 같은 딱 그런 사이. 서로의 이야기를 알고 싶어 하지만 자신의 이야기는 숨기고 싶어 하는 그런 사이. 진아와 동우 둘 모두 그런 관계임을 알았기에 서로가 서로에게 다가갈 수 없는 거리가 존재했던 것이다. 때문에 나는 제목인 '너만 보는 이야기'를 이렇게 볼 수도 있다고 생각한다. '나만 보는 이야기'.

진아와 동우는 서로를 바라보았지만, 상대방을 바라보기 전에 항상 자신을 보았다. 둘은 모두 가면을 쓰고 있었으니. 가면을 뒤집어쓴 자신이 남에게 어떻게 보이는지 신경 쓰이기에 그보다 먼저 자신을 볼 수밖에 없었던 것이다. 서로에게 자신의 진짜 모습을 보여주지 않았다. 마음을 드러내지 않았으며, 속마음을 꺼내지 않았다. 뒤늦게 서야 자신의 진심을 깨달았지만, 동우의 죽음으로 인해 때는 이미 늦어버렸다. 엉켰다면 엉킨 것이고, 복잡하지만 단순한 그런 관계의 실이 이미 어찌할 수 없을 만큼 멀어버린 것이다.

작 중 동우는 진아에게 '죽음'에 대해서 이렇게 말했다. 죽음은 뭔가 비현실적이고 크고 무서워서 평생 가깝지 않을 것만 같은 불행같이 느껴진다고. 그러나 진아는 동우와 달리 이렇게 생각했다. 그 불행은 누구에게나 일어날 수 있는 일이라고. 하지만 그 생각과는 달리 막상 동우의 죽음이 들이닥쳤을 때 진아는 그 상황을 단지 '가깝지 않은 불행'으로만 생각했다. 진아는 그때까지도 가면을 쓰고 있었고, 그래서 가면 안의 자신을 보기 전까지 동우의 죽음을 정확히 보지 못했기 때문에 너무도 멀었던 것이다. 동우의 죽음마저 진아에게는 동우 그 자체였기에. 결국 진아가 쓰고 있던 가면이 깨지고 나서야 동우의 죽음을 보고, 동우를 보게 된 것이다. 깊은 곳에 잠겨있던 감정이 수면 위로 올라오면서 가면이 깨지고 나서야 완전히 동우를 보게 된 것이다.

동우가 죽기 바로 전, 진아와 동우는 서로에게 상처뿐인 말들을 전부 뱉어냈다. 자신의 진심을 감추기 위해 썼던 가면을 들키고 싶지 않아 다른 가면을 썼던 것이다. 가면을 뒤집어쓴 두 청소년들은 더 이상 가면을 벗고서는 살아갈 수 없었다. 타인에게 제 모습을 감추기 위하여 쓴 가면이 자신의 모습만을 보게 하고, 벗고 살아갈 수 없게 했으니 말이다. 그래서 '나만 보는 이야기'라고 볼 수 있는 것이다. 가면으로 인해 서로를 보기 이전에 자신을 보니까. 절대로 그런 가면을 벗을 수 없으니까.

나는 수많은 청소년들이 가면을 쓰고 살아간다고 생각한다. 타인이 좋아하는 모습이 되어야만 하니까. 그렇지 않으면 무리에 속하지 못하며, 사랑받지 못하니까. 가면을 벗어야 진정한 자신의 모습으로 살아갈 수 있는데, 모두가 그 가면을 벗지를 않는다. 가면을 벗으면 사람들이 자신을 좋아할 거라는 '확신'이 없기 때문이다. 청소년 시절에는 많은 응원과 관심이 필요하다. 하지만 지금의 사회에서는 응원과 관심은 뒤도 한 채 오로지 청소년답게, 학생답게 살아가기를 강요한다. 대체 청소년다운 것, 학생다운 것이 무엇인가? 아니, 그 기준은 대체 누가 정한 것인가? 청소년 스스로가 정했을까? 전혀 아니다. 청소년다움, 학생다움은 그들이 정한 것이 아니다. 어른들이 보기에 옳다고 느껴질 때 비로소 학생답다고 말한다. 어른들이 정해버린 틀 안에 청소년들은 스스로를 가두기 시작했고, 그들에게서 인정받기 원해 아등바등 애를 쓰는 모습이 되어버렸다. 그들이 말하는 학생다운 모습으로 살아가기 위해서 말이다. 그러나 이런 모습은 청소년이 정한 것이 아니기에 그들은 행복할 수 없다. 자신이 아닌 남이 정해준 길을 걸어가야만 하는 사람이 어떻게 행복할 수 있을까. 때문에 이들은 남에게 비춰질 자신의 모습을 위해서 가면을 쓴다. 나는 이 책을 읽고 내 주변에서 항상 행복해 보이는 청소년이 있다면 그들을 유심히 관찰해보기로 생각했다. 겉으로는 웃고 있어도 내면은 절대 웃을 수 없는 '진짜' 그들의 모습이 존재할 테니 말이다. 마냥 빛만 같아 보이는 사람에게 더 깊은 어둠이 있는 법이다. 그 어둠을 타인에게 들키게 되는 순간 그 빛은 다시 밝게 빛나던 모습으로 돌이킬 수 없게 된다. 어둠을 들키지 않기 위해서 필사적으로 빛을 만들어냈는데, 들켜

버리니 더 이상 그것을 숨길 이유가 사라졌기 때문이다. 그러니 만약 주변에 그런 사람이 있다면 아는 체 하지 말고, 단지 지켜만 보기를 간절히 바란다. 어둠을 타인이 알아채는 순간 빛은 어둠에게 먹혀 버릴 테니.

이 소설 속 두 주인공의 입장에서 바라보자. 매일 같이 싸우는 부모님 앞에서, 빛에 시달리는 부모님 앞에서 그들은 절대로 무너질 수 없었다. 나는 이것이 그들의 얼굴에 가면이 씌워진 가장 큰 원인이라고 생각한다. 그러한 부모님 아래에서 그들이 원하는 틀 안에 자신을 끼워 맞추던 그들이, 서로를 만나자 비로소 이해될 수 있었던 것이다. 그래서 서로를 향해 자신을 드러냈지만 그것은 너무 성급한 결정이었다. 둘의 빛은 어둠에 갇혀버렸으니 말이다.

가끔 그럴 때가 있다. 뭔가 말로는 설명할 수 없는 그런 감정이 들 때가 말이다. 그 감정이 뭔지 몰라서 혼자 한참을 고민하며 답답해하다가 잊고 결국에는 또 다시 그 감정을 느끼게 된다. 아마 그것은 그동안 참고 살았던 억울함, 슬픔, 답답함이 엉기고 엉켜서 만들어낸 감정 덩어리가 아닐까하고 짐작해본다. 이러한 내가 느꼈던 감정들을 책 속의 주인공인 두 사람이 같이 느끼고 있는 것만 같아서 격하게 공감했다. 같은 청소년의 입장으로써 바라보기에 그들의 상황이 너무나도 안타까웠지만 한편으로는 너무 이해가 되었다. 특히 소설 본문에서 "우리의 사소해 보이는 차이가 너와 나를 영영 갈라서게 할 수도 있다는 걸 당시에는 몰랐으니까"라는 부분이 말이다. 그들과 같은 시기를 지나는 내가 책을 읽을 때에는 저 말이 왜 그렇게 와 닿았는지 몰랐다. 그 말이 무엇을 뜻하는 지도 모른 채 단지 마음으로만 받아들였기 때문에 그 이유를 짐작조차 하지 못했다. 지금 생각해보니 나도 같은 경험이 있어서 그랬다는 생각이 들었다. 나는 독자로써 소설 속 주인공들의 상황을 바라보는 입장이었기에 그들이 느끼는 모든 것이 나의 감정과 동일시 될 수 있을 것이라고는 전혀 생각지 못했던 것이다. 독서라는 것을 무엇일까? 누군가는 단지 '책을 읽는다'고만 말할 수 있다. 하지만 나는 독서를 이렇게 정의한다. 독서란 단지 글을 읽는 것이 아닌 사람의 마음을 읽는 것이라고 말이다. 글을 읽는다, 라고만 말한다면 그것은 하얀 종이에 묻은 잉크를 본다고 말하는 것과 다를 바 없다. 때문에 독서란 적혀있는 글을 보는 것을 넘어서 글을 쓴 사람의 마음을 보아야한다. 글이란 역시 누군가가 써야만 존재할 수 있는 것이고, 글을 쓰는 사람은 글을 쓸 때 글에 자신의 마음을 담아 쓰기에 우리는 책을 읽는다는 것을 단순히 생각해서는 안 된다. 허구라고만 생각했던 소설 또한 누군가가 쓴 글이었고, 우리는 이를 단지 허구로만 보는 것이 아닌 누군가의 표현하기 힘든 마음을 대변해준 것이라고 보아야한다. 이 때문에 내가 이 책을 읽으면서 주인공의 감정에 나도 모르게 이입하며 본 것이다.

이 소설을 읽으면서 '나를 보는' 시간을 가졌다. 책을 읽기 전까지 '내'가 아닌 '남'을 바라보는 삶을 살아왔기에 내가 생각하는 것들을 알지 못하고 단지 마음에만 묻고 살아왔다. 18년의 삶이 누군가에게는 짧다고 느낄 수 있겠지만, 나에게는 내 삶의 전부이기에 너무도 소중한 삶이다. 때문에 그런 시간을 내가 아닌 남에게 보여지는 모습을 위해서 살아왔다는 것이 너무도 아쉬울 따름이다. 만약 조금 더 빨리 이 책을 접했더라면, 조금의 시간이라도 더 빨리 많은 사실들을 깨달았을 텐데 말이다. 단지 청소년 소설이라고 생각했기에 가벼울 거라 생각했지만, 청소년 소설이었기에 지금의 나를 더욱 이해해줄 수 있었던 책이었다.

그렇게, 읽히는 사람이 되어 | 김수안(안양예술고등학교)

― 김동식 『문어』를 읽고

좋아하는 문체는 김동식 작가의 것과는 완전히 다른 쪽이다. 물론 가장 좋아하는 작가도 다른 분이다. 그런데도 나는 요다에서 펴낸 김동식 소설집을 다 읽었다. 읽으면서도 내가 왜 이걸 읽고 있는지 어리둥절했지만 완독했다. 그 독서의 시작은 공교롭게도, 김동식 소설집 『문어』였다.

책을 좋아한다. 쓰는 일을 업으로 삼으려는 사람들 틈에 들어와 글을 배우고 있지만 여전히 쓰는 것보단 읽는 것을 좋아하는 것 같다. 정세랑 작가의 『지구인만큼 지구를 사랑할 순 없어』에서 인용하자면, "책은 남의 책, 예술도 남의 예술이 최고……. 생산자인 것도 좋지만 향유자일 때 백배 행복하다. 향유라는 단어 자체가 입 안에서 향기롭다."(지구인만큼 지구를 사랑할 순 없어, 39p)라고 표현할 수 있겠다. 좋아하기 때문에 많이 읽었고 로맨스 판타지 장르를 좋아했기 때문에 반복되는 클리셰들에 익숙해질 대로 익숙해졌다. 그래서 김동식 작가의 책이 그다지 새롭지 않았던 것 같다. 단편들이 중심이라 더 그럴 수도 있었겠으나 초반부, 혹은 중반부쯤 가면 결말이 예상 갔다. 어떨 때는 제목만 봐도 그랬는데 제목이 내용을 관통하게 잘 지은 건가…. 책을 엮을 때는 서로 연관이 있는 작품들을 묶으니 반복되는 패턴을 예민하게 느꼈다. 재미는 있지만… 하면서 책을 덮었고 재밌었으니까… 하면서 다른 소설집을 읽었다. 아, 이게 이 작가의 매력인가 보다. 결국은 또다시 읽게 한다.

독후감을 쓰기 위해 김동식 소설집을 재차 읽었다. 도서관에서 새로 나온 듯한 『살인자의 정석』, 읽었던 『문어』, 『일주일 만에 사랑할 순 없다』를 비롯해 몇 권을 빌렸다. 여전히 재밌었다. 우스울 수도 있지만 『문어』는 책장을 넘기며(사실 E북으로 읽었으므로, 스크롤을 내리며) 새로운 책을 읽는 것처럼 봤다. 수록 작품 중에서는 「나 대신 출근하는 공치열」이나 「인생 박물관」, 「평범한 사람도 훌륭해지는 행성」이 좋았다.

엄마가 늘 하는 말이 있다. 특히 시험 기간이면, 남과 비교하지 말라고, 비교할 거면 최소한 너보다 잘하는 사람과 해야 네가 더 넓은 곳을 볼 수 있다고 말하는데 공치열은 이 가르침을 훌륭하게 소화해냈다. 그러나 가끔은 올바른 쪽을 보려는 사람이 헛일을 한다고 비웃음 받는 법이다. 마지막에 어떻게 이런 모습을 숨길 수 있어! 하고 화내는 게 아니라 "아니, 그냥 인사 한번 드리려고요. 로봇끼리 친하게 지내도록 잘 부탁합니다. 그럼 전 이만….(문어, 25p)"라고 말하는 것도 좋았다.

연애 이야기는 잘 쓰지 않으면 질리고 물린다. 흔하게 할 수 있는 이야기기도 하고 특히나 그런 글을 많이 읽어왔던 나로서는 냉정해질 수밖에 없다. 「인생 박물관」도 나쁘지 않았지만 『일주일 만에 사랑할 순 없다』에 수록된 「일주일 만에 사랑할 순 없다」쪽이 마음에 들었다. 계속해서 시간을 뛰어넘어서 결국은 일주일 만에 사랑하게 된 것처럼 보이지만, 그보다 더 겹겹이 시간이 크레이프처럼 쌓여 사랑에 빠지게 된다는 이야기가 흥미로웠다. 어쩌면 내가 사랑하는 것들을 나는 생각보다 더 오랜 시간 사랑해왔을지도 모르겠다.

마지막 반전에 웃었다. "아하. 최초로 지구를 통일한 황제가 변질되기 직전에 말이죠?(문어, 52p)" 어떻게 사람이, 하고 다들 말하지만 사람이라서 그런 짓들을 저지른 것을 안다. 개인에게 이 세계를 맡기기엔 너무도 위험성이 크므로 국가와 정부가 활동하는 것일 테고 정부가 또 이상한 쪽으로 가지 않도록 개인들이 잘 고삐를 쥐어야 할 텐데. 현재 어른들은 그 역할을 제대로 해내고 있는지? 누구에게 물어봐야 할까. 임기가 얼마 남지 않은 대통령에게? 아니면 당선인에게? 사실 우리 모두에게 책임이 있다. 어른이 되고 싶지 않다고 늘 생각한다. 나처럼 깐깐한 뒷세대들한테 지적질을 당할 테고 한 몸을 온전히 건사해야 하고 이 나라가 굴러가게 할 사람, 바르고 정확한 길로 이끌 사람들을 뽑으라니. 심지어 한정된 선택지 안에서. 이렇게 생각하면 오늘의 어른들에게 고마운 부분도 있지만 그래도 좀 더, 하는 마음은 버릴 수가 없다.

김동식 소설집은 어디선가 본 듯하면서도 새로웠다. 『문어』뿐만이 아니라, 애매하게 신선했다. 나쁜 뜻은 아닌데, 현실을 소설과 잘 연결시킨다고 말하면 될 것 같다. 『살인자의 정석』 중 「옳은가?」가 기억에 남았다. 마지막 문장인 "옳은가?(89p)"가 담백하게 마무리 짓는데 주제와 어우러져서 개인적으로 가장 좋았던 작품이다. 옳은 세상에서 살고 싶다.

작가의 이야기를 보면 역시 꾸준히 쓰는 게 답인가 보다. 각자에게 적당한 만큼의 시련과 극복이 오가면 좋겠지만 그럴 수 없는걸 알기 때문에, 감당이 어려운 시련이 와도 포기하지 않는 것만을 목표로 삼는다. 좋아하는 작가들의 다정한 울림들 속에서 계속 살고 싶다. 그러다가 언젠가 나도 누군가의 순정한 애정을 받고 싶다. 김동식 작가처럼 그렇게, 읽히는 사람이 되고 싶다.

코를 쿵쿵거리며 귀를 쫑긋거리며 | 남선우(대전 노은고등학교)

– 김초엽 『방금 떠나온 세계』를 읽고

쿵쿵, 약간은 귀엽게, 흐으읍, 깊은 숨으로 비장하게, 아니면 쿳쿳거리는 밭은 소리로. 어디선가 흘러 와 뇌를 건드리는 냄새에 코를 쫑긋 세우고 그 향취의 정체와 원인을 찾아본 경험은 수두룩하게 많다. 다른 사람들도 모두 그럴 것이라고 생각한다. 냄새란 놈은 그저 공기를 정처 없이 떠다니는 입자지만 생각지도 못한 때에 어마어마한 불쾌감을 선사해 머리를 지끈거리게 하기도 하고, 머릿속에 까맣게 잊힌 누군가와 장소를 어렴풋한 그림자로 떠오르게 하기도 한다. 예전에 다니던 작은 수학 학원의 계단에서는 차가우면서 은근히 안정되는 돌과 벽의 냄새가 났고 지금 이 글을 쓰는 우리 집 거실에는 동생이 먹고 남은 복숭아 주스의 냄새가 은은하게 퍼져 있어 방으로 피신해 있는데, 나중에 떡볶이를 먹다 이 주스 냄새를 맡는다면 나는 무엇을 떠올리게 될까.

　김초엽은 『방금 떠나온 세계』에 실린 단편 「숨그림자」를 통해 이런 냄새를 소재로 소통을 이야기한다. '단희'는 지하 도시에 사는 '숨그림자' 사람이고, 숨그림자 사람들은 서로의 뇌에 있는 '마이크로바이옴'이 합성하는 의미를 후각으로 받아들여 이해한다. 반면 '조안'은 수백 년 전 숨그림자인들의 행성에 불시착해 얼어 있다 깨어난 '원형 인류'로 지금의 우리처럼 코로는 냄새를 맡고 음성 언어로 소통한다. 단희는 조안을 격리실에서 꺼내오고 의미합성기를 개발하며 조안이 숨그림자 사회에 적응할 수 있도록 분투하지만 뜻대로 되지 않는다. 공기 속에 퍼져 있는 대화의 맥락에 익숙한 숨그림자 사람들은 구태여 조안을 배려하려고 하지 않고, 극지방 탐사 실패의 원인도 조안에게 돌리는 등 그들로 받아들이지 않는다. 조안은 냄새를 맡아 본 적이 없는 조안을 위해 냄새 입자를 유리병에 모아 가져다주기도 하고 거부했던 의미 합성기를 챙겨가기도 한다. 하지만 결국 조안은 행성의 두꺼운 대기층 너머 다른 세계를 찾기 위해 '브라우니안호'를 타고 탐사를 떠나버린다. 조안은 돌아온 탐사대와 함께하지 못했지만, 단희는 그들이 전해준 유리병에서 먼 옛날 조안이 묘사한 그 공간의 냄새를 맡으며 이야기가 마무리된다.

조안의 소외와 어긋남은 소통 방법의 문제가 아니다. 조안과 단희, 숨그림자 사람들은 서로 다른 생활 방식과 생물학적인 차이를 갖는다. 하지만 그들이 소통할 방법이 없는 것은 결코 아니다. 조안과 대화를 나누며 단희는 음성 언어 일부를 알아듣게 되고, 후각이 약해진 이후 자신이 개발한 통역기를 이용해 의미 합성 연구를 진행하기도 한다. 숨그림자 사람들은 그저 대화의 지연이 싫어서, 발성기관으로부터 울리는 당혹스러운 진동을 듣기조차 싫어서 소통을 거부한다. 사실 소설 밖의 우리들은 심지어 같은 언어를 쓰면서도 숨쉬듯 자연스럽게 누군가를 배제하고 기다릴 생각조차 하지 않는데 당연한 이야기인가 싶기도 하다.

우리나라의 체류외국인과 불법체류자를 합하면 2020년 기준 240만 명정도 된다. 당해 전체 인구 규모는 5,184만 명이었으니 한국 사회의 대략

5%는 외국인이라고 할 수 있다. 게다가 '외국인'이 아닌 '내국인'으로 통계에 잡히는 타 문화 배경의 귀화인들까지 고려하면 한국 사회는 절대 단일문화 사회라고 할 수 없는데 주변에서는 그들을 아예 없는 사람 취급하는 듯한 말도 심심치 않게 들려온다(좀 심심해졌으면 좋겠다). 여기에 비장애인과 장애인 사이의 간극, 노동자와 사용자의 충돌, 성적 다수자와 성적 소수자 간의 통약 불가능성으로까지도 보이는 모습을 훑다 보면 아득해지기도 한다. 사회의 변혁이라는 게 시간만으로 이루어지지 않는다는 사실은 알지만, 과연 과거의 사람들이 지금 2022년 우리의 모습을 보면 어떻게 생각할지 궁금해진다. 저 좋은 매체를 손에 하나씩 들고 뭐하는 건지 궁금해 할지도 모른다. 독일의 철학자이자 사회학자 위르겐 하버마스는 대중매체가 만들어낸 세계는 표면적인 의미에서만 공론장이라고 주장하기도 하였다.

소통의 불가능성도 소통의 불가능성인데, 읽고 나서 생각하다 보니 기억에 관한 이야기인 듯도 하다. 현대인의 단면인 것인지, 난 적어도 초등학교 때부터 코가 약했다(그 전은 기억이 잘 안 난다). 요즘은 꽤나 나아진 편이지만 일단은 알레르기성 비염이 있고 코피가 자주 나서 일주일의 반은 코를 휴지로 찔러 막고 다녔다. 냄새를 아예 맡지 못하진 않지만, 같은 입자의 냄새를 다른 사람들과 전혀 다르게 기억할 수도 있겠다는 생각이 든다. 나중에 이 동네를 떠나서 낯선 곳에서 낯선 사람들을 만나게 되면 나는 나를 만든 이곳을 어떻게 기억할까? 수백 년 동안 동면해있던 조안에게 남아있던 '거실 소파의 오래된 방향제 냄새'처럼 나는 무엇을 기억하고 공유할까? 그들의 기억은 나의 기억과는 다를 것이고, 어쩌면 그것이 감각과 기억의 아름다움이 아닐까 한다. '양말이 사막 구석에서 모자를 쓰고 발견되었다'는 '의미'는 단희를 제외한 어느 사람에게도 '의미' 이상으로 다가가지 않지만, 단희에게는 소중한 사람과 시간으로 침잠하게 하는 무거움이 된다.

작품의 원제이기도 했고, 조안이 타고 떠나간 '브라우니안호'의 이름이 된 '브라운 모션'은 간단하게 기체나 액체를 떠다니는 작은 입자들의 규칙성 없는 운동이다. 액체 위의 입자들에는 액체 분자가 끊임없이 충돌하고, 입자 표면이 넓은 경우 그 움직임이 통계적으로 균등해진다. 하지만 아주 작은, 마이크로미터 단위의 입자의 경우 표면이 작아 충격이 불균등해져 불규칙적으로 움직이게 된다. 작중 조안은 이것을 개별적이고 불규칙한 궤적을 가진 입자의 움직임으로 마음에 들어 한다. 이것이 지구에 있을 때부터 가지고 있던 생각인지, 숨그림자 사회에 와서 고립감을 느끼며 새롭게 든 생각인지는 모른다. 앞서 냄새를 맡는 것을 코를 들썩이면서 적극적으로 입자를 찾는 행동으로 묘사했지만 사실 냄새는 갑자기 '코를 찌른다'는 표현이 적합하겠다고 생각한다. 침습해오는 냄새는 그 자체로 브라운 운동에 따라 표류하며 불쑥 다가온다. 나도 이렇게 예측 불가능하게 누군가에게 다가가고 멀어지고 있을 텐데, 나는 이렇게 성큼 다가오는 사람들이 좋다. 학생으로서 학교를 다니다 보면 정말 많은 사람들이 스쳐 지나간다는 느낌이 든다. 그중에서도 마음과 성격이 맞는 친구들과 비교적 무탈하고 즐겁게 지내고 있지만, 내게 말을 걸어왔거나 내가 말을 걸고 싶었던 아이들에게 다가가지 않은 과거가 아쉽게 느껴지기도 한다.

결국 상황과 노력의 문제인 듯하다. 단희와 조안이 폐쇄적인 숨그림자 사회가 아니라 좀 더 포용적인 사회에서 만났다면, 한쪽이 어느 감각을 포기하지 않고 소통할 수 있는 매개가 있었다면 물론 다른 결말이 있을 수도 있었겠지. 하지만 조안은 그곳에서도 결국 떠났을지도 모르고, 그게 나쁜 것도 아니다. 우리가 우리로 만남은 그 자체로 확률의 기적이고, 우리가 각자가 됨은 자연스러운 일일 테다. 하지만 나는 나와는 다른 사람에게도 더 다가가고 싶고, 공통의 기억을 가지고 나아가고자 한다. 먼 훗날 유리병에 담긴 그 기억을 맡으면 돌아갈 그 시절을 위해서 코를 계속 킁킁거릴 것이다. 그때서야 코를 찌르는 냄새들이 입자 이상의 무엇이 될 테다.

미숙해도 미완성은 아니예요 | 박시은(데레사여자고등학교)
– 김금희 『우리는 페페로니에서 왔어』를 읽고

어제보단 나은 인간이 되겠다는 개인의 다소 건조한 염원이 세상을 변화시켜 왔다. 우리의 어제와 오늘은 무엇이 다른가? 쉬이 대답하기 힘들 것이다. 그렇다면 무엇이 여전한가? 김금희 소설은 '변화한 것'과 '여전한 것'을 더불어 주목한다. 성장은 어떻게든 계속된다는 인간적 믿음을 토대로 이룩한 일곱 개의 이야기, 그 속에는 일곱 가지의 다채로운 미완성들이 실존한다. 미숙함은 누군가를 사랑할 때 유독 깊이 체감하게 되는데, 이야기는 늘 인물이 사랑을 통해 자신의 미숙함을 인지하면서부터 시작된다. 이런 섬세함이 읽는 이로 하여금 아릿한 향수를 느끼게 한다. 다만 그 시절로 돌아가고 싶다기보단 소위 '흑역사'를 불러일으켜 이불을 펑펑 차게 만든다. 소설 속 등장인물 또한 누구보다 '흑역사'임을 알고 있어 애써 과거를 외면하고, 도망치기도 하지만 결국 돌아와 제자리에서 기억에 매듭을 짓는다. 과거를 딛고 마침내 인물이 마주한 현실은 그리 파격적이지도 색다르지도 않지만 어떤 가능성을 보게 한다. 아직 온점이 찍히지 않은 '완결' 소설이 지닌 매력은 어떤 가능성이 아닐까.

소설은 다양한 성장의 방식과 성숙의 기준을 제시한다. 개중 가장 일반적인 것은 '인정하기'였다. 「기괴의 탄생」에선 대학원생 남자와 몰래 교제하는 교수와 그걸 못마땅하게 여기는, 구체적으론 그 남자를 더럽게 여기는 애제자 '나'가 나온다. '나'는 버젓이 남편이 있는 교수가 하는 외도를 폄하하지 않는다. 오히려 인정하다 못해 존중해 준다. 그러나 그 상대가 어째서 하필 무례하고 별 볼 일 없는 데다 애인을 낮잡아보기까지 놈인 건지 납득하지 못한다. 이를 '나'는 직장 동료 리애 씨에게 털어놓았는데, 리애 씨는 "사랑을 인정하지 않는다면 관계는 요원하리라고" 한다. "요원¯하다는 말, 아득히 멀어진다는 말" 말을 곱씹던 '나'는 데이지를 사서 선생님 집으로 무턱 찾아간다. 명백히 존재하는 것을 존재한다고 말하는 것이 인정이 아닐까. 모든 인정은 오로지 존재 증명을 위해 생긴 것일지도 모른다. 그렇다면 여기에 살아가고 있는 게 나뿐만이 아니란 걸 깨닫는 첫 번째 과정이 인정일 것이다.

표제작 「우리는 페퍼로니에서 왔어」와 「우리가 가능했던 여름」에선 '흐르기'를 하나의 성장 방식이자 기준으로 소개한다. 과거를 다룬 이야기 중에서도 시간의 흐름이 유난히 까마득하게 느껴진 작품이었는데, 그건 주인공들이 과거와 단절되었기 때문이 아니었을까. 과거의 사건으로부터 받은 여운은 주인공들의 생에 걸쳐 지속되고 있는 반면에 그걸 매듭짓거나 고칠 방법이 뚜렷하지 않다. 기오성은 이미 자취를 감춘 지 오래고, 장의사는 더 이상 세상에 없다. 이따금 영영 되돌릴 수 없는 사건들은 그저 흘려보내는 게 해답일 때가 있다.

사랑을 통한 성장을 가장 잘 드러낸 작품은 「크리스마스에는」이다. 다큐 PD인 '나'가 옛 현인 현우의 아이디어인 '맛집 알파고'를 취재하기 위해 추억의 도시 부산으로 떠나는 이야기이다. 현우는 대학 시절 '나'와 교제했었으나 동아리 부장 선배를 좋아하게 되며 '나'에게 이별을 고했다. 그들은 십수 년이 지난 지금, 얼결에 재회해 흥분과 욕설로 점철되었던 이별을 이번엔 "건, 조, 하, 게" 재현한다. 어쩌면 성장한다는 것은 물기가 말라간다는 것일지도 모르겠다. 푸석푸석한 행주가 되기까지 우리는 얼마나 많이 쥐어짜 내 져야 할까. '건조해지기'는 분명 성장의 방식이지만 꼭 그렇지만은 않다고 「마지막 이기성」에 한 인물을 보면 알 수 있다.

「마지막 이기성」은 한때 '나'가 사랑했던 유키코의 궤적을 더듬는 이야기이다. 어쩌면 '나'의 그 사랑은 지금도 여전히 이어지고 있다고 소설은 암시한다. 유키코를 간결하게 소개하자면 그녀는 물기 넘치는 사람이다. 변덕스럽고 엉뚱하고 어딘가 우습지만 그런데도 꿋꿋한 사람이다. 다른 이들은 덜 마른 유키코를 멀리하지만 '나'만큼은 그녀의 매력에 빠진다. '나'는 그런 그녀와 동아리 활동 시절 함께 묻었던 '타임캡슐'을 파내기 위해 일본으로 온다. 타임캡슐 속에는 무엇이 간직되어 있을까? '간직하기'는 성장의 방식을 넘어 덕목이라고 유키코는 말하고 있는 듯했다. 주인공 '나'와 소설 바깥의 나가 동시에 그걸 알아차렸다는 점에서 유키코라는 인물이 가진 가치를 극대화시켰다.

「깊이와 기울기」와 「초아」는 유일하게 주인공의 '연애'가 서사를 관통하지 않는다. 그러나 김금희 소설의 트레이드 마크라고 할 수 있는 사랑이 결코 결여되어 있지 않다. 성애 없는 소설은 존재해도 사랑 없는 소설이 존재할 수 없듯이 말이다. 연애 서사 특유의 단맛 뒤에 필연적으로 따라붙는 쌉싸름함을 비성애 소설에서 느낄 수 있을 줄은 몰랐다. 폭풍 성장 후 남은 잔재들을 하나하나 더듬는 감각이 연애 소설만의 전유물이 아니었다니. 두 작품은 성장의 기틀을 단숨에 깨 버리는 듯했다. '연애'는 변화를 가장 빠르게 겪을 수 있는 방법의 하나일 뿐 그게 다는 아니었다는 것이다. 제목을 따서 두 작품이 제시한 기준은 '기울기'가 아닐까. 세상엔 고개를 비스듬히 굴려야만 보이는 것들이 있다.

변화를 꾀할 방법은 수도 없이 많다. 그렇기에 성장의 기회 또한 우리 앞에 무수히 펼쳐져 있다. 소설과 달리 연애라거나 이별이라거나 하는 구체적인 계기 없이 우리는 쉽게 변해 버리곤 했다. 지독할 만큼 현실적인 작품과 우리가 동떨어질 수 있는 이유가 여기에 있다. 서사 없이 무턱 움직인 걸음 하나가 언제나 위를 향하지 않을 것이다. 다만 우리가 계속 발을 굴리는 한, 그저 어제보다 더 나은 인간이 되겠다는 사소한 염원을 간직하고 있는 한, 끝내 도달할 것이다. 어디로? 완결로!『우리는 페퍼로니에서 왔어』가 나를 포함한 많은 사람의 다음 스텝을 위한 훌륭한 도움닫기가 되었으면 좋겠다. 흑역사 생성을 두려워하지 말자. 모로 가든 성장으로 귀결되는 일상을 믿자. 힘껏 뛰어오르기로 마음먹었다면 그곳은 이미 하늘이 아닐까?

회의와 은유와 제시 | 안승헌(남원국악예술고등학교)

− 이희영 『나나』를 읽고

버스 사고 이후 영혼으로서 육체를 빠져 나온 두 주인공 한수리와 은류는 사흘 안에 육체로 돌아가지 못하면 저승으로 가게 된다. 그리고 그렇게 영혼이 저승을 가게 된다면 남은 영혼은 그저 물 흐르듯 살아가게 된다. 두 주인공은 스스로 자신의 삶을 되돌아보고 만나서 자신의 삶을 공유해본다. 그리고 마침내 각각 수리는 모범생이라고 하는 이미지에 집착 혹은 부담을 가지던 것을, 류는 어릴 적 아팠던 동생만을 돌보던 엄마에게 버림 받았다고 느낀 자신에게 죄의식을 가진 것에 대해 깨닫고 육체로 돌아가게 된다. 그리고 이 이야기는 육체와 영혼의 회의와 터널로 은유되는 치유와 잃어버린 동전이라는 상징을 제시한다고 생각한다.

육체를 빠져 나온 영혼이라는 설정에 근원적인 의문을 가졌다. 육체와 영혼이 독립된 개체로 분리된 시점에서 육체와 영혼은 왜 필연적으로 연결 지어지는가, 육체가 먼저인가, 영혼이 먼저인가, 무엇이 더 본질적인가, 무엇 하나가 근본적이라면 다른 하나는 껍데기에 불과하는가 하는 의문들이다. 하지만 그런 의문을 해소할 궁극적인 진리에는 결코 도달할 수 없다. 초

자연적인 어떤 영혼의 개념을 육체로서 살아가고 있는 시점에서 알 수 없기 때문이다. 그렇기에 이런 설정을 내건 이야기에서는 도달할 수 없는 진리에 도달하기 위한 맹목적인 행위에만 머물러서는 안된다. 그런 회의의 단계를 거쳐 어떤 문학적 공감을 이끌어 내야 한다. 나는 저자가 나와 같은 의문점을 가지고 회의하다가 어느 지점에서 앞서 말한 은유와 제시를 도출해 내게 되었다고 생각한다.

문학적 공감을 얻어내기 위해 어떤 주제를 말하고, 어떤 주제를 말하기 위해 어떤 대상을 은유하고, 어떤 대상을 은유하기 위해 어떤 주체를 가지고 회의한다. 그 과정에서 서서히 보여지는 문학적 내러티브에 따라 플롯을 적고, 플롯에 따라 사건을 구체화 하고, 사건에 따라 글을 써 내려 가는 것. 이토록 형식적인 글쓰기 과정은 지적 노동처럼 보여진다. 물론 그런 과정을 거쳐 글을 쓰는 작가도 있겠다만 나는 이 책의 저자가 은유하기 위해 회의한 것이 아니라 회의하는 과정에서 무언가 은유하게 되었다고 생각한다. 그리고 그런 회의의 주제는 육체와 영혼이었고, 육체와 영혼에 대해 회의하는 과정에서 은유와 제시의 단계를 거치고, 문학적인 공감을 얻어낼 수 있었다. 그것에 대한 인과 관계는 먼저 터널로 은유된 치유에 대해 알고 보도록 하자.

치유라고 하는 말은 이 책에서 한 번도 언급되지 않지만 이야기의 핵심 주제가 된다. 치유를 은유하기 위한 터널이라고 하는 보조 관념은 말 그대로 무언가 보조해 주는 느낌으로 조금씩 그 모습을 드러낸다. 긴가민가하고 은은하게 깔리는 요소들을 가지고 뚜렷한 주제 의식을 드러낼 수 있는 것이 바로 탁월한 은유라고 생각한다. 그리고 터널로 은유된 치유에 대한 주제 의식은 효과적이었다.좁고 어둡고 답답해 어떻게든 빠져나오고 싶은 터널에서의 차창에는 내가 더 선명하게 비친다고 하는 어떤 상징적인 모티브로 자신을 돌아보는 데 더불어 치유를 하게 된다는 것인다. 류에 대한 서사가 그랬다. 여기서 육체와 영혼에 대한 회의에서 터널이라는 치유에 대한 은유의 단계로 뻗어나간 인과 관계를 알 수 있는데, 터널의 은유는 은은히 깔리는 탁월한 은유의 형식을 따르지만 상징적이고 추상적이어서 직관적으로 이야기를 전달하는 데는 문제를 가진다. 동시에 그런 결핍을 채울 수 있는 것이 마침 회의하고 있던 육체와 영혼에 대한 의문인데, 육체와 영혼에 대한 회의에 의해 도달할 수 없는 진리에 도달하고자 하는 맹목적인 행위에 머무르는 것에서 빠져나올 수 있는 것 또한 터널의 은유였다는 것이다.

또한 그런 터널의 은유는 잃어버린 동전이라는 제시를 할 수 있게 된다. 잃어버린 동전이라는 제시라함은 직관적으로 설명하자면 다음과 같다. 물 흐르듯 살아가는 인생에 찰나이지만 존속되어지는 의미를 가지면 그것은 가치있는 것이라는 것.

영혼없는 육체는 물 흐르듯 살아가게 된다. 하지만 영혼이 있더라도 우리는 이미 물 흐르듯 살아가고 있지 않은가. 진정한 자의와 자유는 존재할 수 없다. 우리 모두는 타인과 환경에 의해 언어를 배우고 말하며, 나의 성격과 가치관과 사상을 구성하게 된다. 그런 상황에서 이 책은 공허하게 마저 느껴지는 물 흐르듯 흘러가는 삶에 의미를 불어 넣으라고 말하고 있다. 선령은 이승에 동전을 잃어버린다. 그리고 육체에 돌아가더라도 영혼으로서 육체 밖을 나갔던 기억을 잃게 되는 수리와 류는 선령이 잃어버린 동전을 발견함으로써 불현듯 어떤 묘한 감정을 느꼈을 것이다. 그러니까 그것은 서사 없는 상징적 모티브와 같다. 어떤 서사를 가지고 있는지는 모르겠으나 어떤 상징적인 의미를 가지고 있는 듯 보여지는 모티브적 이미지, 선령이 잃어버린 동전은 수리와 류에게 그런 이미지에 해당할 것이다. 그리고 앞으로 수리와 류는 물 흐르듯 사는 삶에서 어떤 의미를 가질 것이다. 그 의미는 아마 '나'라고 생각한다. 육체와 영혼 중 무엇이 더 본질적인지 판가름하는 것이 아닌 조금 다른 의미로서의 나라고. 아마 육체는 상처 받은 대상이 되는 과거의 나, 영혼은 상처를 가하거나 상처를 막아내지 못한 주체로서의 나를 의미 하지만 둘은 본래 하나였으므로, 다시 하나 되었으므로 결국은 둘 다 나다. 결국 나로서 물 흐르듯 사는 삶을 살지만 계속해서 상처 받고 치유 해 나가는 과정을 거칠 나로서 의미를 가지라는 하나의 의견을 제시하고 있는 것이다.

정리해 보자면 이 책은 존재론적 논제로 시작하고 치유로 뻗어 나가며 나에 대한 이야기로 결론 지어지고 있다. 그것이 바로 육체와 영혼에 대한 회의와 터널로 은유된 치유이며 잃어버린 동전이라는 제시라고 하는 것이다. 추가적으로 문학적으로 굉장히 신선한 지평을 만들어 냈다고 생각되는데, 책의 중간에 류의 친구가 비극에 대해 이야기 하는 것이 나온다. 류의 친구가 이야기의 비극적 결말이 비극적 결말이기에 자신의 행복한 순간이 더욱 아름답고 소중하게 느껴진다고 말하는 것이다. 이 의견은 아리스토텔레스가 말한 인간으로서의 연민과 공포의 감정을 느낌으로써 그 감정의 정화를 이루어낸다고 하는 카타르시스의 개념을 효과적으로 예를 든 것임과 동시에 그 개념에 또 하나의 개념을 조금 더 보탠 것이 된다.

나는 수리의 서사보다도 류의 서사를 더 좋아하는데, 가장 핵심적인 이유가 비극 중에서도 운명적 비극이나 초자연적이고 어찌할 바 없는 상황에 처한 주인공보다 만회할 수 있음에도 침묵하거나 움직이지 않음으로써 침체되어 가는, 성격적 비극을 선호하기 때문이다. 내가 이런 비극을 선호하는데는 나의 향락적 집착이 (물론 온전한 내 자의는 없지만 그렇게 생각되게 하는) 내 삶을 되돌아 봤을 때 나의 선택에 의해 초래한 고통보다도 환경에 의해 초래된 고통이 많았다고 생각되기에 만회할 수 있음에도 행동하지 않는 성격적 비극이 어찌할 바 없는 상황에 의한 운명적 비극보다도 선호되는 것이다. 그러니까 류의 친구의 의견은 카타르시스가 어떤 극 속에서 쇄락해가는 인물을 보며 대리만족하는 것이라는 본래의 개념에 대해 예를 든 것임과 동시에 '이야기의 비극은 내 것이 아니라는 것에서의 안도'라고 하는 또 하나의 개념을 추가한 것이다.

또한 이 책에서는 은유를 굉장히 탁월하게 해낸 한 가지 이유가 더 있는데, 치유라고 하는 원관념과 터널이라고 하는 보조 관념을 긴가민가하게, 은은하게 잘 깔아놓고서 이야기에 계속해서 나열해가는, 수리와 류의 시점으로 번갈아가는 사건들을 교묘히 치유와 터널 사이의 시차로, 혹은 기본 베이스로 깔아 놓은 또 하나의 보조관념으로서 사용해냈다는 것이다. 이 책에서의 사건은 터널과 같은 상징적 모티브와 보조 관념, 그리고 이야기를 지탱해 나가는 설정인 육체와 영혼의 회의도 보조해주고 있다!

소중함을 일깨우다 | 정서윤(중화고등학교)

－이꽃님『세계를 건너 너에게 갈게』를 읽고

『세계를 건너 너에게 갈게』를 다 읽고 나서 제목이 어우르는 의미를 알게 된 순간이었다. 처음 이 책을 선택했던 이유는 큰 의미가 없었다. 책 제목이 읽기 쉬워 보였고 시간선을 넘나드는 이야기를 다루고 있다는 것에 흥미가 돋았던 것뿐이었다. 정말 단지 그 정도의 이유였다. 그러나 막상 책을 읽기 시작하니 책 내용에 가감 없이 빠져들게 되었다. 놀라울 따름이었다. 책 전문이 편지 형식으로 이루어진 건 처음 접해보았는데 편지 형식이 읽기 쉽게 가독성을 높여 조금 더 글에 몰입을 할 수 있게 만들어 준 것이 큰 원인이었다. 책의 내용은 현재에 사는 은유가 나에게로 보내는 느린 편지를 보내면서 어쩌다 과거의 은유와 연결이 되어 서로 다른 시간선에 살며 편지로 대화를 하는 구조였다. 은유는 어머니가 없다는 것, 아버지와 친하지 않다는 것, 그런 아버지가 재혼을 준비한다는 것 등을 다른 시간선의 은유에게 말을 하게 되는데 시간이 다르게 흘러서 아이에 머물러 있는 현재의 은유와 쑥쑥 커가는 과거의 은유가 대비되어 편지에서 느껴지는 말투와 분위기가 세월을 느끼게 해주어 시간을 뛰어넘는 특별한 경험을 하게 해주었다.

가장 마음에 들었고 심금을 울렸던 장면을 말하기에 앞서 먼저 은유에게서 새로운 방향성을 얻었는데 편지를 읽으면서 난 은유의 상황과는 조금 다르지만 어쩌면 비슷한 감정을 가지고 있지 않을까 싶어 은유의 이야기에 더 몰입할 수 있었다. 나는 16살 겨울부터 17살 봄까지 부모님의 이혼으로 아버지와는 따로 떨어져 살게 되었다. 부모님이 이혼을 하기 전에 만약 따로 살게 된다면 큰 상실감을 느낄 거라 생각했었다. 하지만 막상 따로 살게 된 지점부터 난 상실감 자체를 느끼지 않았었다. 이혼에 대해 슬픔을 느낀 게 아니라 상실감을 느끼지 않는다는 것에 미묘한 느낌이 들었다. 내가 아버지와 정말 소원한 관계였구나…, 하고 말이다. 은유는 나와 달리 아버지와 같이 살고 있지만 아버지와 거리감은 나와 비슷한 것 같았다. 아버지의 이야기를 모르고 서로 대화를 하지 않고 그저 옆에 존재하기만 하는, 물론 나는 현재 옆에 존재 자체도 없지만 말이다. 그러나 은유는 나와 다르게 후반부에 아버지와 조금씩 어딘가에 놀러가고 어색하지만 아버지가 노력을 하고 있다는 걸 알고 스스로 용기를 내어 다가갔다. 나는 연락을 하는 것조차 두려워서 미루고 있는데 은유는 용기를 내고 있다는 것이었다. 사실 누구나 쉽게 말할 수 있다. 가족인데 연락을 왜 두려워하고 이야기하기를 꺼리느냐 하지만 난 은유의 태도가 무척이나 이해가 가서 남의 일처럼 느껴지지 않았다. 경험을 해봤으니까 알 수 있었다. 그래서 그런지 후반부에는 약간 부러운 감정이 들기도 했다. 앞서 말한 새로운 방향성이라는 건 그렇기에 내가 용기를 얻어가는 것이다. 아무것도 해보지 않고 상대가 다가오기만을 바라는 건 너무한 일이지 않은가.

아무튼 내 상황이 생각난 건 은유와 아버지의 관계에서였는데 그와 못지않게 은유와 어머니, 아버지와 어머니, 은유와 아버지의 관계성이 은은하게 빛을 낸 작품이었다. 사실 은유가 편지를 주고받던 상대가 어머니였는데 중반부터 예상하긴 했다. 그렇지만 예상을 하는 것과 막상 마주한 것은 받아들이는 감각이 차원이 달랐다. 은유의 어머니를 찾기 위해 과거의 다른 은유가 은유의 아버지인 송현철(은유의 아버지)을 따라다니는데 마치 그 편지를 읽을 때 어머니에게 과거 얘기를 들으며 경험해보지도 않은 그 시절의 향수를 불러일으켰다. 어머니에게 과거를 물으며 전해 들었던 IMF위기와 다리가 무너진 사고나 포장마차에서 술 한 잔을 하거나 하는 그 시절만이 가지고 있는 색 바랜 이미지를 시각으로 받아들인 기분이었다. 우리가 현재 느낄 수 없는 느림의 미학이 있는 시절을 말이다. 그렇기에 은유의 편지가 과거의 다른 은유에게는 느리게 오지 않았나 싶다. 결과적으론 편지가 오는 속도의 차이 때문에 은유의 어머니는 거의 인생의 절반을 딸과 편지를 주고 받았는데 표현이 참 좋았던 것 같다. 비록 병 때문에 은유와 같은 세계, 시간을 공유하진 못했지만 인생의 절반을 은유의 편지와 보냈기 때문에 은유를 택한 것에 후회가 없을 거라 생각한다. 은유와 편지를 주고받지 않았더라면, 은유의 어머니를 찾아주려 노력하지 않았더라면 아버지와 만나는 일도 없었을 거고 은유가 태어나는 일도 어쩌면 없었을 수도 있으니까. 과거와 미래가 서로에게 영향을 주며 톱니바퀴 맞물리듯 맞아떨어진 것이다. 과거의 내 자식과, 내 어머니와 편지를 주고받으며 서로 영향을 준다니 무척이나 낭만적인 일인 것 같다.

또 아버지가 어머니의 얘기를 해 주지 않은 것도 읽다 보니 이해가 됐는데 어머니가 죽음을 택했다는 걸 어린 나이의 은유에게 말을 해준다면 은유가 자신 때문에 어머니가 죽었다고 생각할까봐 그런 이유가 있다고 예측을 해본다. 어린 시절에 진실을 말해 주면 잘못된 믿음을 가지게 되는 게 쉬우니까 그런 선택을 하고 15년을 기다린 것인데 은유의 입장에선 답답할 수밖에 없는 상황이 된 것이다. 게다가 아버지가 되는 것도 처음이고 곁에 배우자가 없는 상태에서 아이를 올바르고 행복하게 키워야 한다는 부담감은 이루 말할 수 없이 무거웠을 거고 그 부담감이 여과 없이 드러나 버린 게 아닌가 한다. 그래도 속으로는 항상 고민하고 은유를 생각하고 있었다는 게 마지막에 드러나 마음의 따뜻함을 엿볼 수 있었다. 하나 아쉬운 점은 적어도 어릴 적 대화를 시도했다면 거리감을 지금보단 더 빨리 좁힐 수 있지 않았을까 하는 마음이다. 나도 삶을 살아오면서 아버지와 대화 부족으로 인해 마음의 거리감이 넓어진 만큼 어린 시절 부모와의 대화가 부모와 자식 간의 거리감에 큰 영향을 주는 것 같다.

이러한 여러 이해관계들이 얽혀 만들어진 이야기가 '세계를 건너 너에게 갈게'이다. 주요 흐름은 현재의 은유와 과거의 은유가 편지를 주고받는 내용이지만 그 속에 들어있는 인물들의 이야기들을 간접적으로 접하면서 마치 이야기를 직접 듣는 것 같이 착각을 일으키는 작품이었다. 표현상으로 인상이 깊었던 건 은유가 편지를 쓰다 나중에 흐려졌다고 펜을 바꾸라는 말을 한다. 처음 그 부분을 읽었을 땐 왜 편지가 흐려졌을까? 혹시 서로 시간대가 가까워져서 흐려진 건가? 싶은 생각만 들었는데 뒤에 은유의 어머니가 암에 걸려 병을 치르고 있다는 부분에서 생명력이 다 떨어져 가는 걸 이렇게 표현했구나. 알게 되었다. 나중에 은유가 흐려지지 않은 보내지 못한 편지를 읽게 된다면 눈물을 흘리며 읽던 나보다 훨씬 더 심하게 울며 읽을지도 모르겠다. 그런 은유에게 또는 은유와 비슷한 다른 은유들에게 부끄럽지만 한 마디 말을 전해보자면 내가 세상에 혼자인 것 같고 때론 자기중심적으로 생각하여 남을 돌아볼 여유가 없을지도 모르지만 주위를 천천히 둘러보면 생각보다 은유를 생각하고 사랑하는 사람들이 많다는 걸 꼭 인지하고 마음 속 한편에 품고 살아갔으면 좋겠다.

마지막으로 소설을 읽으면서 처음엔 그저 평범하게 제목이 재밌어 보여서 선택했지만 그 안에 들어있는 하나의 인생을 보며 즐거움뿐만 아니라 감동, 슬픔, 아련함과 향수까지 느끼게 되었고 부모님은 거창한 무언가가 아니라 같은 사람이라는 것과 그들도 나와 같이 어린 시절이 있었고 찬란한 시절을 보내며 많은 경험을 한 인생의 선배이며 비로소 내 존재를 태어나게 함으로써 내게 먼저 듣고 보고 느낀 세상을 보여준 고마운 은인이라는 사실을 알았다. 가끔 뜻이 맞지 않아 서로 다투고 상처를 입히는 말을 할 때가 많지만 그럼에도 생각해보면 대부분 내가 먼저 손을 내밀어 본 적은 없는 것 같다. 부모님만큼이나 나를 이해 못하면서도 가장 공감해주며 곁을 지켜주는 존재는 없을 거다. 은유처럼 과거의 어머니와 편지로 연락을 하게 되는 특별한 일이 벌어지지 않아도 우리는 항상 매일매일 특별한 하루를 맞이한다. 그걸 모르고 항상 실수를 저지르고 속에도 없는 말을 내뱉은 것에 후회하는 삶을 살아가지만 그마저도 나중엔 우리를 이루는 것들이 되어 우리를 조금 더 성장시킬 것이기에 현재를 살아가며 현재를 감사하고 평범한 하루를 특별하게 보내길 바라며 마침표를 찍는다.

중등부

수상작

손가락 한 개의 여지 | 조은설(덕명여자중학교)

－김동식 『문어』를 읽고

횟집에서 낙지 탕탕이를 먹어본 적 있는가? 난도질당해 죽은 것이 분명한 낙지는, 어째선지 살아있는 듯 꾸물텅 꾸물텅 움직인다.

그렇다면, 그 낙지 조각은 살아있는 하나의 낙지인가? 아마 당신은 고개를 저으며 '초등학생도 알 이야기를'이라고 생각하겠지만, 그 대상이 낙지가 아닌 인간이라면 이야기는 달라진다. 이것은 그 조각에 관한 이야기이다.

40년 전, 한 남자가 있었다. 남자는 화재 사고 탓에 하루아침에 아내와 딸을 잃었다. 하지만 함께 그려가던 행복한 미래를, 남자는 포기하지 못했을 것이리라. 그렇기에 남자는 영영 울며 평생을 눈물로 지새우는 대신 다른 길을 택했다. 아내와 딸의 신체 부위를 들고서, 안드로이드 제작자를 찾아간 것이다. 안드로이드 제작자를 찾아간 남자는 말했다. 아내와 딸의 안드로이드를 만들어 달라고. 안드로이드 제작자는 고민에 빠진다. 그야 당연하다. 애당초 안드로이드는 로봇일 뿐, 인간을 대신할 수 없다. 이것은 자명한 사실이다.

인위적으로 재구성한 단란한 가족… 결국 시간이 지나면 로봇은 젊고 어린 모습 그대로. 남자만이 늙어갈 것이 당연했다. 그 이질적인 세월을 남자가 견딜 수 있을 리 없었다. 나 또한 그렇게 생각했기에, 당연히 안드로이드 제작자가 남자의 요청을 거절할 줄 알았다. 하지만 내 생각보다 안드로이드 제작자는 감수성이 풍부한 사람이었나보다. 안드로이드 제작자는 남자가 건넨 신체 부위로 안드로이드를 만들어 주었고, 로봇 둘과 인간 하나는 그들의 집으로, 따뜻한 가정으로 돌아갔다.

나는 안드로이드 제작자가 어리석은 선택을 했다고 생각했다. 그런다고 남자가 행복해질 리 없다는 사실을 제일 잘 알 텐데. 그런 미래를 뻔히 볼 수 있으면서도, 고작 연민 따위로 남자의 부탁을 들어주다니. 다음 장 정도면 남자의 쓸쓸한 죽음이 쓰여 있겠구나, 싶었다.

씁쓸한 마음으로 시선을 옮긴 다음 문장. 그곳에는 아주 놀라운 것이 쓰여 있었다. 40년의 세월이 지난 후, 그동안 쭉 자신의 가정을 지키던 남자가 병사했다는 문장이었다. 아내와 딸을 잃었던 그 남자가, 안드로이드로 이루어진 가정을 40년 동안 충실히 지켰다는 것이다.

나는 깜짝 놀랐다. 어떻게? 어떻게 그럴 수 있지? 그 남자는 고작 기계일 뿐인 로봇을 진정한 가족으로 여겼다는 말인가? 늙지도 성장하지도 않는, 안드로이드 따위를? 나는 절대 그럴 수 없을 것이라 생각하며 고개를 젓는 나에게 여지를 준 건, 다음 문장이었다.

놀랍게도, 남자의 부고를 알린 건 사람이 아닌 안드로이드였다. 40년 전, 남자가 요청했던 그 아내와 딸 안드로이드 말이다! 안드로이드들은 안드로이드 제작자에게 남자의 부고를 알리고서, 남자의 신체 부위를 건넸다. 남자의 안드로이드를 제작해달라는 뜻이었다.

안드로이드가 안드로이드 제작을 요청하다니, 이 얼마나 모순적인가! 그렇다면, 아내와 딸 안드로이드는 진정으로 남자를 남편으로, 아버지로 여겼다는 뜻 아니겠는가, 나는 너무나도 혼란스러웠다.

여기서 잠깐, 재미있는 사실이 한 가지 있다. 사실, 이 책에서 '문어'는 일절 언급되지 않는다. 무언가 이상하지 않은가? 아무리 그래도 제목인데. 왜 한 번도 언급되지 않을까?

이 의문은, 검색창에 '문어'를 검색하고서야 해소되었다. 〈문어에게는 제2의 뇌가 있다〉는 사실. 들어보았는가? 물론 정말로 뇌가 두 개 있다는 뜻은 아니고, 문어 다리에 대한 이야기이다. 문어 다리에는 고도로 발달된 신경이 있어서, 그 신경의 50% 정도는 뇌의 지배를 벗어나 독립적으로 움직인다고 한다. 비단 문어뿐만이 아니라, 낙지 또한 같다. 그렇기에 난도질당해 뇌와의 연결이 끊어진 낙지 탕탕이 조각도 움직일 수 있는 것이다. 그리고 이와 비슷하게, 인간에게도 '제2의 뇌'가 생기는 경우가 있다.

인간의 뇌가 수십 년에 걸쳐 조금씩 변형되면, 뇌는 뇌 없이도 그 기능을 유지할 방법을 찾는다고 한다. 그 말인 즉, 다른 신체 부위가 뇌를 대신하게 된다는 것이다. 실제로 뇌의 대부분이 기능하지 못하는데도 멀쩡히 일상생활을 해내는 사람도 있으니, 영 못 믿을 이야기는 아닌 듯하다. 그렇다면, 아내와 딸의 안드로이드에 들어간 그 신체 부위가 뇌를 대신하여 안드로이드를 움직였다는 것일까?

그런 것이라면, 그런 것이라면…. 그 안드로이드들은 진심으로 자신의 남편을, 아버지를 사랑했던 것일지도 모른다. 또한 남자도 진짜 아내와 딸이 돌아온 것이라고 느낄 수 있었으리라. 그랬기에 남자는 40년 동안 충실히 자신의 가정을 지킬 수 있었던 걸지도 모른다. 설사 정말로 아내와 딸의 뇌가 옮겨간 건 아니라 해도, 그 신체 부위가 세월의 흐름에 따라 달라지는 모습이 남자에게는 충분한 위로가 되었을 것이다. 겉모습은 젊고 어린 모습 그대로라 해도, 그 신체 부위만은 세월의 흔적이 나타나며 남자와 함께 늙어갔을 테니까.

그런데, 여기서 어이없는 사실이 있다. 안드로이드에 들어갔던 신체 부위, 그건 고작 손가락 하나씩이었다. 심장도, 다리도, 팔도 아닌 고작 손가락 하나씩 말이다. 당연하다. 남자의 가족을 앗아간 건 화재 사고. 당연히 몸도 불탔을 것이다. 남자가 손가락만을 가져온 것도 어쩔 수 없는 선택이었으리라. 어쩌면, 안드로이드를 만들어 달라는 요청도 그래서였을지 모른다. 만약 아내와 딸이 병사했다면 그 모습만은 온전했을 것이다.

물론 이별을 준비할 시간도 충분했을 것이고. 그랬다면 남자도 아내와 딸을 마음 편히 보내줄 수 있었을지도 모른다. 하지만 아내와 딸의 사인은 화재. 시신마저도 성치 않은데다가 한순간에 일어난 사고 아닌가. 남자가 아내와 딸의 죽음을 받아들이지 못하는 것도 이해가 갔다,

인간에게는 눈에 보이는 대상이 필요한 법이니까. 다시 아내와 딸의 얼굴을 보고 싶다는 마음으로 남자는 안드로이드 제작자를 찾아갔으리라. 그 절실한 눈빛을, 안드로이드 제작자가 외면할 수 있을 리 없었다. 나라도 그랬을 테니까. 그 누가 그런 절실한 부탁을 거절할 수 있을까?

암담한 미래가 예상된다 해도, 일단은 그 부탁을 들어주고 싶었을 것이다. 그랬기에 안드로이드의 부탁 역시 들어준 것이겠지. 안드로이드 제작자는 결국 아내와 딸 안드로이드의 부탁대로, 그들이 건넨 신체 부위를 넣어 남자의 안드로이드를 만들어 주었다.

애초에 안드로이드가 안드로이드 제작을 신청하는 건 불법이지만, 안드로이드 제작을 신청한 안드로이드는 그들이 처음이었다. 그렇다면, 그들에게 로봇에게나 사용하는 잣대를 들이밀 순 없는 노릇 아닌가. 그렇게 최초

의 안드로이드 가족이 탄생했다.

인간 한 명 없이, 오로지 안드로이드로만 이루어진 가족 말이다. 하지만, 그들을 정말 안드로이드라고 여겨도 되는 것일까? 인간의 신체가 들어있고, 인간처럼 행동하며, 자신의 가족을 그리워하는 그들을, AI라고 어겨도 되는 것일까?

잠시 생각해보았다. 정말 그 손가락이 뇌의 역할을 수행했다고 가정해보자. 그렇다면 그 안드로이드들은 사실상 안드로이드가 아니라 사이보그나 다름없다. 사이보그의 정의는 다음과 같다. '몸의 일부분을 기계로 대체한 인간.' 즉, 위의 가정이 사실이라면, 아내와 딸의 안드로이드는 인간이다. 나는 이 가정이 사실이라고 믿고 싶다. 내가 남자라면, 그것이 사실이라고 믿었을 테니까. 억지로라도 그렇게 생각하며, 아내와 딸의 존재를 부정하지 않고 싶었을 테니까. 아마 안드로이드 제작자도 그것을 바랐을 것이다. 아니, 안드로이드 제작자는 그 가정이 사실이라 믿어 의심치 않았을 것이다. 왜냐하면, 이 책은 안드로이드 제작자가 자신의 손자에게 들려주는 이야기니까, 존재하지 않아야 할 손자에게 말이다.

이야기의 끝 무렵, 잠든 손자를 보고 있는 안드로이드 제작자. 아니, 할아버지. 그에게 그의 아들은 말한다. 아버지, 죄송해요, 제가 괜히 학교에 보내겠다고 욕심을 내서…라고.

머리를 한 대 얻어맞은 것만 같았다. 그리고, 모든 것이 이해되기 시작했다. 학교 숙제라며 웃던 손자를 보고 얼굴을 찡그리던 모습, 어딘가 찜찜해 보였던 아들의 태도, 지나치게 감상적이고 어려운 이야기를 굳이 손자에게 들려준 이유까지. 이 모든 것은, 다 이유가 있는 행동이었다.

여기서부터는 나의 추측이다. 이미 두 번이나 죽은 인간을 안드로이드로

되살려낸 안드로이드 제작자. 그렇다면, 한 번 더 하지 못할 이유도 없지 않은가? 심지어, 그 대상이 자신의 손자라면 더더욱 말이다. 만약 안드로이드 제작자가 가정을 이루었다면. 안드로이드 제작자의 손자가 안드로이드 제작자보다 일찍. 그것도 아주 갑작스럽게 떠났다면, 아마 안드로이드 제작자는 손자를 안드로이드로 만들었을 것이다. 처음 하는 시도도 아니니만큼, 간단한 일이었을 테니.

안드로이드 제작자의 아들도, 그의 며느리도. 모두가 바라는 일 아니었겠는가. 그렇게 안드로이드 손자를 만들어냈다면, 모든 것이 설명이 된다. 하지만, 나는 아직 안드로이드 제작자를 이해할 수 없다. 마지막 장면에서 사과하는 아들에게, 안드로이드 제작자는 고개를 저으며 말한다.

"괜찮다. 이 아이는 누가 뭐래도 내 손자 아니냐."

안드로이드 제작자에게는, 그것이 안드로이드라고 해도 손자임이 틀림없는 것이다. 내 해석이 틀렸을지도 모른다. 하지만 손자가 진짜 인간이 아님은 분명하다. 또한 안드로이드 제작자는 손자를 인간으로 인정한다는 것도 분명하다. 허나, 나는 그를 인간으로 인정하지 않는다. 당연히 안드로이드 제작자에게 동의하지도 않는다. 아무리 그래도 그는 고도로 발달된 인공지능일 뿐. 나는 절대 그를 인간으로 인정하지 않는다.

그렇지만…, 안드로이드 제작자의 의견을 틀렸다고 말하고 싶지는 않다. 왜냐하면, 언제 나에게도 남자와 같은 상황이 벌어질지 모르니까. 그런 상황에서, 한 가지 가능성만은 남겨두고 싶으니까, 책장을 덮으며, 그런 생각을 했다.

손가락만이 인간인 사이보그를 인간으로 인정하고 싶지는 않지만, 손가락 한 개 정도의 여지는 남겨두기로.

표지의 문어가, 고개를 끄덕이는 것 같았다.

침묵하는 사람들의 거리두기 | 김정원(해남제일중학교)

－손원평 『타인의 집』을 읽고

내가 소설집 『타인의 집』을 읽게 된 것은 손원평 작가의 『아몬드』 덕분이었다. 『아몬드』는 '감정을 느낄 수 없는 자'에 관한 이야기이다. 감정을 느낄 수 없는 주인공의 타인과의 소통은 불안정하다. 자신의 엄마와 할머니가 눈 앞에서 피를 흘리며 죽었지만 편도체가 작아 감정 표현 불능증을 겪는 주인공은 전혀 타인이 아닌 대상을 극단적으로 타인처럼 만들 수밖에 없다. 이러한 행위는 주인공이 원하는 것도 아니며, 신체적인 결함 이유로 강제적으로 생기는 '소통의 벽'이자 '선'이다.

주인공은 자기도 모르게 자신의 주변을 정확하고 철저한 선으로 둘러 싸여있다. 이러한 틈을 파고들어 오려는 '곤이(이수)'와 '도라'는 수동적으로 생긴 선과 벽을 허물며 주인공의 내면에 도달하게 한다. 곤이는 주인공의 슬픔이라는 감정을 일깨우고 도라는 주인공의 사랑이라는 감정을 일깨운다. 16년의 시간 동안 깊이 잠들어있었던 주인공의 감정은 두 명을 통해 수면 위로 모습을 드러내며 비로소 '나'는 사회로부터 감춰져 있던 선을 한 겹, 한 겹 떼어낸다. 그러기까지의 과정은 허구의 선을 파괴하는 데에 집중되어 있다. 우리가 알지 못하지만 스스로 생긴 선, 『아몬드』는 그런 것들을 전부 깨부수고 진실한 '나'를 마주치려거 노력한다.

이런 점에서 『타인의 집』은 『아몬드』의 연장선이었다. 감정 불능으로 인한 소통 불가능에서 감정을 다시 느끼고 소통이 허가되기까지를 『아몬드』가 설명해주었다면, 『타인의 집』은 감정, 공감 전부 느낄 수 있는 사람들이 느끼지 못하는 이야기로 더 깊은 주제로 나아간다. 『타인의 집』에 실려있는 여덟개의 소설들은 더이상 '나'와 '너'에서 벗어난, '나'와 '그들'에 대한 이야기로 뻗어 나가며 '그들'에 속할 수 있는 무궁무진한 '타인'들을 집어넣고 독자에게 '선'으로 그어진 '나의 범위'와 '그들의 범위'를 자꾸만 측정하게 하는 손원평 작가를 만나볼 수 있다.

—

여덟 개의 소설 중에서 내가 집중했던 소설은 「괴물들」, 「아리아드네 정원」이었다.

「괴물들」은 유치원 교사인 여자와 그녀의 남편, 그리고 두 쌍둥이에 관한 이야기이다. 의무적으로 관계를 맺었지만 임신을 하지 못했던 부부는 인공수정을 통해 아이를 낳으려 한다. 정자를 채취하기 위해 "성욕을 일으키는 여자들의 영상(52P)"을 보는 남편을 생각하자 여자는 "안에 들어있을 미끈한 액체는 누구를 향해 배출된 걸까(53P)" 생각하며 인공수정을 통한 출산에 의구심을 품게 되지만 "평화와 안온함의 상징, 단란하고 완결된 가족(51p)"을 원했던 여자는 강박적으로 출산을 해야 한다는 생각에 사로잡힌다.

쌍둥이를 성공적으로 출산한 이후에 남편은 "나는 저 애들이 내 자식이라는 걸 믿을 수 없어. … 라벨이 뒤바뀌었을지 누가 알아?(56p)"라고 말하며 쌍둥이들의 존재를 점차 의심한다. 남편이 자신들을 좋아해 주지 않는다는 사실을 안 쌍둥이들은 남편과의 거리를 두고, 서로는 점점 멀어진다.

쌍둥이들은 학교에서 친구를 사귀지도 않고 그들끼리의 시간만 보낸다. 여자는 타인과의 교류를 일절 하지 않는 쌍둥이가 걱정되지만, 그녀가 유치원에서 돌보는 아이들과 아이들의 부모들을 걱정하느라 쌍둥이들은 관심 밖으로 밀려난다. 그러던 어느 날, 여자는 "아빠를. 죽일 거야. 오늘, 저녁. 우리 손으로.(42P)"라고 쓰여진 쌍둥이들의 노트를 보게 된다.

"할 줄 아는 건, 아이를 키우는 것밖에 없었(55p)"던 여자는 남편의 회사가 문을 닫았음에도 유치원 교사로 생계를 유지한다. 통제되지 않는 아이들과 고된 일에 환멸을 느낀 여자는 아이들을 사랑으로 대하지 않고, "알아도 말로 표현하지 못한다는 게 다행(48p)"이라고 생각하며 마치 완벽하게 선이 그어진 타인처럼 강압적으로, 신경질적으로 대한다. 속으론 남편을 타인처럼 대하는 쌍둥이들의 모습과 노트에 쓰여진 글(알아도 말로 표현하지 못하는 게 아닌)을 생각하면서 걱정한다.

여자가 집에 돌아갔을 땐 노트에 쓰여진 일이 정말로 일어나있었다. 남편은 화장실에서 목을 매달아 죽어 있었고, 노트는 사라진채 "괴물들"만 남게 되었다. 남편의 제사 이후, "허기진 맹수처럼 맹렬하게 음식을 탐(66p)"하는 쌍둥이들. 여자는 "자신이 세상 밖으로 내놓은 의미 모를 결과물(66p)"이자 "괴물"인 쌍둥이를 보면서 미역국을 입에 가져다 댈 수밖에 없었다.

결국 남의 자식을 완전한 타인처럼 대한 여자는 자신과 가장 가까운 지점에 있었던 쌍둥이들에게 타인의 감각을 느끼게 된다. 아빠의 죽음 앞에서도 '선'을 긋고 자신의 범위를 확보하며 전혀 상관없는 일로 취급하는 쌍둥이들은 음식을 탐할 뿐이다. 그때서야 여자는 타인을 대하는 자신의 가족에게서도 타인을 느끼고, 선을 확인한다. 자신이 무심코 그었던 선들이 쌍둥이에 의해 남편에게 그어지고, 그다음은 자신의 차례라는 것을 깨닫는다. 그러면서 자신이 마음속으로 생각했던 "젊음을 빼앗아가"기만 하는 아이들에 집착하는 젊은 엄마를 보고 "결국 당신들도 잡아먹히고 말 거라고"의 '당신들'에 여자 자신도 속해 있음을 깨닫고 "자신이 세상 밖으로 내놓은" 괴물들에게 두려움을 느낀다. 끝내 여자는 "살아야 한다"라고 생각하며 괴물들에게 이질감을 느끼지만, 또 동시에 지금껏 억지로 이루었던 가정의 틀을 깨고 "자신을 좀 먹는" 단어인 '엄마'에 구속되지 않은 채 "새로 태어나는 기분"을 느낀다.

—

「아리아드네 정원」은 세대 간의 갈등을 미래적으로 그려낸 소설이다. "노인 인구가 전체인구의 절대다수를 차지하는 현대사회"의 정부는 많은 이민자를 수용한다. 단일성이 흐릿해지고 혼란이 가득한 세상 속에서 노인들은 '유닛'에 머물게 된다. 유닛의 등급은 A부터 F까지 존재한다. 민아는 A에서 시작했지만 어느새 D까지 추락하고 만다. 그곳에서 "남편과의 연애사, 풍족했던 결혼생활, 공들인 아이들의 사교육, 부동산과 주식을 통해 일군 자산에 관한 얘기"들을 늘어놓는 지윤과의 대화는 과거지향적일 뿐이다. 유닛이 아닌 사회에서 만난 지윤이 도태된 것을 보며 민아는 "고작 자신에게 서글픈 우월감을 느끼는 지윤이 애처롭기도 하고 짜증스럽기도" 한다.

민아는 유닛에서 꾸준히 복지 파트너를 신청하게 된다. 흔히 '젊은 세대'
인 유리와 아인은 민아의 말동무가 되어주기도 하고 청소도 해준다. 하지만
지윤은 그런 민아에게 "내가 말했지. 걔네 절대로 들이지 말라고. 그애들 믿
으면 안 된다"고 말한다. 지윤은 급기야 소리를 지르며 유리와 아인을 내쫓
으려 한다. 그때 그들은 지윤에 대해서 민아에게 이야기한다.

"어디선가 나타나선 우리 같은 것들을 다 몰아내야 한다고 소릴 지르죠.
…… 어떻게 하면 사람이 그렇게 늙을 수가 있는 거죠? 늙으면 다 그렇게 되
는 건가요."

민아는 한없이 그들이 부럽기만 하다. "젊음만 있다면 뭐든 할 수 있지."
라고 말하지만 그들은 "정말로 그렇게 생각하는 건 아니죠, 할머니?"라며 연
민으로 삼을 수 있는 자신들의 이야기를 늘어놓는다. 그들은 오히려 "젊음
은 불필요한 껍데기 같"다고 생각하며 기성세대를 향해 "모든 건 그들이 아
이를 낳지 않아 생긴 일", "가장 많은 걸 누린 사람들"이라고 말한다. 민아는
한때 자신도 이민 수용 반대 시위를 했던 모습이 생각나면서, 또 동시에 기
성 세대를 탓하는 '그들의 세대'에 혐오감을 가지게 된다. 민아는 그들에게
"너희 때문에, 너희가 모든 걸 가져가서, 내가 이렇게 됐어! 너희 때문에!"
라고 말하는 지윤과는 같지 않은 사람이라고 말했지만, 은근 지윤의 말에
동의가 되는 자신을 감추기만 한다.

그들은 민아에게 "너무 많은 세금을 필요로 하는" 노인들에 분노한 청년
들이 곧 유닛을 습격할 것이라고 말한다. 민아는 자신이 갈취당했다고만 느
껴졌던 기성세대에 관한 이야기를 꺼내려 했지만 "과거의 자신이 앞선 세대
의 얘기에 전혀 동의하지 못했던 것처럼 이 아이들도 마찬가지라는 걸" 알
고 있었다.

수평으로 나이를 먹고, 수직으로 밀려나는 그들의 삶. 하지만 타인과의 선은 여전히 어디로 뻗어 나갔는지 수십 년동안 알지 못하는 삶. 그것들은 "늙은 여자가 될 생각은 없었"던 민아의 삶이 된다. 지윤과는 다르다고 생각했던, '젊은 세대'를 이해해 주는 할머니라고 생각했던 자신이 젊은 세대를 향한 혐오감이 생기는 민아. 자신이 젊은 세대였을 때의 기성세대와 별반 차이가 없음을 느낀다.

여전히 심각한 사회문제로 화두 되는 '노인층'과 '기성세대의 반발'은 「아리아드네 정원」에서 미래적 배경을 통해 소설을 읽는 젊은 세대를 노인층으로 만들어 '많은 걸 누린', '우리의 것을 빼앗아 간' 기성세대를 곧 본인이 되어 읽히게 한다. 이 점은 첫 문장 "늙은 여자가 될 생각은 없었다"에도 현재 젊은 세대가 영원히 지속하지 않음을 미리 알려준다. "적당한 소음이 들려오는 평화로운 해변을 닮아있(102P)"는 미래 따위는 없다는 것을, 당신도 잘 알고 있는지 묻고 있다. 선을 긋고 "넘어오지 마세요"라고 하는 젊은 세대들은 자신이 기성세대가 되었을 때도 그렇게 말할 수 있을까? 혐오를 쉽사리 드러낼 수 있을까? 우리는 타인에게서 자신의 미래를 보고 있을지도 모른다.

*

소설집 「타인의 집」은 사회의 개인들 간의 거리두기를 극단적으로 드러내지만, 그것이 현실과 꽤 닮아있다는 사실이 비극적으로 느껴지게 된다. 손원평 작가는 '선'의 의미와 그것이 나눈 각자의 범위를 논한다. 존재하는 것 같지만 전혀 모를 '선'의 실태를 소설이라는 구체적인 도구로 일일이 검중한다. 이러한 주제 전달은 타인과 타인이 아닌 것에 대하여 끊임없는 질문을 던지는 것처럼 느껴진다. 그렇기에 소설에 나오는 어떤 인물과 또 다른 인물 사이의 거리를 측정해보는 것은 자연스레 독자의 몫이 된다.

코로나가 지속되면서 멀어지는 사람들, 갈라놓기를 좋아하는 누군가들, 그곳에서 놀아나는 우리들의 신경질적이고 예민하며, 참으로 어리석기만한 갈등을 「타인의 집」에서 세밀하게 볼 수 있다. 작가가 말한 "가만히 입을 닫고 의견을 말하지 않는" 사람들끼리의 고요하지만 거대한 균열은 우리가 어떻게 막을 수 있을까. 어떻게 해내야 할까. 타인의 이야기는 계속되겠지만 그것이 분열의 서사가 되지 않기 위해 노력해야 하지 않을까. 『타인의 집』은 균열의 지점에 깃발을 세운 격이며, 현대사회 균열의 현주소라고 할 수 있을 것 같다.

도화선에 놓인 나 | 서희원(코너스톤서울국제중학교)

– 정진영 『나보다 어렸던 엄마에게』를 읽고

제가 읽은 책은 『나보다 어렸던 엄마에게』라는 책이었습니다. 이 책은 대장암 4기 진단을 받은 작가 주인공이 나 회장이라는 HT 기업의 회장의 눈에 들어오면서 시작됩니다. 주인공은 늘 하루살이 밥벌이를 하는 고정 수입이 없는 대필 작가였습니다. 그러다 나 회장의 자서전을 대필하게 되고 시간이 지난 후 나 회장으로부터 스카웃됩니다. 드디어, 자신의 인생에 꽃길이 펼쳐질 줄 알았던 주인공이었지만 너무나도 갑자기 대장암 진단을 받게 됩니다. 나 회장은 이런 주인공을 포기하지 않고 주인공의 가치를 높게 평가하며 회사의 복지를 통해 치료를 받을 수 있는 기회를 줍니다. 하지만 주인공은 바로 치료를 받는 길을 택하는 대신 자신의 돌아가신 어머니에 대한 흔적에 대해 찾기 시작합니다. AI 기술을 HT 회사로부터 접하게 된 주인공은 자살을 선택하신 어머니의 이유가 궁금해졌고 어머니를 AI로 복구시킬 생각을 합니다. 그 뒤로부터, 늘 앞만 보고 달리던 주인공이 자신의 삶에서 놓쳤던 부분에 대해 죽음을 앞에 두고 뒤를 돌아 찾아 가는 내용을 담고 있습니다.

1장을 읽고 난 뒤 사람은 참 잔인하다는 걸 느꼈습니다.

1장 끝에 주인공의 어머니께서 자살했다는 내용이 나옵니다. 주인공과 아버지는 어머니의 마지막 순간을 함께 보냈던 사람들이었습니다. 어머니의 죽음에 대해 지구대에서 조사를 받고 나온 주인공의 첫 번째 감정은 "죄책감"과 "안도감"이었습니다.

자신이 범인이라는 의심을 받지 않았다는 안도감. 자신의 한 평생을 키워준 어머니가 죽었지만 안에서 올라오는 무너질 듯 슬픈 감정, 아무 의미 없다는 허무감도 아닌 그저 산 사람은 살아야 한다는 명분으로 올라오는 안도감이었습니다. 어머니가 자살했다는 사실이 남에게 설명하기 어려워서, 설명하기 귀찮아서, 어머니가 자살했다는 사실이 부끄러워서 어머니의 장례식에서 고작 한다는 것은 은폐였습니다. 자살이 아닌 원인 모를 자연사. 저는 성악설이 아닌 성선설을 믿던 사람이었습니다. 해맑고 때 없는 어린아이들의 표정을 보며 밝고 깨끗한 웃음소리를 들으면서 저렇게 아름다운 아이가 어떻게 악하겠어라는 생각으로 살아왔습니다. 환경이 안 좋아서, 주변 어른들 때문에 퇴폐되고 물든 것이라고 저 혼자 굳게 믿었습니다. 그래야지 야박하고 잔인한 세상에 작은 희망이라도 빛나는 것 같았습니다. 하지만 제가 의도치 않게 자연스럽게 든 생각과 감정들은 내가 태어날 때부터 악했으니 이런 게 아닐까 라는 생각을 제 자신에게 되묻게 만들었습니다. 주인공이 의도치 않았지만 나의 가족이 죽었는데 나를 먼저 생각한 행동은 저의 성선설에 대한 믿음을 자주 흔들었으며 우리가 이런 절망적인 상황에도 인간은 악하게 태어났기 때문에 살아갈 수 있는 것이 아닌가라는 의문까지 들게 했습니다. 또한 한 편으론 주인공이 어머니의 죽음 이후 유가족이 겪는 잔인한 이별 방식은 사실은 원래부터 악하고 잔인한 세상이여서 사람도 어쩌면 원래부터 잔인한 세상에 물든게 아닌가라는 생각을 스쳐 지나가게 했습니다. 책에서 등장인물 중 유민이는 주인공과 첫 연애를 했습니다. 처음이었던 만큼 미숙했지만 애틋했고 뜨거운 사랑을 했습니다. 유민이는 주인공과 긴 연애를 한 후 자신의 인생에서 첫 연애를 끝낸 뒤 두 번째 사랑을 찾았습니다. 하지만 주인공의 어머니는 그렇지 못 했습니다

어머니는 너무나도 어렸고 미숙했고 철이 없었지만 책임이라는 걸 지게 되었습니다. 생명을 잉태한 것이었습니다. 어찌할지도 몰랐고 같이 책임을 져야 하는 주인공의 아버지도 너무나 어렸고 미숙했습니다. 하지만 사랑했습니다. 불투명한 미래였지만 그 생명을 사랑했습니다.

하지만 미숙했던 만큼 그 생명을 사랑하는 방법을 몰랐습니다. 그럼으로 자신이 사랑하고 너무나 소중한 존재에게 많이 상처를 주었고 또한 자기 자신도 너무나 많은 상처를 받았습니다. 어머니는 너무나 힘든 삶을 살았습니다. 유민이는 자신의 사랑을 리셋할 수 있었습니다. 그래서 주인공을 떠났고 새로운 사람을 만났습니다. 하지만 엄마는 리셋이 안 됐습니다. 엄마가 자신에게 혜진이라는 가명을 정하고 자신을 3인칭으로 불렀던 이유는 이 불행한 현실을 살고 있는데 아무도 나를 불쌍하게 봐주거나 가여워하거나 도와주지 않아서 자신이 직접 자신을 불쌍해 해주고 가여워 해주고 공감해 주고 싶었던 것 같습니다. 아니면 이 잔인한 현실에서 벗어나고 싶어 자신의 이름이 아닌 가명을 쓴 거 같습니다. 누구를 탓해야 할지 모르겠습니다. 처음은 다들 미숙하고 처음에는 다들 실수를 합니다. 하지만 처음부터 너무

나 큰 책임을 혼자 짊게 된 혜진이를 전 엄마로서 자격이 부족했다고 욕하기보단 혜진이라는 사람을 괜찮다고 위로하며 안아주고 싶습니다. 주인공이 만약 아버지가 가수가 되었고 어머니가 다른 남자를 만나 결혼했으면 행복하지 않았을까 하는 상상을 합니다.

저도 이런 것과 비슷한 상상을 한 적이 너무나도 많습니다. 제가 이 선택 대신 이 선택을 했으면 어땠을까 라는 생각도 많이 하고 후회도 많이 했습니다. 그렇게 후회하고 슬퍼하며 깨달은 것은 제가 다른 선택을 골랐어도 지금과 같은 생각을 할 것이라는 것이었습니다. 아버지는 어머니에게 들이대는 선택을 안 했다면 첫눈에 반한 여자에게 고백 한 번 못 한 것을 후회하며 살았을 겁니다. 우리가 어떤 선택을 하였던 되돌릴 수 없고 인생은 선택에 연속인데 그 선택에 따라오는 결과도 볼 수 없지만 하나 분명한 건 우리는 늘 그때만큼은 최선을 다했고 그 선택에 진심이었다는 것입니다. 어떤 선택을 하든 후회는 남겠지만 그 선택을 한 나의 시간과 나의 진심을 부정하거나 무시하거나 잊지 않았으면 좋겠습니다. 세상에 옳고 그름은 없으니 나의 선택은 틀리지 않았고 최선을 다한 나라는 키워드를 가슴에 안고 살았으면 좋겠습니다.

이 책을 읽고 깨달은 것이 하나 더 있습니다. 그건 "모든 것의 끝은 오길 기다리는 것이 아닌 내가 직접 찾아가 끝을 맺어야 한다"라는 사실입니다. 저는 원래 시간이 약이라는 말을 믿었습니다. 하지만 주인공이 자신의 애인을 몇 년이 지나도 못 잊은 것처럼, 주인공의 아버지가 몇 년이 지나도 어머니에게 미안해하며 그리워하며 사는 것처럼 시간은 그 일을 희미해주는 것은 사실이나 그 일을 덮어주지는 못합니다. 우리는 겁쟁이처럼 가만히 있으며 시간이라는 지우개가 나의 스케치북 위에 있는 그 일을 지워 주기를 원하지만 그 일은 일어나지 않을 것입니다. 지워지지 않을 겁니다. 그것 또한 나의 삶의 일부이니 내가 원하던 원치 않던 나라는 스케치북이 페이지를 다 쓰고 덮어질 때까지 평생 남을 것입니다. 우린 스케치북에 있는 그 일을 지우려 애쓰지 말고 다음 페이지로 넘길 준비를 해야 합니다. 스케치북을 넘기는 일도 자기 자신이 직접 해야 합니다. 두려울 것이고 회피하고 싶을 것입니다. 하지만 책 끝에서 보여진 것처럼 주인공은 어머니와 진정한 작별인사를 한 후 홀가분하고 마음의 짐을 덜은 기분이 들었습니다. 어머니의 죽음이라는 키워드가 주인공의 인생에서 사라진 것이 아닌데 왜 그런 걸까요? 주인공은 많은 세월 동안 회피하였고 두려워했습니다. 하지만 드디어 받아드리고 도망가지 않았을 때 용기가 생겼고 오랜 마음의 짐을 덜 수 있었습니다. 자기 자신이 직접 용기를 내고 최선을 다해 마무리를 했기 때문입니다. 그러니 사람들이 도망가거나 두려워하지 않았으면 좋겠습니다. 나라는 스케치북은 아직 페이지가 남았으니 그 페이지에서 벗어나 다른 페이지에 더 멋지고 아름다운 그림을 그렸으면 합니다.

눈에 보이는 것의 진짜 진실 | 강은서(동탄목동중학교)

– 진형민 『곰의 부탁』을 읽고

『곰의 부탁』이라는 제목의 '부탁'이라는 단어 때문이었을까?

책의 제목만 봤을 때는 다른 사람의 부탁을 잘 거절하지 못하는 주인공 이야기가 담겨 있는 줄 알았다. 그런데, 막상 읽어보니 그렇지가 않았다. 이 책은 일곱 편의 짧은 단편 이야기로 이루어져 있는데 우리들 즉 나와 같은 청소년들의 이야기였다.

난 일곱 편의 이야기 중 「헬맷」과 「자물쇠를 채우지 않은 날」이 무척이나 기억에 남았다.

「헬맷」을 읽을 때는 약간 두려움이 가득한 설렘 (?) 이 느껴졌다. 그리고 약간 슬프기도 했다. 이제 겨우 중2밖에 안 된 내가 세상을 봐도 우리가 살아가는 세상에서는 권력, 돈, 학력을 무시할 수 없다. 그렇기 때문에 이 세 가지가 없으면 이 세상에서 살아가기가 무척이나 힘들겠다는 생각이 들기도 한다. 이 글의 주인공도 돈을 벌기 위해서 피자집에서 배달 아르바이트를 한다. 하지만, 피자집에서만 일하면 돈을 많이 벌 수 없기 때문에 결국에는 새로운 일거리를 찾아서 나아가는 모습이 담겨 있다. 나는 안정적인 것을 누구보다 좋아한다. 언제까지나 안전한 것이 최고라고 생각을 한다. 굳이 위험한 스릴을 모험하려는 도전정신 또한 없다. 하지만, 이 이야기의 주인공은 그렇지 않다. 더 멀리 나아가기 시작했다. 비록 그것이 돈 때문이더라도 용기 있게 또 다른 세계로 한 발자국씩 나아가는 주인공이 정말로 대단하고 존경스럽다는 생각이 들었다. 그리고, '나는 지금껏 운이 좋았지만 앞으로도 그럴 거라 자신할 수 없었다. 내 몫의 운을 모조리 써 버린 것 같아 더는 배짱부릴 마음이 들지 않았다'라는 말은 앞으로도 계속 운이 아닌 도전 정신으로 살겠다는 말 같아 한 번 시도도 하지 않고 겁부터 먹어 새로운 걸 시작하고, 새로운 것에 두려워하는 나에게 큰 영향을 받게 되어 이 책의 마지막장 까지 읽었을 때 난 용기가 생겼고 조금은 변한 것 같았다.

「자물쇠를 채우지 않은 날」은 정말로 슬펐던 내용이었다. 이 이야기는 우리 청소년들 중에서 공감을 하는 사람이 많을 것 같다고 생각을 한다. 나는 이 이야기의 제목인 「자물쇠를 채우지 않은 날」이라는 것이 아마도 나의 마음에 자물쇠를 채우지 않은 날이지 않을까? 하는 생각이 든다. 언제나 강해보이고 밝아 보이는 사람들에게도 분명히 그 안에는 슬픔이 자리 잡고 존재하고 있을 것이다. 그렇지만 자물쇠로 꽁꽁 잠궈 두었기 때문에 절대로 열 수 없다. 하지만, 그 자물쇠가 풀린 순간 슬픔이 오는 것이라고 생각을 한다.

나와 같은 청소년들 중에서도 마음에 자물쇠를 해놓아서 누구도 자신의 마음을 알지 못하도록 잠궈 놓는 친구들이 많다. 거울 앞에서는 웃고 있는데 거울 속에서는 울고 있는 모습처럼 말이다. 아무리 힘들더라도 절대로 티를 내지 않으려고 하고, 아무리 슬프더라도 울지 않으려고 한다. 마일리지를 적립하듯이 계속 가슴 속에만 담아둔다면 결국 그게 쌓이고 쌓여서 나중에는 폭발할 수도 있다는 것을 잊은 체 말이다. 가끔은 이렇게 우리가 쌓아둔 감정들이 폭발하지 않도록 자물쇠를 풀어 마음에 쌓인 슬픔, 힘듦에 대한 환기를 시켜서 누군가가 우리에게 "괜찮아?"라고 물으면 정말 "괜찮아"라고 말할 수 있도록 가끔은 자물쇠를 열어 버릴 줄 도 알고, 털어 버리는 방법도 알았으면 좋겠다.

『곰의 부탁』이라는 책에 실린 일곱 편의 이야기는 모두 우리 청소년들의 성장 속 이야기라는 생각이 들었다. 그래서, 더 공감할 수 있었고, 더 빠져들어 읽을 수 있었고, 읽고 난 후 내게도 조금은 변화의 움직임이 찾아왔다. 아주아주 평범한 청소년이지만 환경 때문에 혹은 다른 사람의 시선이 평범하지 않게 볼 수 도 있다는 것을 깨닫게 되면서 내 눈에 보이는 것만이 전부가 아닌 그 속에 내가 모르는 다른 이야기가 있을 수도 있다는 생각이 들었다.

함께 한 기적, 함께 나눌 기적 | 김지아(목포중앙여자중학교)

－이꽃님 『세계를 건너 너에게 갈게』를 읽고

이 책을 처음 받았을 때, 『세계를 건너 너에게 갈게』라는 제목이 정말 마음에 들었었다. 행복하고, 포근한 느낌을 갖고 있는 말이라고 느꼈다. 이 책은 우리 학교의 〈독서의 밤〉 행사에 참가하기 위해 읽게 되었다. 솔직히 처음에는 그냥 행사에 참여할 목적으로만 읽기 시작했지만 읽다보니 나도 모르는 사이에 눈물이 흘렀고, 웃기도 하면서 책에 점점 몰입하게 되었다. 그렇게 하루 만에 책을 다 읽고 며칠 동안 이 책에 푹 빠져 지냈다. 이 책을 한 문장으로 말하자면, '세 번 읽고 세 번 운 책'이다. 하지만 그렇다고 마냥 슬프지만은 않았다.

이 책은 현재의 은유와 과거에 있는 또 다른 은유가 편지를 주고받으면서 이야기가 진행된다. 현재에 있는 은유는 새해를 맞아 '느리게 가는 우체통'에 편지를 부치러 가는 아빠를 억지로 따라가게 된다. 그런 아빠가 못마땅한 은유는 아빠랑 멀찍이 떨어져서 지금 자신의 엿같이 끈적거리고 찝찝한 심정을 꾹꾹 눌러 쓰고, 우체통에 넣는다. 그런데 어떻게 된 일인지 그 편지가 과거에 있는 또 다른 은유에게 도착한다. 과거에 있는 은유는 이상한 사람의 장난이라고 생각하고 새로 나온 오백원과 함께, 지금은 1980년이라는 답장을 써서 보낸다. 처음에는 서로 장난치지 말라며 이 상황을 못 믿었지만 곧 상대방이 다른 시대를 살아가고 있다는 것과 과거의 은유의 시간은 현재의 은유의 시간에 비해 엄청 빨리 간다는 것을 알아낸다. 그렇게 과거의 은유는 점점 현재의 은유의 시대와 가까워지면서 동생이었다가, 친구였다가 금방 언니가 되어버린다. 그러는 사이 현재의 은유는 아빠가 자신에게 무관심하고 엄마 이야기를 안 해 주는 것이 답답하고 화가 난다. 그래서 과거의 은유는 현재의 은유에게 '너의 어린 아빠를 찾아내고 그 옆에 꼭 붙어 있어서 너희 엄마가 어떤 사람인지 알아내 주겠다'고 제안한다. 그렇게 '과거에서 은유의 아빠와 엄마 찾기 프로젝트'가 시작된다!

짧게 간추리느라 생략된 내용을 다 말할 수 없어서 정말 아쉽다. 모든 책이 그렇지만 이 책은 특히 줄거리만 훑어보는 것 보다 다 읽어보는 것이 꼭 필요하다. 아무튼, 지금부터는 이 책을 읽으며 특히 인상 깊었던 부분을 소개해 보려고 한다.

은유는 질풍노도의 시기라고 불리는 청소년기를 지나고 있는 소녀로, 생각이 많아지고 마음이 어수선한 때를 거닐고 있다. 그런 은유는 아빠와도 다투고, 새엄마가 될 사람과도, 심지어 과거의 은유와도 다퉜다. 십대의 흔한 일이다. 부모님과의 다툼, 친구 관계에서의 갈등. 누구나 겪을 법한 일이고, 부끄럽지만 나 또한 그런 적이 많았다. 그렇지만 은유는 자신의 상황이 보통의 다른 아이들과는 다르다고 느껴서 더 혼란스러워하는 것 같다. 어렸을 때부터 늦게 들어오는 아빠 때문에 혼자서 있는 시간이 많았던 은유. 알지 못 하지만 가끔 그립기도 하고 밉기도 한, 가늠하기 힘든 엄마의 존재. 그런 엄마의 정보를 꽁꽁 숨기는 아빠. 그리고 내 사정을 전혀 모르는 채로 조언하려고 하는 과거의 은유. 이렇게 말하니 내 주변의 사람이 나와 내 마음을 잘 모르는 것 같아서 세상이 더 낯설게 느껴졌을 은유의 심정이 이해가 됐다. 그리고 나는 여기서 예전에 읽은 『가시고기』라는 책의 한 구절이 생각이 났다. '생각이 맞지 않아서 헤어져야 한다면 사람은 아무하고도 친해질 수 없을 거예요'라는 구절이다. 왜냐면 은유는 아빠와, 엄마가 될 사람과, 과거의 은유와 생각이 맞지 않아서 싸웠다. 하지만 헤어지는 대신, 생각이 맞지 않아서 더 이야기를 나누려고 했다. 비록 그 과정에서 목소리가 높아지고 눈물을 흘리게 되더라도 은유는 대화를 하며 생각을 공유하고, 오해는 풀어가고, 실수는 사과하며 솔직하게 자신의 감정을 표현하는 쪽을 택했다. 본문에서 '일직선 위에 아빠랑 내가 서로를 향해 달려오고 있는데 난 투덜대기만 하고 달리기를 멈춰서 아빠는 내가 달리지 않은 만큼 묵묵히 더 달려왔다'고 묘사하며 많이 미워했던 아빠를 이해하게 된 은유가 정말 기특하고, 성숙해 보였다.

또 기억에 남았던 부분은 마지막 은유의 아빠와 엄마의 편지이다. 사실 이야기의 중간쯤에 이르자 '과거의 은유가 현재의 은유의 엄마인거 아냐?'라는 생각이 들었다. 이런 반전의 드라마나 책을 많이 봐서 쉽게 나올 수 있는 생각이었다. 그리고 내 예상은 정확히 들어맞았다. 그렇다면 왜 은유의 엄마는 현재에 존재하지 않는 걸까? 사실 은유의 엄마가 현재의 은유의 시대와 가까워지자 편지의 잉크가 점점 흐려지고 결국에는 현재의 은유와 연락이 끊겼다. 그러다 은유의 엄마는 목숨이 위태로운 병에 걸렸다. 그러나 치료를 위해 뱃속의 은유를 포기해야만 하는 잔인한 상황 속에서 은유를 선택했다. 또 혹시라도 슬퍼하고 있을 은유를 위해 편지를 썼지만 몇 년이 지나고 나서야 전해지게 됐다. 그렇게 은유가 태어나고 걸음마를 막 시작했을 때쯤, 은유는 교통사고를 당했다. 다행히 다치진 않았지만 아빠는 아내를 지켜주지 못한 것처럼 은유 또한 못 지킬 것만 같은 두려움에 은유를 마주하지 못했다. 그래서 엄마의 이야기를 숨기기만 했다. 하지만 언제까지고 피할 수는 없는 일. 은유의 아빠는 모든 것을 말하고 아빠는 항상 은유만 바라봤다는 말을 어떻게 꺼내야 할까, 고민하다 '느리게 가는 우체통'에 은유 앞으로 편지를 써서 부치게 된 것이다.

솔직히 책을 읽으면서 은유 아빠의 행동을 이해할 수 없었다. 나라면 집에 혼자 있을 딸이 걱정돼서 빨리 퇴근하고, 딸 옆에 붙어서 자고, 힘든 일은 없는지, 오늘은 뭐가 가장 기뻤는지 매일 물어봐줄 텐데 말이다. 하지만 은유 아빠의 편지를 읽고 조금이나마 이해가 됐다. 그리고 뒤늦게 이런 행동이 은유에게 상처를 주고 멀어지게 만들었다는 걸 깨닫고 사과하는 은유의 아빠의 용기가 감동이었다. 어린 은유에게 엄마 이야기를 하면 상처받고 더 멀어지지 않을까 걱정하고, 은유가 엄마 이야기를 들을 준비가 될 때까지 기다리느라 힘들었을 아빠에게 감정이입이 됐다.

책의 마지막에는 과거의 은유이자 현재의 은유의 엄마인 조은유가 자신이 딸에게 보내지 못한 편지 내용이 나온다. 나는 이 부분에서 펑펑 울었다. 뱃속에 있는 내 아이가 잘 자라서 쓴 편지가 어린 나에게 온다는 건 무슨 기분일까? 그 아이 곁에 내가 없다는 걸 이제야 깨달아 버렸을 때 무슨 심정이었을까?

이 편지에서 엄마 은유는 딸에게 이런 말을 한다. '네가 뭔가를 잘 해내면 바람이 돼서 네 머리를 쓰다듬고, 네가 속상한 날에는 눈물이 돼서 얼굴을 어루만져 줄게. 세계를 건너 너에게 갈게.' 난 처음에 세계를 건너서 너에게 간다는 말이 그저 낭만적이고 기분 좋은 말이라고만 생각했지 이렇게 슬프고 가슴이 아리는 말일 줄은 꿈에도 몰랐다. 이 책의 가장 큰 반전은 아마 이게 아닐까? 하지만 또 따뜻하지 않은 말이냐고 한다면, 그렇지는 않다. 생일날 혼자 깜깜한 집에 들어가서 울고 있을 어린 은유에게, 그랬었던 현재의 은유에게 항상 함께할 거라고, 늘 같이 있었다는 것을 기억하라고 하는 말 같아서 울컥했다. 동생으로, 친구로, 언니로, 그리고 엄마로 만났던 기적은 평생 우리를 둘러싸고 있을 테니 언제든 꺼내 보며 살아도 좋다는 듯해서 감동적이었다.

이 책에서 소통의 매개체는 편지이다. 내가 아주 어렸을 때, 친구와 싸운 적이 있다. 너무 옛날 일이라 왜 싸웠는지 생각이 나지 않아서 그때 주고받은 편지를 다시 찾아보니, '앞으론 서로에게 상처 주는 말을 하지 말자'라고 적혀있었다. 아마 대화를 하다가 상대를 존중하지 못하는 말이 나왔었나보다. 그리고 그게 내가 기억하는 친구와의 첫 다툼이다. 친했던 친구와 처음으로 이런 일을 겪게 돼서 너무 화가 났고, 너무 슬펐다. 그래서 며칠 후, 난 용기를 내어 친구에게 사과의 편지를 썼다. 그리고 친구도 먼저 사과해 주어서 고맙고, 자신도 미안하다는 답장을 주었다. 친구와 나의 사이를 다시 연결해 준 것은 편지의 탈을 쓴 소통이다. 만약 이 소통이 없었다면 난 친구를 만날 때마다 인상을 찌푸렸겠지.

가족과의 소통도 이런 것이다. 도무지 알 수 없을 것 같고 이해할 수 없을 것 같았던 상대를 어느새 나와 가깝게 만든다. 반대로 소통의 부재는 큰 면적에 걸쳐 도로를 마비시키는 교통체증처럼 마음속에 응어리가 맺히게 한다. 상대를 도저히 이해할 수 없고, 답답하게 만든다. 근데 또 소통에는 타이밍이라는 것이 중요한 역할을 한다는 게 너무 어렵다. 이 책은 가족의 사랑을 소통이 미치는 힘과 그 주위를 맴도는 미묘한 감정들의 흐름과 함께 엮어내고 있다.

작가의 말에 '은유는 알고 있었을까요. 자신이 먼 곳을 보는 동안 아빠는 말없이 자신의 뒷모습을 바라보고 있었다는 것을요'라는 부분이 있다. 언제 뒤를 돌아볼까, 언제 딸의 이름을 불러볼까, 하고 수없이 고민하고 기대하며 냈을 용기가 앞으로 둘을 더 많은 기적들과 희로애락을 같이 나누는 사이로 이끌었으면 좋겠다.

책 속에서 만난 새 친구 | 유소연(서울진선여자중학교)

－김영주 『가족이 되다』를 읽고

『가족이 되다』를 읽고 나서 누구나 다 소중한 가족을 가지지 않았다는 것을 알게 됐다. 아픈 엄마와 동생 서준이와 힘겹게 하루하루를 살아가던 서우는 평소와 다름없이 서준이를 어린이집 버스에 데려다 주려고 바쁘게 뛰어갔다. 그러나 서준이를 기다리던 어린이집 버스는 어떤 이웃집 아줌마와 실랑이를 벌이고 있었다. 그 아줌마는 서우가 매일 아침마다 늦게 나와서 어린이집 선생님께 항의하고 있었던 것이다. 아줌마는 주인공 서우에게 꾸중을 했다. 그러나 서우는 자신을 대신해 나서서 방어해 줄 사람이 없다는 것을 알았기 때문에 참지 않고 해명을 하려고 했다.

"얘, 너희 엄마는 뭐 하고 왜 매일 네가 아기를 데리고 나오니?"

"아줌마가 무슨 상관인데요? 우리 엄마가 왜 그렇게들 궁금한데요? 회사 갔다고 방금 전에 말했잖아요." 서우는 생각지도 않은 말들을 쏟아내고 있었다.

"어머, 얘 좀 봐. 뭔 상관이라니? 어린이집 버스가 아침마다 너 때문에 얼마나 피해를 보는지 몰라서 묻니?" 나는 소설을 읽으면서 나도 모르게 서우를 응원하고 있었다.

　서우는 내일은 일찍 나오겠다고 대답하고 돌아서는데, 온 몸에 기운이 쭉 빠져나간 느낌이었다. 겨우 중학생인 서우는 병든 엄마를 대신하여 어린 동생을 키웠다. 엄마가 아파서 외출을 할 수 없다는 사정을 말하지 못하는 서우의 심정을 이해할 수 있었다. 만약 엄마가 움직일 수 없을 만큼 심하게 아프다면 어떤 느낌일까? 서우처럼 나도 강인해질 수 있을까? 아니면 모든 것을 포기하고 절망 속에서 살아가는 나약한 아이일까? 나는 서우가 동생을 보살피고 모든 집안일을 맡아서 하는 모습을 보고 대견하기도 했지만 안쓰럽기도 했다.

　한편으로 워킹맘인 나의 엄마 모습이 떠올랐다. 나의 엄마는 아침 일찍 6시에 일어나신 뒤 회사에 출근을 하신다. 회사에 도착해서 회사 일을 하시는 와중에도 나와 내 동생의 학교와 학원에 관련된 알림들을 수시로 확인하신다. 바쁘게 일을 다 마치신 뒤 7시에 퇴근을 하시고 집에 8시 30분에 도착하시면 동생의 숙제들을 점검하신 뒤 씻고 11시 넘은 늦은 시간에 하루를 마무리하신다. 이렇게 바쁜 엄마의 모습이 일상이 되어 당연시 여겨왔던 나를 반성했다. 서우가 앓아 누운 엄마를 대신해 정말 바쁘게 하루를 보내는 것을 보고 나는 나의 엄마를 생각하며, 부끄러움을 느꼈다. 가족 중 누군가를 돌봐야 하는 처지가 된다면 강해지는 것일까? 서우의 모습과 나의 엄마의 모습은 그런 점에서 닮았다고 생각했다.

　그런데 서우는 우리 엄마처럼 성인이 아니라 겨우 중학생 10대 소년이다. 가끔 TV나 SNS를 통해 소년소녀 가장 이야기를 접할 때가 있다. 안쓰럽고 안됐다는 생각을 할 뿐, 그들의 심정과 처지를 상상해보지는 않았던 것 같다. 이 책 『가족이 되다』를 읽으면서 서우의 입장과 처지를 상상해보게 되었고, 서우의 감정을 대신 느낄 수 있었다. 그리고 내 주변 사람 중 서우

같은 처지에 있는 이는 없을까 생각해보기도 했다.

금방이라도 벚꽃이 필 것만 같던 어느 봄 날, 서우의 어머니가 세상을 떠났다. 매일 집에 들어서자마자 어머니의 목소리를 듣고 안심을 하던 서우에게 더 이상 엄마의 목소리가 들리지 않았다. 장례식날, 엄마의 어린 시절 보육원에서 같이 지냈던 정희 이모가 찾아왔다. 이모는 서우와 서준이를 장례식장에 데려다 주었다. 그곳에는 까칠한 이웃 아주머니, 보육원 원장, 어머니 또래의 몇몇 아주머니들이 계셨다. 장례식장에서 일하는 아주머니들 모두 아직 젊은 나이로 세상을 떠난 어머니와 남겨진 서우 그리고 어린 동생 서준이를 볼 때면 불쌍하다며 혀를 끌끌 찼다. 그러나 3일 동안의 장례식을 치른 뒤 서우는 죽은 엄마에게 미안해질 정도로 정말 오랜만에 잠을 푹 잤다. 믿기지 않지만 나는 서우가 푹 잠을 잔 것이 충분히 이해가 된다. 그동안 엄마가 돌아가실까봐 잠도 편히 자지 못했던 서우가 너무 안쓰러웠다. 나도 어렸을 때 아빠에게 심하게 혼났을 때, 하고 싶은 의욕이 없어져 그냥 한없이 잤던 기억이 있기 때문이다. 서우는 나보다 훨씬 더 극심한 스트레스를 겪었기 때문에 그 현실을 잊고 허전함을 조금이라고 털어보기 위해 잠을 잤던 것일지도 모른다.

결국 서우는 보육원에 가게 되었다. 서우의 엄마가 어렸을 때 자라온 곳이었다. 나는 너무 운명적이라는 생각이 들었다. 엄마와 즐겁게 생활할 때 자신이 보육원에 맡겨질 것이라는 생각을 해보았을까? 그것도 엄마가 성장했던 보육원이라니. 엄마와 귀여운 동생과 행복한 삶을 살았던 순간을 떠올리며 보육원의 현실을 견뎌야 할 서우의 앞날이 궁금해서 책장을 멈출 수가 없었다.

보육원에서 서우는 그럭저럭 친한 동생 정욱이도 생기고 보육원 생활에 적응하는 듯했다. 그러나 보육원 원장을 할머니라고 부르며 귀여움을 받는 서우를 질투한 은수가 어느 날 학교에서 서우의 가방에 친구의 지갑을 넣어두고 서우가 그 지갑을 훔쳤다고 누명을 씌웠다. 어쩔 줄을 몰라서 서우는 무작정 예전에 살았던 아파트로 갔다. 가서 그 이웃집 아주머니를 찾아가 학교에서 있었던 일들을 정신없이 풀었다. 그 말을 들은 예원 아주머니는 곧장 서우를 데리고 학교로 가서 담임 선생님에게 사실을 말했다. 그러자 담임 선생님은 쩔쩔매며 미안하다며 거듭 사과했다. 나라면 그 순간 서우와 같은 재치가 생기지 않았을 것이다. 나는 서우에게 지혜를 배웠다. 며칠 후, 보육원 아이들은 모두 원장을 할머니라고 부르기 시작했고, 은수도 서우에게 진심으로 사과를 하면서 "이곳 원장님과 선생님들 눈에 드는 행동을 하려고 노력했어. 난 사람들 비위 맞추는 것은 자신이 있었거든. 그런데 네가 서준이랑 온 거야. 오자마자 모두에게 친절한 네가 두려웠어. 이곳 사람들이 다 너를 좋아하는 게 너무 심술이 났어"라고 말하면서 자신의 마음을 고백했다. 그리고 둘은 친한 친구가 되었다.

서우와 은수가 속마음을 털어 놓고 나서 막역한 사이가 된 것처럼 우리는 때때로 속마음을 보이지 않아 오해가 눈덩이처럼 불어나고 서로 마음이 불편해지고 갈등이 커질 때가 종종 있다. 나도 서우와 은수의 경험이 있다. 친구가 자꾸 나를 노래 가사를 가지고 놀려서 그만하라고 싫은 티를 내었더니 갑자기 왜 예민하게 구냐며 감정 싸움으로 번져 며칠 동안 연락도 잘 안 하고 서먹해졌던 기억이 있다. 나중에 서로 사과를 하고 난 뒤 우리는 더 사이가 좋아졌다. 서우와 은수의 사이도 전보다 더 좋아져서 내 마음이 평안해졌다.

어느 날, 서우는 보육원에 자주 방문하던 예원 아줌마로부터 기쁜 제안을 받게 된다. 아기가 생기지 않아 부부끼리만 몇 년을 지냈지만, 서우라는 당돌한 아이를 만나 서우와 어린 동생 서준이를 입양하고 싶다는 것이었다. 입양 소식을 들은 서우는 정말 기뻤다. 그렇게 한 가족이 된 서우, 서준이, 예원 아줌마, 서우의 양아버지가 될 기자 아저씨는 가족이 된 날 저녁 파티를 열었다. 서우는 부부에게 "제게 와 주셔서 고맙습니다"라는 말을 건넸다. 그날 저녁 즐겁고 화목 서우의 모습은 현실처럼 다가왔다. 마치 오래 전부터 나는 서우와 친구였던 것 같았다.

　나는 서우가 좋은 가족을 만나 전보다 더 나은 삶을 살아서 기분이 좋았다. 그리고 서우가 건강하고 훌륭하게 성장하길 간절히 바랐다. 소설 속 서우가 진짜 내 친구인 듯한 기분이었기 때문이다. 내 주변에는 서우, 서준이처럼 어려운 아이가 없다. 하지만, 우리나라 어딘가에 서우가 있다고 믿는다. 그 모든 서우들이 소설 속 서우처럼 좋은 부모에게 입양되고 행복한 가정에서 자라기를 기도했다. 그리고 내가 어른이 되면 서우 같은 아이들에게 사랑을 나눠주는 사람이고 싶다.

내가 만드는 엔딩을 읽고 | 김수연(새본리중학교)

– 서화교 『내가 만드는 엔딩』을 읽고

내가 이번에 읽은 책은 서화교 작가님의 『내가 만드는 엔딩』이다. 이 책은 힘든 시간을 겪은 재윤이와 지호가 서로 도움을 주며 이겨내는 내용이 담긴 책이다. 재윤이는 아빠를 잃은 충격으로 난독증을 앓게 되었고 지호는 자신의 잘못으로 해진이의 앞날을 막아버렸다. 이들은 서로 다른 아픔을 지녔지만 각자의 방법으로 아픔을 이겨나간다. 나는 이 책을 읽으면서 많은 생각을 하게 되었고 삶에 대해 깊이 생각해보게 되었다. 그중 나는 인상 깊었던 장면들에 대해 이야기 해 보려 한다.

인상 깊었던 첫 번째 장면은 재윤이가 편의점 알바인 다정 언니에게 "언니는 내가 학교 안 가는 거 안 이상해요?"라고 묻자 다정 언니가 "내가 이상하게 생각해야 해? 모두 사연이 있잖아. 아흔아홉 명이 그곳에 있다고 해도 내가 그곳에 갈 수 없거나 가기 싫은 사연"이라고 답하는 장면이다. 나는 예전에 우울증으로 많이 힘들었을 때 학교에 가기 싫어했다. 그리고 문득 학교에 왜 가야 하는지에 대한 의문이 생겨 생각해보았다. '꼭 국어, 수학, 영어 같은 과목 적인 것만이 공부가 아니라 일상생활에서 자신이 보고, 느끼는 것들도 배움이 있고 공부가 될 수 있을 텐데'라고. 그래서인지 나는 다정 언니의 말이 더욱 와닿았다. 어쩌면 나도 누군가 다정 언니처럼 말해주기를 기다려왔는지도 모르겠다. 만약 누가 나에게 위와 같은 말을 해주었다면 나는 나의 생각이 틀린 것이 아니라고 생각이 들어 위로를 받았을 것 같다. 그 래서 나는 나와 같이 생각하는 사람들에게 말해주고 싶다. '충분히 그렇게 생각할 수 있어요. 당신의 생각이 틀린 것이 아니에요.' 하지만 우리 사회는 아직 학생이면 학교에, 직장인이면 직장에 가는 것을 당연하게 생각하고 대 부분이 그렇게 하고 있다. 그래도 한 번쯤은 자신이 왜 이것을 하고 있는지 자신이 하고 있는 일에 물음표를 던져보는 것도 좋을 것 같다. 그러다 보면 언젠가는 우리 사회도 다정 언니처럼 너그럽게 포용해주지 않을까?

인상 깊었던 두 번째 장면은 해진이가 지호에게 "나 안 죽는다고. 그때도 죽을 생각하고 뛰어내린 거 아냐. 살고 싶어서 뛰어내린 거지"라고 말하는 장면이다. 삶이 정말 힘들고 괴로울 때 죽고 싶다는 생각을 하게 된다. 하지 만 생각에서 그치지 않으면 돌이킬 수 없게 된다. 그럼에도 죽음을 택하는 사람들은 각자의 삶이 너무 고통스러워서 이를 끝내고 싶기 때문일 것이다. 어느 날 인터넷을 보다 한 문구가 뇌리에 박혔다. '진정한 타살은 자살이 아 닐까? 결국 우리를 우울감 속에 빠뜨리고 죽음으로 몰아가는 건 타인이니 까'라는 문구였다. 이를 보고 복합적인 감정을 느꼈다. 타인에 의해 죽음을 선택한 것에 대해 슬프기도 하고 죽음까지 몰아넣은 사람들에게 화가 나기 도 했다. 더불어 나는 위의 글처럼 사람들에게 상처를 준 적이 있었는지 나 자신을 되돌아보기도 하였다. 그리고 문득 생각이 들었다. '사람들이 자살 을 시도하는 것은 사실 죽고 싶어서가 아니라 그만큼 살고 싶은 것이 아닐 까?' 하고. 왜냐하면 자살을 시도하는 이유는 살고 싶은데 살아가기에는 지 금, 이 순간이 너무 괴롭고 힘들기 때문이다. 이렇듯 죽음은 슬프고 일어나지 않았으면 하는 일이다. 그러기 위해서는 여러 노력들이 필요하다. 예를 들면 학교폭력 가해자들의 강한 처벌과 타인을 존중하는 습관을 들이는 것이 있다. 이는 모두가 노력해야 하고 관심을 가져야 가능할 것이다. 그래서 앞으로는 우리, 모두가 노력하여 자신이 죽음을 택하는 일은 없었으면 좋겠다.

인상 깊었던 세 번째 장면은 재윤이가 녹음기로 아빠에 관한 것들을 녹음하려고 "기록하려고. 아빠를 몰랐던 것 같아서. 아빠가 어떤 사람이었는지 알고 싶어. 알아야 기억하잖아"라고 말하는 장면이다. 재윤이가 글을 쓰지 않고 녹음을 하는 이유는 난독증을 앓고 있기 때문이다. 위 대화를 보고 나는 마치 뒤통수를 맞은 것 같았다. 나도 우리 부모님에 대해 잘 모르기 때문이다. 그리고 느꼈다. 이래서 '부모님이 계실 때 잘해라'라는 말이 있다는 것을. 그리고 이 말을 알면서도 실천하지 않은 내가 너무 불효자같이 느껴졌고 평소 부모님에 대한 나의 태도를 돌아보며 많이 후회했고 반성하였다. 어릴 적에는 부모님과 대화도 많이 하고 많은 상호작용을 나누던 나였는데 사춘기 시기를 지나면서 대화가 줄어들고 사이가 데면데면해졌다. 그러다 보니 어느 순간 부모님과 같이 있는 상황이 어색하고 불편해졌다. 부모님께는 너무나도 죄송하다. 이번 계기로 문득 생각을 해 보았다. '만약 부모님이 안 계신다면 어떨까?'라고. 한 번도 생각해본 적이 없었고 당연하게 있을 거라고만 한 부모님이었어서 뭔가 머릿속이 하얘진 느낌이다. 세상엔 당연한 것은 없는데 말이다. 부모님이 안 계신다면 무척 슬프고 평생의 나의 지지자, 동반자를 잃었으니 세상에 홀로 남겨진 기분일 것 같다. 그래서 다짐했다. '앞으로는 부모님께 잘하자, 나중에 후회하지 말고'라고. 그리고 나와 같은 자녀들에게 말해주고 싶다. '지나간 시간은 되돌릴 수 없어요. 우리 모두 후회하지 말아요.' 나는 너무 어렵게 생각하지 않고 부모님께 따뜻한 말

한마디부터 시작해보려고 한다. '엄마, 아빠 사랑해요.'

난 이 책을 읽으면서 죽지 않고 살아가고 있는 나의 삶에 대해 생각해보게 되었다. 먼저 나의 삶의 이유에 대해 말해보고 싶다. 이번 계기로 한번 생각해보았는데 난 다양한 경험을 해보기 위해 살아가고 있는 것 같다. 삶의 이유는 사람마다 다 다르기에 이 밖의 다양한 이유를 댈 수도 있다. 더불어 의미도 생각해보았는데 내가 생각하는 삶의 의미는 '나'를 알아가는 과정이라고 생각한다. 삶은 다양한 경험과 느낌을 통해 자신이 좋아하는 것과 싫어하는 것을 알 수 있으며 이를 통해 나 자신에 대해 한 층 더 알게 된다. 그리고 나는 죽음에 대해 많은 생각이 들었다. 죽음은 단어 그 자체만으로도 슬프기도 하고 무섭기도 하다. 이 책에서는 자살을 다루고 있는데 읽으면서 읽는 나도 덩달아 슬펐던 것 같다. 갑작스런 아빠의 자살에 재윤이와 가족들이 이겨내가는 과정들을 보니 너무 슬펐다. 그래서 나는 재윤이의 아빠에게 한번 물어보고 싶다. '많이 힘드셨죠? 근데 왜 가족들에게 힘듦을 말하지 않으셨어요? 가족들에게는 자신의 힘듦을 말해도 괜찮아요. 가족이잖아요'라고. 그랬으면 가족들이 아빠의 힘듦을 알고 도움의 손길을 건네지 않았을까? 더불어 자살이 아닌 다른 결말이었을 수 도 있을 것 같다. 그리고 나는 이 책을 지금 살아가는 것이 힘든 사람들에게 추천해주고 말해주고 싶다. '하루 하루 살아가는 게 너무 힘들고 괴롭죠? 하지만 우리는 죽고 싶은 게 아니라 살아가고 싶은 거잖아요. 지금 당장은 너무 괴롭지만 지금 죽기에는 아직 해보고 싶은 것도, 먹고 싶은 것도 많잖아요. 당장 죽기에는 너무 아깝잖아요. 우리 조금만 힘을 내봐요. 조금만' 나는 삶에 있어 다양한 생각을 하게 해준 서화교 작가님의 『내가 만드는 엔딩』이라는 책이 뜻깊다. 이 책을 읽지 않았더라면 나는 위의 생각들을 하지 못했을 것이다. 더불어 책을 읽고 나는 한 층 더 성장한 것만 같다. 그래서 이 자리를 빌려 작가님께

감사함을 전하고 싶다. '서화교 작가님, 감사합니다.'

나를 가뒀다고 생각했던 마트료시카도 나의 일부였다

| 김지원(형곡중학교)

－최진영 『내가 되는 꿈』을 읽고

이 책을 처음 보았을 때 나는 내가 이 책 표지에 그려져 있는 마트료시카 같다고 생각했다. 남들과 나를 비교하고 다른 사람의 재능을 시기, 질투하며 나 자신을 깎아내리고 한다. 그런 나의 모습이 떠오를 때마다 책 표지에 나와 있는 마트료시카처럼 서서히 작아지는 것 같았다. 한 살 한 살 나이가 많아지면서 점점 내 주관과 소신은 없어지고 다른 사람에게 열등감을 느끼며 나를 점점 잃어버리게 되었다. 누군가 정말 내 모습을 사랑하냐고 묻는다면 나는 나의 작고 초라한 알맹이가 아닌 나의 껍데기를 사랑한다고 할 것 같다. 하지만 나는 나의 껍데기가 아닌 나 그대로가 되어 더욱더 선명한 내가 되고 싶다. 그래서 나는 진짜 내가 되는 꿈을 꾸었고 이 책을 선택하게 되었다. 이 책은 서울에 사는 주인공 이태희의 외할머니께서 세상을 떠나시며 시작된다. 태희의 외할머니는 "지금은 맑다"라는 마지막 말을 남기고 떠나셨다. 태희의 엄마는 '맑다'라는 단어에, 태희는 '지금'이라는 단어에 집중하였다. 태희는 '지금' 나의 일이 시급하기에 할머니가 지금은 돌아가시면 안 된다는 생각을 자주 하였다. 하지만 할머니의 장례식 이후에는 모든 일을 미뤘다. 그렇기에 태희는 점점 감정을 잃어가는 것 같았다. 모든 감정을 그저 짜증으로 나타냈다. 17년 전 태희의 아버지는 돌아가셨는데 그때 태희가 이해할 수 없었던 일은 모두 어른의 일이었다. 이제 태희는 그들의 나이가 되었지만 여전히 모든 면에서 서툴기만 하다. 직장에서 무시를 당하는데도 사직서를 내지 못하고, 바람을 피운 김선우가 만나자고 한 약속을 끊어내지 못하며 점점 더 비참해진다. 태희는 '지금'을 중요하게 여겼지만 할머니께서 돌아가신 후로 태희는 지금에 집중하지 못하고 과거에 얽매여 있는 것 같았다. 할머니는 태희에게 편지를 남기셨다. 태희에게 남길 수 있는 많은 문장 가운데 '담배 끊어라'를 남기신 할머니는 생을 정리하면서 아름답고 행복한 순간이 아니라, 윽박지르고 대드는 방법으로 서로의 비밀을 걱정하던 시간을 기억해 낸 것이다. 나는 그런 시간도 소중히 여기시는 할머니를 떠올리며 가슴이 뭉클해졌다. 그렇게 현재와 과거를 방황하다가 태희는 1년 후 봉투에 적힌 주소로 편지를 보내준다는 글귀가 적힌 우체통을 발견하고 호기심을 가진다. 1년 후의 자신에게 '나'로 계속 사는 건 지겹고 현재에서 탈출했으면 좋겠다는 마음으로 편지를 보내게 되었다. 그런데 그 편지는 어린 시절의 태희에게 보내지게 된다. 그 편지 덕분에 어린 태희는 '모욕감'이 무엇인지 알게 되었다. 나는 태희가 너무 안쓰러웠다. 어린 나이에 모욕감이란 감정을 알게 되고, 그 감정을 많은 순간 느꼈다는 사실 자체가 속상했다. 태희는 부모님 중 누구도 자신과 함께 살고 싶지 않아서 외갓집에 자신을 맡긴 것이라는 사실을 알고 있었다. 그랬기에 태희는 외갓집에서의 자신의 존재를 지워서라도 자신의 존재가 선명해지기를 바랐다. 태희는 이모와 비가 휘몰아치는 바다에 갔다. '비는 비고 바다는 바다다. 나는 남이될 수 없다'라고 태희는 생각했다. 나는 이 생각 속에서 많은 것들을 깨달았다. 나는 내가 나의 모습을 잃었다고 생각했지만 과거와 미래의 '나' 모두 진짜 '나'였던 것이다. 어제의 나와 오늘의 내가 똑같은 존재라고 말할 수는 없지만 언제나 '나'는 '나'였다. 내가 만약에 태희의 상황이었다면 나는 과연 악마가 되지 않을 수 있었을까? 태희의 주변에는 악마 같은 어른들이 많았다. 그래서 태희는 어른이 되는 것이 아니라 진정한 '나' 자신이 되고 싶어 했다. 태희의 초등학교 담임 선생님은 아이들을 교묘하게 차별하였다. 담임 선생님은 야단칠 때마다 가정환경을 들먹였다. 그뿐만이 아니다. 아이들을 상대로 모욕적인 말들을 하고 성추행까지 일삼았다. 담임 선생님이라는 사람이 어떻게 아이들의 미래를 그런 식으로 망쳐놓을 수 있을까? 나는 그 장면들을 보며 저절로 눈살이 찌푸려졌다. 초등학생의 태희에게는 어떤 곳보다 편해야 할 교실과 집이라는 공간이 지옥같이 느껴졌을 것 같다. 태희의 아버지는 태희를 자신이 정해놓은 틀 안에 가두었다. 아버지 멋대로 공부 열심히 하고 말썽부리지 않고 예의 바르고 싹싹하고 정직한 사람이라고 태희를 판단하며 억지로 '바람직한 자식'이라는 감옥 안에 태희를 가두었다. 정작 자신은 태희에게 바람직한 아빠가 되려는 조금의 노력조차 하지 않는 사람이 어떻게 자식에게 바람직하기를 바랄 수 있는지. 어느 날 갑자기 태희는 외갓집에서 중학교를 다녀야 한다는 통보를 듣는다. '중학교는 외갓집에서 다니는 게 어때?'라는 최소한의 물음도 없이 외갓집에 가게 되었다. 태희는 어머니와 아버지 중 그 누구도 태희와 살기를 바라지 않는다는 사실을 알고 있었다. 알고도 내색하지 않는 것이 너무 안쓰러웠다. 태희를 달가워하는 사람은 아무도 없었다. 이모도, 할머니도, 심지어 부모님까지도 태희와 같이 살기를 원하지 않았다. 태희는 너무 비참했을 것 같다. 한창 사랑받아야 할 때 눈치를 보며 지옥 속에서 살아가는 것이 너무 불쌍했다. 내가 만약 태희처럼 그 어떤 곳보다 편해야 할 집과 교실이라는 공간이 무언가의 압박감과 기대로 인해서 불편한 공간이 되고 무슨 일이 일어날지 몰라서 무섭고 불안한 공간이 된다면 그 공간이 지옥처럼 느껴질 것 같다. 지옥같은 공간에서 자란다면 나쁜 것들에 스며들기 쉽지만 태희는 그렇지 않았다. 그런 어른이 되고 싶지 않다며 당당하게 맞서 싸웠다. 태희는 내 생각보다 더 단단한 아이였다. 내가 태희라면 자연스럽게 나쁜 것들을 피하려 하기만 할 것 같은데 태희는 그 상황을 피하려고만 하는 것이 아니라 당당하게 맞서 싸웠다.

지옥같던 태희의 삶 속에서 태희에게 유일하게 천국 같았던 때는 6살 때였다. 태희의 어머니는 태희가 6살 때 태희의 동생을 가지게 되었다. 태희는 동생의 이름을 천사라고 지었고 천사가 태어날 날만을 기다렸다. 천사를 기다릴 때 태희의 집은 마치 천국 같았다. 태희의 어머니와 아버지는 천사가 놀랄까 봐, 천사가 들을까 봐, 천사가 아파할까 봐, 예전처럼 비아냥거리거나 소리 지르지 않았다. 천사를 보호하려는 마음이 태희네 가족을 보호했다. 하지만 천사가 태어나는 날은 오지 않았다. 태희는 벼랑 끝으로 자신을 몰아세웠다. 자신 때문에 천사가 그렇게 된 것이라고 스스로를 비난하고 죄책감을 느꼈다. 그건 너의 잘못이 아니라고 죄책감 가지지 말라고 태희에게 위로해 주고 싶었다. 태희는 자신에 대해 비관적인 사람이었지만 이제는 자신을 조금 더 아끼고 사랑해 주었으면 한다. 태희는 천사의 빈 자리를 채워 줄 사람이 아니고, '바람직한 자식'의 자리를 채워 줄 사람도 아니다. 태희는 태희 그 자체로 빛나고 있는 사람이다.

이 책을 읽고 나는 나를 가뒀다고 생각했던 마트료시카도 나의 일부였다는 것을 깨달았다. 지금의 나는 조금은 변해서 과거의 나와 완전히 같다고는 할 수 없겠지만 나는 여전히 빛나고 있다고 생각한다. 내가 시기와 질투를 하며 열등감에 빠져 있기 전 소신과 주관을 굳건하게 지키던 온전했던 나의 모습보다는 밝고 선명한 빛을 내지는 못하겠지만, 앞으로 나의 빛깔을 잃지 않고 나의 소신과 주관을 홀대하지 않으려고 노력하여 나의 빛깔을 지키고 싶다. 이 책을 읽기 전에는 나는 빛나지 않는 사람이라고 생각했지만 나는 오래전부터 이미 빛나고 있는 사람이었다는 것을 깨닫게 되었다. 빛의 밝기와 선명함은 차이가 있겠지만 언제나 나는 빛나고 있었다. 나는 앞으로 나의 빛깔이 더욱 더 선명하고 밝아질 수 있도록 나 자신을 더욱더 아끼고 사랑해주며 내 소신과 주관을 굳건하게 지키고 싶다. 태희에게 충분히 잘하고 있고 앞으로도 잘할 거니까 걱정하지 말고 캄캄한 어둠 속에서 앞으로도 태희만의 빛깔을 잃지 않도록 자신을 조금 더 아끼고 사랑해주라고 말해주고 싶다. 태희는 태희 그 자체로 빛나고 있는 사람이니까.

일상 속 기적, 가족 | 박가현(목포중앙여자중학교)

– 이꽃님 『세계를 건너 너에게 갈게』를 읽고

『세계를 건너 너에게 갈게』는 이꽃님 작가의 장편소설로 전부 편지 형식으로 이루어졌다. 현대 은유와 과거 은유가 서로 편지를 주고받으며 성장하는 내용인 판타지 소설이다. 처음에는 친구가 추천하면서 잠깐 줄거리를 알려줄 때 혹해서 호기심 반 설렘 반으로 읽어보았다. 느긋하게 읽던 도중 주변 친구들이 너무 슬프다면서 한 번씩 울었다고 말하는 바람에 새벽에 나도 울면서 다 봐버리고 말았다. 하지만 이 책은 왠지 모르게 마냥 소설 읽듯이 읽을 수가 없었다. 마냥 슬픈 감정에 심취해 보기보다는 자꾸만 나라면 어땠을까?, 나도 비슷한 경험이 있었지 라며 자연스럽게 나와 연관시켜서 읽으며 많은 생각에 빠졌다.

현재에 살던 은유는 새해를 맞아 아빠와 느리게 가는 우체통에 편지를 적어 넣어서 1년 뒤의 자신이 받도록 한다. 그런데 그 편지는 엉뚱하게 과거에 살던 또 다른 은유에게 간다. 처음에 둘은 서로를 믿지 못하였지만, 시간이 지날수록 과거 은유와 현재 은유는 웃고 싸우기도 하며 더 가까워진다. 그런데 어느 날 현재 은유가 아빠와 관계에서 어려움을 토로하며 가출 이야기를 꺼내자, 과거 은유는 현재 은유의 아빠가 알려주지 않는 엄마의 정체를 알아봐 준다며 현재 은유를 타이른다. 그리고 과거 은유는 현재 은유 엄마의 정체를 찾던 중에 현재의 은유의 아빠인 송현철과 가깝게 지내게 된다. 현재 은유는 편지가 오지 않는 과거 은유를 걱정하다가 아빠의 편지와 보내지 못한 과거의 은유, 즉 현재의 은유 엄마의 편지가 보게 된다. 그렇게 숨겨진 진실과 반전이 드러나게 되면서 이 책을 읽던 독자들의 눈물샘을 자극하게 된다.

처음 책을 받았을 때 표지와 제목을 보고 우주와 관련된 책이거나 타임머신, 다른 차원의 세계가 나오는 책 등이 아닐까 생각했다. 마치 어린왕자 이야기 속 여러 행성이 나오는 세계를 상상했다. 첫 번째 편지를 읽은 후에는 은유가 1년 후에 보낸 편지를 받을 때까지 일어나는 이야기 같았다. 하지만 전개는 계속해서 내 추리에 엇나가며 반전에 반전을 거듭하며 흥미진진하게 진행되었다. 과거 은유가 현대 은유의 새엄마가 되는 추리도 했다. 하지만 과거 은유의 편지를 읽다 보니 점점 이야기의 비밀이 풀리면서 궁금증이 해결되었다. 마지막에 은유에게 보냈던 은유의 아빠와 엄마의 편지를 읽으니 그 마음이 전해져서 마음이 뭉클하고 울컥했다.

이 책에서 정말 인상 깊었던 두 구절이 있다. 첫 번째는 현재 은유의 아빠가 은유에게 보낸 편지에서 사실을 알려주는 편지에 적혀있던 구절이다.

'은유, 네 엄마 이름과 똑같은 이름이었다. 네 엄마는 그렇게 하면 네가 어디에 있든 언제나 널 찾을 수 있을 거라고 했다.'

이 구절은 암에 걸려 죽을 운명인 은유가 딸의 이름을 은유로 짓게 된다면 딸이 태어났을 때 만나지 못하더라도 과거로 온 편지에서 또 다시 언제든, 어디에 있든 만날 수 있을 거라는 말 같았다. 또한 과거 은유에겐 자신의 딸이지만 친구면서 동생이기도 한 은유라는 생각을 하니 더 인상깊었다. 단지 편지에서 주고받던 이름이 은유이기에 그대로 이름을 정해줘야 했던 이유일 수도 있다. 하지만 난 제목이 세계를 건너 너에게 갈게인 것처럼 은유에게 '은유'라는 이름을 지어줌으로써 시공간을 넘어서라도 은유라는 이름을 찾아 딸에게 간다는 의미라고 생각해보기로 했다.

'나는 내 마지막 순간에도 조금만 더 살게 해 달라는 기도 대신, 이렇게 너를 알게 해 준 신의 배려에 감사하다고 기도할 거야.'

위 구절은 과거 은유가 자신의 딸인, 현재 은유에게 보내지 못한 편지 속 구절이다. 언니이자 친구이며 동생이기도 했던 딸을 자신보다 더 소중히 여기면서 위하는 말에 정말 눈물을 안 흘리긴 어려웠다. 과거 은유가 현재 은유가 태어난 날과 가까워질수록 과거 은유는 살기 위해서 아이를 포기해야 했다. 그러나 그런 상황에서 자신의 사랑하는 남편과 아이를 두고 떠나야 하는 걸 알면서 그 길을 선택해야 했던 과거 은유의 선택이 존경스럽기와 더불어 너무 안쓰럽고 슬펐다. 그렇기에 마지막에 엄마가 되어버린 은유가 자신의 아이를, 또 다른 은유를 위해 자신이 떠나야 하는 선택을 할 수밖에 없던 상황이 너무나도 슬퍼서 눈물을 흘릴 수밖에 없었다.

또한 보내지 못한 편지 속 구절 중에 *'나한테 약간의 시간이 허락된다면.... 그땐 네 얼굴 한 번만 볼 수 있는 시간을 달라고 할게. 딱 한 번만 볼 수 있으면 그걸로 만족하겠다고'*라는 비슷한 말이 있었다. 정말 이 구절과 다음 구절도 마음이 먹먹해지는 말이다. 아무런 욕심도 부리지 않고 단지 딸의 모습만을 보기 바라는, 단지 곁에만 있길 바라는 마음에 쓴 말이지만 보내지 못한 편지의 구절인 게 안타까웠다. 그 편지는 읽을 수 있게 됐지만, 보내지 못한 편지에서 처음으로 언니가 아닌 엄마라는 호칭으로 딸에게 보내는 편지라 많은 생각에 잠기게 되었다.

책을 읽고 감정 이입하다 보니 현재 은유의 아빠, 송경철이 조금 답답했다. 굳이 그렇게 자신의 딸에게 용기를 내지 못했을까, 딸에게 엄마의 정체를 숨겨야 했을까 라는 의문이 들었다. 그래서 이 인물에게 질문을 하나 던져보고 싶다. 송경철은 딸이 진실을 알게 되고 자신이 그 진실을 찾길 방해했을 때 사이가 더 안 좋아질 것을 알 것이다. 그래서 과거로 돌아가 새해를 맞아 딸과 함께 1년 뒤에 받을 편지를 썼을 때 은유가 당장 진실을 알고 싶어 한다면 편지에 적힌 진실을 말해 줄 것인가? 라는 의문이 생겼다. 송경철이란 인물을 겉으로 본다면 겁먹고 안 했을 수도 있지만 자기 나름대로 은유를 챙겨줌을 알 수 있다. 그러므로 과거로 돌아가 서로의 마음을 이해한다면 은유가 정말로 원하는 엄마에 대해 알려주고 어색하고 불편한 사이가 바뀔 것이다.

책을 읽을 때 기억에 남는 두 포인트가 있다. 현대 은유와 과거 은유가 점점 시간이 비슷해져 갈수록 편지가 흐릿해진다 말하는 장면과 서로 흑역사를 방출하며 즐겁게 수다를 나누는 장면이다. 첫 번째 포인트에서는 불안했다가 마음 졸이며 봤다. 편지가 흐릿해질수록 불안해지며 벌써 불안한 기분이 들었다. 시간이 똑같은 곳에는 같이 존재할 수 없다는 경고를 하듯이 현재 은유가 편지가 흐릿해져서 못 알아볼 뻔 했다는 말에서 슬픈 끝맺음 짐조를 알아챘다. 두 번째 포인트에서는 반대로 모든 편지가 우울하지 않고 밝게 사이좋은 모습을 보는 것에 매력을 느꼈다. 특히 과거 은유가 자신의 언니 이야기를 하는 것에서 들뜬 마음으로 재밌게 보았다. 서로 비밀 같은 흑역사를 말하며 친구처럼 편지를 주고받는 모습에 나도 신나서 열심히 읽었다.

은유와 은유의 아빠, 엄마를 보며 가족이란 무엇일까 생각했다. 나는 평범한 가정 속에서 살고 있지만 그래서 더 이야기에 몰입됐다. 편지에서 은유가 '*어쩌면 가족이라는 존재는 더 많이 더 자주 이해해야 하는 사람일지도 모르지*'라며 가족에 대해 언급한다. 이 세계에서 가장 가까운 사람인 가족이지만 오히려 그래서 더 많이, 자주 이해해야 하는 사람이라는 말이 와닿았다. 나에게 가족은 '전기'와 같은 사람이라고 말할 수 있다. 너무 더워 선풍기를 켰을 때 전기가 통한다면 나는 시원해질 수 있고, 매우 추워서 집에 들어와 난로를 켰을 때 전기가 통한다면 나는 따뜻해질 수 있다. 선풍기와 난로가 있어도 전기가 안 통해서 작동하지 못한다면 무용지물이다. 그리고 한참 뜨겁고 추울 때 한순간에 시원하고 따뜻해진다면 그토록 행복한 순간이 없다. 상쾌해지듯 시원해지고 몽글몽글 따스해지는 그 기분을 난 가족에게서 느낀다. 마음이 뜨겁고 추울 때 곁에 있는 것만으로도 편안하고 따뜻해지는 그 기분을 느낄 수 있는 존재는 가족밖에 없을 것이다.

작가는 '이 책을 읽는 독자들에게 평범한 일상 속에서 자신을 기적이라고 여기게 되는 힘을 발견하길 바란다'라고 말했다. 바라는 대로 책을 읽으면서 나와 내 주변 사람들을 되돌아볼 것이다. 어제도 오늘도 내일도 똑같은 하루였고, 평범한 하루겠지만 혹시 모른다. 은유가 또 다른 은유를 만나서 기적을 발견하게 된 것처럼 나도 누군가로 인해 기적을 받을지. 사소한 행운으로 시작한 일이 기적이 되어서 다른 세계로 건너가게 된다면 그곳에서 또 다른 기적을 만날 수 있을 것이다.

외면, 그럼에도 별은 | 양하연(인천신현여자중학교)

- 박기복 『수상한 소년들, 난민과 통하다』를 읽고

요즘 러시아, 우크라이나에 대한 이야기가 어른들 사이에서 자주 오간다. 엄마 아빠의 어깨 사이로 흘러나오는 말에 귀를 기울여 보면 '러시아가 우크라이나를 침공했다' 등의 말이 들려온다. 그리고 세계의 여러 나라가 우크라이나의 난민들을 위해 지원해주고 있다는 소식도 들었다. '난민?' 나랑은 거리가 먼 단어가 아닌가? 나는 그렇게 생각하고 귀를 닫아 버렸다.

「수상한 소년들 난민과 통하다」 난민, 난민. 요즘 많이 언급되는 단어였다. 하지만 나는 난민이라는 것이 나와 본연 관계가 없다고 여겨 '내가 이 책을 읽고 이해할 수 있을까? 내가 이 책의 주인공에게 어설픈 동정만을 주어도 되는 걸까?'라는 생각이 들었다. 몇 번의 고민 끝에 이 책을 펼쳤다.

나는 우리와 같이 평화롭게 생활하는 주인공을 보고 놀랐다. 나도 모르게 난민은 '가난하고 불행한 삶을 살았을 거야.'라고 자기합리화하며 편견을 가졌었던 것 같다. 순간 누군가에게 철퍽 넘어진 것을 들킨 것 마냥 부끄러워지기 시작했다. 사람은 보통과 다른 누군가를 받아들이기 어려운 걸까? 이 책이 주인공의 난민이 되기 전 과정까지 실은 건, 그런 깨달음을 주기 위해서, 라는 생각이 들었다.

아, 여기서 잠시 짚고 넘어가자면, 이 책은 3개의 이야기로 구성되어 있다. 중학생 이태경의 이야기와 그의 증조할아버지인 이경석의 이야기, 그리고 어느 나라의 알리의 이야기. 각자 다른 배경으로 진행되었지만, 세 이야기 다 나에게 감동을 안겨 주었다. 일단 첫 번째는 태경이의 이야기이다. 태경이는 부모님의 결혼기념일로 인해 조부모님 집에서 지내게 된다. 그리고 그곳에서 산사태를 겪게 된다. 빗속을 헤쳐나가는 태경이를 보고 나까지 가슴이 아찔해졌다.

결국 태경이는 무사히 집으로 돌아갔지만, 부모님도 여행지에서의 홍수로 위험하실 뻔했다. 나는 이 장면을 보고 난민이 우리랑 먼 이야기 속의 인물이 아니었구나, 라는 깨달음을 얻었다. 그것이 첫걸음이었다. 두 번째는 이경석의 이야기이다. 이걸 읽으며 가슴에서 쓰라림이 느껴졌다. 일제강점기. 이경석이 살았던 일제강점기. 결국 난민이라든가, 내전 같은건 내가 사는 이 나라가 겪은 일이었다. 우리가 걸어온 길이었다. 나는 그럼 왜 지금까지 그런 일을 텔레비전 속 일이라고 외면했을까. 이경석이 보는 세계를 느끼며 억울하고 화가 나는데. 이 피에 흐르는 분노가 나의 이성을 붙잡았다. 나는 외면하기만 해선 안 된다고. 결국 이경석이 살아난 것도 누군가의 도움 덕분이었다. 나도, 보이지 않는 누군가의 손을 잡아줄 용기를 가질 수 있을까? 세 번째는 알리의 이야기이다. 알리는 어느 날 평화로운 생활과 친구들을 모두 잃고 만다. 단지 아버지가 부당한 정부에게 반항했다는 이유였다. 자유를 구속받으며 하루하루를 살아갔다. 그러던 도중 알리의 부모님은 이 생활에서 벗어나려 한국으로 피난을 온다. 하지만 그들의 시선은 곱지 않았다. 돌아가라고까지 했다. '한국 사람들도 내전을 겪었으면서 왜 내전을 피해, 살기 위해 온 우리를 냉대하는 거죠?' 알리의 질문이 내 가슴을 파고들었다. 그래, 우리도 내전을 겪었다. 그래서 그 고통을 잘 알고 있다. 그런데 왜 우리는 그로부터 눈을 돌리고 마는 걸까? 그들을 조금이라도 이해해보려고 했는가?

이 책을 읽고 참 많은 생각이 들었다. 요즘 우크라이나 관련 이야기가 많이 들리는데, 이 책을 읽으며 우크라이나에 대한 이야기도 검색해보았다. 일제강점기, 난민, 내전. 내 검색창이 평소와 사뭇 다른 검색어들로 가득 차기 시작했다. 이건 단지 위기감이었다. 내가 이 일에 관심을 가졌어야 했던, 그런 위기감. 우크라이나는 내 생각보다 나랑 가까이 있었다. 단지 내 눈에만 멀어 보였던 것 뿐. 잘 알지 못했던 내가, 자기 멋대로 본 풍경이었다. 손을 뻗으면 닿을 정도로, 이렇게 가까이 있는데. 하지만 난 그들을 도울 정도로 강하지 않다. 그러니 알아가는 것이다. 더 많은 사람들이 이 일을 알고, 관심을 가질 수 있도록. 나랑 무슨 상관이냐고 묻는 이들에게 외치고 싶다. 밤하늘의 수놓은 별들의 아픈 반짝임을 잊지 말라고, 잊지 않아 줬으면 좋겠다고.

탄생(Birth)과 죽음(Death) 사이에
선택(Choice)의 답이 죽음이 아니기를… | 이재현

- 박현숙 『구미호식당2: 저세상 오디션』을 읽고

스스로 죽음을 선택한다는 것은 굉장히 마음 아픈 일이다. 그 이유가 내가 되었든 남이 되었든 상관없이 아프다. 연예인의 자살 소식은 매년 끊임없이 들려오고 있다. 그리고 그 이유 중 대부분은 타인의 영향이 크다. 모두가 존재의 이유가 있는 하루하루를 보내고 있는데 자신의 손으로 끝을 내는 사람들이 요즘 점점 많아지고 있다. 이 책에서는 스스로 죽음을 택한 12명과 사람을 구해주려다 죽었지만 오해로 이들과 함께 저세상 오디션을 보게 된 나일호의 이야기를 담았다.

나일호는 옥상에서 스스로 죽음을 선택하려는 나도희를 구해주려다 같이 죽게 된 학생이다. 일호와 똑같은 날에 죽음을 택한 12명의 사람들은 저승에서 다시 살아날 수 있는 오디션을 보게 되었다. 각자 한 명의 심사위원이 있고 그 심사위원이 눈물을 흘리면 길을 지나갈 수 있는 그런 오디션이었다. 노래를 불러보기도 하고 랩을 하기도 하고 연극을 하는 등 여러 가지를 해보왔지만 9차 오디션까지 모두가 불합격이었다. 그러던 와중에 그 저승에서 사람들을 안내하는 마천과 사비가 일호에 대한 오류가 있었다는 이야기가 나온다. 도진도는 이를 이용해 일호에게 자기 자신을 나가게 해달라는 부탁과 자신을 제외한 12명의 사람을 통과하게 해 달라는 부탁을 하라고 지시한다. 일호는 마천, 사비와 이야기를 하면서 심사위원이 각자 자신의 영혼이라는 것을 알게 된다. 마천이 일호를 나갈 수 있게 해 준다고 하였지만 어떤 사정으로 나갈 수 없게되었다. 자신의 남은 58년의 시간을 후회하며 눈물을 흘리고 있을 그때 자신의 심사위원 즉 영혼이 뒤에서 눈물을 흘렸다. 저승에서 나갈 수 있는 자격이 주어진 일호는 그곳에서 빠져나오게 된다.

　일호와 함께 저세상 오디션을 보게 된 사람들의 공통점은 모두 스스로 죽음을 택했다는 것이다. 물론 일호는 오해 때문에 이 일에 말려든 것뿐이다. 이 사람들 중에는 가수, 랩퍼, 부동산 분석가, 아파트 건설자 등 많은 사람이 있었다. 모두 자신의 짐이 무거워서 죽으면 끝나겠지라는 생각을 했었는데 후회를 했다. 그리고 이 사람들의 짐은 다른 사람에 의해 만들어진 것이 대다수이다. 만약 내가 이런 상황이었으면 어땠을까? 내가 다른 사람들에 의해 상처받고 힘들다면 어떻게 했을까? 마음은 이들과 똑같았을 것이다. 죽고 싶고 세상을 원망했을 것이다. 어쩌면 똑같이 스스로 죽음을 선택했을지도 모른다. 죽음이라는 것이 두렵고 남은 세월이 아깝지만 너무 힘들었기에 그랬을 것이다. 내 인생인데 왜 다른 사람 때문에 이렇게 힘들어야 하는지 억울할 것 같다. 일호는 살아있을 때는 항상 자신을 괴롭히는 동생을 원망했지만 죽고 나서는 살아있을 때 동생에게 잘해주지 못한 것을 미안해하며 남은 58년의 세월 동안 잘 지낼 수도 있었다는 후회를 한다. 정말 신기한 것은 일호도 16살인데 나도 16살이라는 것이다. 일호의 상황에 내가 몰입을 더 잘할 수 있었던 것은 같은 나이었기 때문인 것 같다. 그리고 나도 동생이 있다. 지금은 서로 얼굴 보는 것도 싫고 그냥 같은 공간 안에 함께 산다는 것도 싫을 정도인 사이이다. 지금 이 나이에 내가 죽는다면 너무 많은 것이 후회될 것이다. 살아있을 때 동생한테 한 번이라도 더 배려할 걸, 앞으로는 더 잘 지낼 수 있는데, 조금이라도 더 열심히 공부해 볼 걸. 지금 살아 있는 이 순간에도 시험을 치고 나면 항상 후회가 남는다. 아주 사소한 일 하나하나에도 후회가 남는다. 죽고난 뒤에는 얼마나 더 후회스러울지 생각으로는 도무지 감이 잡히지 않는다. 나는 일호같은 상황이 찾아왔을 때 가장 후회될 것 같은 것은 죽음을 택했다라는 것일 듯하다. 물론 일호는 스스로 죽음을 택하지 않았고, 마천과 사비의 오류로 이러한 상황에 놓이게 된 것이다. 일호는 나도희를 말리러 간 것에 대해서는 후회하지 않을 것 같다. 이 책에서는 남은 시간이란 것이 나온다. 앞으로 자신이 얼마나 더 살 수 있었는지에 대해 말하는 것이다. 이 부분이 조금 인상에 남았던 것 같다. 자신이 죽지 않았다면 얼마만큼 더 살 수 있었는지 알 수 있다. 과연 이들이 자신에게 남은 시간을 알게 되었다면 죽음을 선택했을까? 아마 힘을 내서 다시 일어나지 않았을까 한다. 책에 "부디 너에게 남아있는 그 시간을 행복하게 보내라. 오늘이 힘들다고 해서 내일도 힘들지는 않다. 오늘이 불행하다고 해서 내일까지 불행하지는 않다. 나는 사람들이 세상에 나가 보낼 시간들을 공평하게 만들었다. 견디고 또 즐기면서 살아라"라는 내용이 있다. 이승으로 돌아가는 일호에게 마천이 하는 말이다. 이 문장에서 굉장히 힘을 받았다. 나도 학생인 입장으로서 이런저런 힘든 일을 많이 겪는다. 하지만 항상 그랬듯이 조금만 버티면 다시 괜찮아지고 행복해졌다. 12명의 사람들은 그 찰나의 힘듦을 이기지 못하고 이런 선택을 했다. 우리의 인생이 마냥 평평할 수는 없다. 오르막도 있고 내리막도 있고, 사인, 코사인 그래프 마냥 올라갔다가 내려갔다가 할 것이다. 그 사람들은 남은 인생을 하늘에 날렸다. 아마 그 사람들이 이승으로 돌아간다면 정말 행복하게 살 수 있을 것 같다. 나는 이 책을 읽으면서 내가 정말 잘살고 있나라는 생각을 해보았다. 계속해서 시간이 흐르고 있는 지금 나는 나의 남은 인생을 10점 만점에 몇 점을 줄 수 있을까? 이 세상에 있는 사람들 중 10점을 주는 사람은 아무도 없을 것이다. 항상 우리는 미래에 대해 걱정을 하면서 살아간다. 그리고 미래의 장애물 앞에서 좌절하고 포기하며 인생을 허비하고 있을 때 자신의 남은 인생을 생각하면 아마 그 상황에서 벗어나 행복한 삶으로 바꾸어 살아나갈 수 있을 것이다. 나는 지금 어떤가. 그래도 나는 가끔은 우울하고 내 삶을 잠깐 멈추기도 하고 갈피를 못 잡고 우왕좌왕할 때도 있다. 내가 정말 시간을 아깝게 버렸다고 생각을 할 때가 숙제를 한다고 해놓고 게임을 한다고 하루를 다 보내버린 것이다. 해야 할 일은 못 하고 재미에 빠져서 시간을 날렸다고 생각하니 너무 아까웠다. 내가 허비한 그 시간이 너무 아까웠고 되돌리고 싶었다. 이 책을 보면 죽는다고 끝나는 건 아니었다. 죽음을 선택하면 어쩌면 현실의 고통 속에서는 빠져나올 수도 있다. 하지만 이 이야기처럼 끝이 아니라 죽음 끝에 더 큰 어려움이 닥칠 수도 있다. 우리는 죽음에 대해 다시 한번 생각해볼 필요가 있다. 우리는 타인의 시선을 너무나도 많이 의식한다. 다른 사람들은 나를 어떻게 생각할까 다른 사람들에게 미움받으면 어떡할까 다른 사람들이 나에게서 등을 돌리면 어떡하지라는 생각을 항상 가지고 살아간다. 이것은 우리의 삶이다. 우리의 시간이다. 마천이 말하듯이 우리에게 주어진 시간 중 의미 없는 시간은 일분일초도 없다. 모두 가치가 있는 시간이다. 우리에게 주어진 시간은 다른 사람의 시간이 아닌 나의 시간이다. 그리고 그 시간은 우리 마음대로 쓰는 시간이다. 힘든 것 중에서 영원히 지속되는 것은 없다. 내일을 마주할 용기, 이 용기가 앞으로의 삶을 바꾼다고 생각을 한다. 현실로 돌아간 일호는 남은 58년을 일호의 58년으로 용기있게 살았으면 좋겠다.

B와 D 사이에는 C가 있다라는 말이 있다. 탄생(Birth)과 죽음(Death) 사이에 선택(Choice)이 있다는 것인데 그 선택이 절대 죽음은 아니었으면 좋겠다. 자신을 믿고 자신의 남은 인생을 자신 있게 용감하게 행복하게 살아갔으면 좋겠다. 밤이 지나면 낮이 되고, 고생 끝에 낙이 온다고 절대 지금 이 순간이 힘들고 고될지라도 포기하지 않고 끝까지 살아나갔으면 좋겠다. 절대 후회하지 않을 순간순간을 보내고 싶다. 그리고 모두가 그랬으면 하는 마음이다. 우리는 절대 저세상 오디션을 보지 않아야 한다.

제3회 대한민국 소설독서대전 심사평

한국소설가협회가 주관한 제3회 대한민국 소설독서대전에는 전국 각지 각 연령층에서 보내온 여러 작품들이 열띤 선의의 경쟁을 치렀다. 이 대회의 높은 위상과 평판을 짐작하게끔 해주는 첨예한 사례였다. 응모된 작품들을 하나하나 읽어나가면서 이들 독후감이 저마다 고유한 독서 경험과 개성적 언어를 자산으로 하고 있다는 사실을 느낄 수 있었다. 그 가운데 스스로의 경험적 구체성에 심혈을 쏟은 글들이 매우 호의적으로 다가왔고, 결국 심사위원들은 글이 가지는 미학적, 규범적 완성도와 함께 진정성이나 창의성 등을 중심으로 여러 글을 눈여겨보게 되었다.

대상은 대학부에서 나왔다. 대상작 「1차원이 되고 싶어 ─ 너와의 모든 순간이 평평하기를」은, 책을 통해 과거의 기억을 줍는 과정에서 놀라움과 감동을 경험한 시간을 실감 있게 그림으로써 삶의 이면을 바라보는 짙은 사색의 과정을 담고 있었다. 수상자는 오랜 시간 익혀온 진정성의 언어를 통해 매우 안정된 글을 쓰고 있었다. 박상영 소설의 심층에 대한 온당하고도 개성적인 이해를 통해 구체성 있는 독서 경험을 견고하게 표현하였다. 그리고 그것을 단정한 문장 속에 구성하는 만만찮은 능력까지 보여주었다. 자신의 사유와 감각을 인간 보편의 차원으로 끌어올리는 안목과 솜씨가 인상 깊게 느껴졌다. 앞으로 좋은 글을 써 갈 것이라고 생각된다.

금상으로 선정된 작품들도 가멸찼다. 「손가락 한 개 정도의 여지─문어」(중학부), 「누구나 겪을 수 있는 길─우리가 쓴 것」(고등부), 「그럼에도 불구하고─세대주 오영선」(대학부), 「고뇌하는 올빼미─가면 올빼미」(일반부) 등은 성찰과 발견의 시선을 통해 대상 도서의 특징과 개성을 잘 드러냄으로써 대상과 내면의 관계를 단정하게 담아냈다고 높이 평가될 수 있을 것이다.

그 외에도 시의적이고 경험적인 의제를 다룬 도서들이 많이 채택되어 이 독서대전이 훌륭한 문화체험의 장場이 되고 있음을 선명하게 알려주었다. 모두 좋은 안목과 솜씨의 결실들이라고 할 수 있다. 구체성 있는 언어와 개성을 통해 자신만의 감각을 구축한 글들이 많았음을 다시 한번 부기한다.

좋은 작품들이 더 많이 있었지만, 수상작들은 언어의 안정성과 완성도에서 높은 점수를 받았다고 보면 좋을 것이다. 다음 기회에 더 풍성하고도 빛나는 성과가 있을 것을 마음 깊이 기원해본다. 수상자들에게 커다란 축하를 드리고, 참여자 여러분의 힘찬 정진을 당부드린다.

심사위원 김호운(위원장) 김선주 유만상 유성호 이광복

제3회 대한민국 소설독서대전 수상작품집

초판 인쇄 2022년 5월 31일
초판 발행 2022년 6월 2일

저 자 한국소설가협회
발행인 김호운
편집주간 김성달
사무국장 이월성
편집국장 이현신
발행처 사단법인 한국소설가협회
등 록 제313－2001－271호(2001. 12. 13)

주 소 04175 서울 마포구 마포대로 12, 한신빌딩 302호
전 화 02) 703－9837, 팩 스 02) 703－7055
전자우편 novel2010@naver.com
한국소설가협회홈페이지 http://www.k－novel.kr
인 쇄 유진보라
총 판 한국출판협동조합 02) 716－5616

ISBN ｜ 979－11－7032－091－3*03810
정가 15,000원

사단법인 한국소설가협회는 소설가로만 구성된 국내 유일의 단체입니다.